KB072769

마도시신화전기

Myth of Magic power

동은 퓨전 판타지 소설

FUSION FANTASTIC STORY

마도신화전기 11

동은 퓨전 판타지 소설

초판 1쇄 찍은 날 § 2015년 9월 11일
초판 1쇄 펴낸 날 § 2015년 9월 18일

지은이 § 동은
펴낸이 § 서경석

편집책임 § 이재림

펴낸곳 § 도서출판 청어람
등록번호 § 제387-1999-000006호
등록일자 § 1999. 5. 31
어람번호 § 제1-2225호

주소 § 경기도 부천시 원미구 부일로 483번길 40 서경B/D 3F (우) 420-822
전화 § 032-656-4452 팩스 § 032-656-4453
http://www.chungeoram.com
E-mail § chungeorambook@daum.net

ISBN 979-11-04-90403-5 04810
ISBN 979-11-04-90039-6 (세트)

도서출판 청어람

마도신화전기

Myth of Magic power

CONTENTS

Chapter 1. 전쟁의 소용돌이

헤즐러 자작의 영지에서 이례적인 이벤트가 열렸다.

바로 헤즐러 자작의 군대와 헬리온 후작의 군대가 벌이는 모의 전쟁이었다. 따지고 보면 헤즐러와 헬리온의 군대는 하늘과 땅만큼이나 차이가 있다.

우선 헤즐러 자작의 병력은 2천 명이다. 기사의 숫자는 많이 늘었다고 해도 백오십 명 정도였다.

반면 헬리온 후작은 승급되면서 예전의 다섯 배가 넘는 영토를 하사 받았다.

현재 그의 총병력은 1만 5천 명에 달했고, 예비군도 1만 명이 넘었다. 기사의 숫자는 이천 명에 달했다. 만에 하나 전력을 다해서 두 부대가 붙는다면 헤즐러의 군대는 모래성처럼 삽시간에 무너질 가능성이 높았다.

하지만.

변수가 존재했다.

가장 큰 변수는 곤의 존재 유무.

곤은 헬리온 후작뿐만 아니라 아슬란 왕국 전체가 주목하는 혜성처럼 나타난 기사이다. 많은 대귀족이 그를 탐냈지만 헬리온 후작이 벽을 쳐 준 덕분에 곤은 시끄러운 일에 휘말리지 않고 헤즐러의 곁에 있을 수가 있었다.

헬리온 후작은 곤이 키운 병사들과 기사들의 능력을 알고 싶었다.

병사들의 힘은 라덴 왕국과의 전쟁 중에 충분히 알았다. 그들은 평범한 병사가 아니었다. 마나만 사용하지 못할 뿐이지, 검술 자체는 기사 못지않았다. 홀이란 병사에게 물어보니 이렇게 답했다.

"저희 마스터께서 마나 운용법과 기술을 가르쳐 주셨습니다. 하지만 아직 기사님들처럼 마나를 운용할 수 있는 병사는 없습니다."

헬리온 후작은 믿을 수가 없었다. 마나 운용은 기사들이 가진 고유의 기술이다.

대귀족 가문은 고유의 마나 운용법이 있다. 그들은 적통의 자식이 아니면 마나 운용법을 누구에게도 가르쳐 주지 않았다. 그렇기에 마나 운용법은 절대로 함부로 누군가에게 가르쳐 주거나 발설할 수 수 있는 것이 아니다.

그런데 곤은 그런 귀한 마나 운용법을 일반 병사들에게까지 아낌없이 가르쳐 준 것이다. 더군다나 고급 검술까지.

헤즐러 자작의 병사들은 라덴 왕국군과 가장 용감하게 싸웠다. 그럼에도 사상자가 적었던 것은 개인적인 능력이 헬리온 후작의 병사들보다 월등했기 때문이다.

기사들의 실력은 라덴 왕국 성좌의 도시에서 살아 돌아온 자들에게 들어서 알고 있었다. 전원이 최상급의 기사, 몇몇은 마스터급에 도달했다고 했다.

기가 차다는 말은 이럴 때 하는 것이다

헬리온 후작은 곤을 보고 있자니 자신이 쫀쫀하게 느껴졌다. 도대체 무엇을 위해서 모든 것을 쥐고 놓지 않고 있었을까.

물론 곤이 결과적으로 이 세계를 떠날 것이라는 것을 모르기 때문에 그렇게 생각한 것이다. 곤은 아낌없이 이곳에 모든 것을 주고 가도 상관이 없으니까.

살짝 착각을 한 헬리온 후작은 모든 병사에게 고급 창술과 검술을 가르쳤다. 모두 기사들이 쓸 법한 기술이었다. 그러나 차마 마나 운용법까지는 가르치진 못했다.

아직 자신은 곤처럼 대범하지 못하구나 하고 헬리온 후작은 생각했다.

그는 곤에게 영지 대항전을 한 번 해보자고 말했다.

곤은 기꺼이 승낙했다.

병사들이 얼마나 실력이 늘었는지 곤도, 헬리온 후작도 알고 싶었던 것이다. 그러기 위해서는 영지 대항전만 한 것이 없었다.

“와아아아아!”

수천 명의 구경꾼이 언덕에 모여서 자신의 영지를 응원했다.

“헤즐러 자작군 파이팅! 지면 집에 들어오지 못할 줄 알아!”

“헬리온 후작군 파이팅! 너희야말로 지면 혀 깨물고 죽어버려!”

분위기는 즐겁지만 상당히 험악한 응원이 오고 갔다.

“닭 꼬치 팝니다! 닭 꼬치 팔아요!”

“시원한 맥주 팝니다! 조금 전 우물에서 꺼낸 시원한 맥주입니다!”

로즈가 어깨에 짐을 잔뜩 지고 사람들에게 음식을 팔았다.

“여기 닭 꼬치 하나!”

“여기요, 예쁜 언니! 여긴 시원한 맥주 두 개요!”

이곳저곳에서 로즈를 불렀다.

"네, 네! 갑니다, 가요!"

로즈는 그들에게 음식과 맥주를 팔고 돈을 챙겼다. 물가는 영지 내에서보다 두 배나 비쌌지만 사람들은 개의치 않고 사 먹었다.

그녀의 그런 모습을 보고 깜짝 놀란 씽이 달려와서 로즈의 팔을 잡았다.

"야, 여기서 뭐 하는 거야?"

"응? 씽이네. 뭐하긴, 돈 벌지."

"아니, 그러니까 내 말은 술집은 누가 하고 네가 여기서 이런 걸 하고 있느냐고."

"그거야 돈벌이가 되니까 음식을 팔고 있지. 무슨 헛소리야?"

씽은 로즈가 이러고 다니는 것이 창피했다.

"내가 돈 줄 테니까 그냥 돌아가."

"뭐?"

"내가 돈 줄 테니까 그냥 가라고."

"허, 미치겠네. 이봐요, 씽."

"왜?"

"좀 유명한 기사라서 그런가. 돈 좀 많이 버나봐? 아주 내가 버는 돈은 우습지?"

"아, 아니, 그게 아니라……."

"야, 네가 돈을 많이 벌면 버는 거지, 그게 나랑 무슨 상관이야? 네가 뭔데 나한테 가라, 마라야!"

뚜껑이 열린 로즈가 얼굴이 붉어져서 언성을 높였다.

씽은 당황할 수밖에 없었다. 곰곰이 생각해 보니 자신의 말이 그녀에게 상처를 줬을 것이라는 생각도 들었다.

"야! 네가 그렇게 잘났어?"

로즈가 씽의 멱살을 잡았다.

씽의 얼굴이 빨갛게 변했다. 아까보다 더 창피했다.

"야, 이거 놔."

"못 놓겠다면?"

"좋은 말로 할 때 놔라."

"왜, 때리려고? 쳐 봐! 쳐 봐!"

사람들은 영지 대항전보다 이 둘의 싸움이 더 재밌었다. 그들은 고개를 돌려서 흥미롭게 로즈와 씽의 싸움을 지켜봤다.

언덕 중앙에는 양 영지의 주요 인물들이 모여서 영지 대항전을 지켜보고 있었다.

헬리온 후작은 언덕에서 구경하는 사람들이 시끄러워서 그곳을 바라봤다. 그곳에서는 씽과 한 여인이 멱살을 잡고 드잡이를 하고 있었다.

헬리온 후작이 알기에 씽은 마스터급에 다다른, 혹은 넘어섰을지도 모르는 초강자이다. 어쩌면 무력만으로는 자신을 능가할지도 모른다.

그런 자가 여자에게 멱살이 잡혀 쌍욕을 먹고 있었다. 그로서는 전혀 이해가 되지 않는 상황이었다.

"저자는 씽이라는 기사가 아닌가? 왜 저러고 있지?"

헬리온 후작이 곤에게 물었다.

곤도 씽을 봤다. 이제 정말 별 지랄을 다 한다. 곤은 고개를 돌려 정면을 바라봤다.

"닮은 자입니다."

"그래? 세상에는 똑같이 생긴 사람이 세 명 있다더니 참으로 비슷하게 생겼구나."

"착시입니다. 신경 쓸 필요 없습니다."

헤즐러 자작군의 기사단을 이끌고 있는 최상급 기사 게론은 미칠 듯한 속도감을 느끼고 있었다. 그가 유니콘을 배급받은 것은 한 달 전이다. 삼안족의 배려로 백오십 명의 기사가 모두 유니콘을 타게 될 수 있게 되었다.

기사들은 뛸 듯이 기뻐했다. 기사들에게 무기만큼이나 소중한 것이 바로 전마이다. 어떤 기사들은 전마와 교감을 느끼기 위해 몇 달간이나 같이 먹고 자고 함께 생활하기도 했다.

그런데 그보다 몇 배나 능력이 뛰어난 유니콘을 전마 대신 받았으니 어떤 기사가 기뻐하지 않으랴. 일반 말보다 속도가 최대 세 배가량 빠르다. 더군다나 산악과 강, 들과 같은 험한 곳도 거침없이 달릴 수 있는 전천후 이동 수단이다.

단순한 이동 수단이 아니다. 게다가 힘과 체력이 워낙 강해서 몇 시간 뛰는 것으로는 지치지도 않았다. 그것뿐만이 아니다. 호전성도 강해서 상대와 싸움이 붙으면 뿔로 단숨에 들이받았다.

한 번은 초원에 침입한 거대한 곰을 뿔로 들이받아서 죽인 적도 있다.

기사들이 원하는 최상급의 전마였다. 아니, 아슬란 왕국을 통틀어도 이런 전마를 가진 기사는 자신들밖에 없을 것이다.

하지만 문제가 없는 것은 아니었다.

아름답고 잘 빠진 육체와는 다르게 너무도 난폭하다는 것. 강제로 유니콘에 타려다가 허리가 나간 기사도 몇 있었다.

삼안족에게 물어보니 '교감이 없어서 그래요, 교감이' 라고 했다.

기사들은 '도대체 그 교감이 뭔데?' 라고 물었다.

전마와 똑같이 교감을 이루려고 하던 기사들은 유니콘의 뒷발에 맞아 갈비뼈가 부러지기도 했기 때문이다.

기사들은 최선을 다해 유니콘의 비위를 맞춰주었다. 똥도 치우고 먹이도 주고 재워주고 상전이 따로 없었다.

그렇게 한 달이 지났다.

어느 날 유니콘이 거만한 눈빛으로 '그렇게 내 등에 타고 싶으면 타. 한 번뿐이야' 라는 눈빛을 보였다. 거의 하루 종일 유니콘과 붙어 다녔기 때문인지 기사들은 눈빛으로 하는 말을 대번에 알아들었다.

기사들은 고마워하며 유니콘을 탔다.

유니콘은 그런 기사들을 태우고 달렸다. 그때 느낀 쾌감이란 이루 말로 표현할 수 없을 정도였다. 너무도 빨라서 앞을 제대로 볼 수가 없었다.

초원을 한 바퀴 돈 유니콘은 푸르륵거리며 '이제 내리시지?' 라고 말했다. 기사들은 급히 유니콘의 등에서 내렸다.

희한하게도 기사들과 유니콘의 주종관계가 바뀐 것이다.

어쨌든 그들은 유니콘과 교감을 맺었고, 서서히 유대감을 형성하는 중이다.

즉 아직은 서로가 서로를 알아가는 중이었다. 기사들은 아직 능숙하게 유니콘을 다루지 못했다.

두두두두두!

게론은 뒤를 슬쩍 바라보았다. 상급기사들이 모는 오십 필의 유니콘이 엄청난 속도로 초원을 질주하고 있었다.

헬리온 후작의 전마들은 보이지도 않을 정도로 까마득히 멀리 떨어져 있다.

게론은 주먹을 꽉 쥐었다.

이겼다.

첫 번째 영지 대항전은 전격전에 대비한 속도전이었다. 소규모 부대가 얼마나 빠르게 적진 깊숙이 침투하여 수장의 목을 따는 연습이기도 했다.

단순히 말만 빨라서는 안 되었다. 말과의 호흡이 가장 중요했다. 말은 타고 있는 기사의 움직임에 맞춰 속도를 조절한다. 그것은 서로 간의 신뢰가 없으면 형성될 수 없는 일이었다.

두두두두두!

두 번째는 장애물 건너뛰기였다. 가장 중요한 관문이다. 호흡이 맞지 않아 장애물을 뛰어넘지 못하면 아무리 훈련을 한 기사라도 크게 다칠 수 있고, 운이 나쁘면 목숨을 잃을 수도 있었다.

"자, 두 번째 관문이다. 유니콘을 하사해 주신 영주님과 마스터께 멋진 모습 보여드리자!"

의기양양하게 게론이 외쳤다.

"우오오오오오!"

사기가 잔뜩 오른 상급기사들은 한 팔을 하늘로 들어 올리며 외쳤다. 이미 이겼다는 제스처였다. 그의 맞춰 헤즐러 자작의 영지민들은 엄청난 환호성을 내질렀다.

"이겼다! 이겼다! 이겼다!"

게론은 영지민들을 향해 엄지손가락을 들어 올렸다. 자신이 승리했다는 의미이다. 영지민들의 환호성은 더욱 커져갔고, 헬리온 후작의 영지민들은 똥 씹은 표정이 되었다.

그때였다.

장애물 앞에서 갑자기 유니콘들이 멈춰 서는 것이 아닌가.

"워, 워! 왜들 이래?"

기사들은 습관대로 유니콘의 배를 찼다. 그러자 유니콘들이 앞발을 들기 시작했다. 몇몇 기사는 깜짝 놀라서 유니콘의 등에서 떨어지고 말았다.

유니콘이 매서운 눈으로 기사들을 바라봤다. 그들의 눈빛은 '아파! 배 차지 마' 라고 말하고 있었다. 황당한 기사들이 소리쳤다.

"야! 몇 개의 장애물만 더 넘으면 되는데 왜 갑자기 선 거야?"

유니콘은 '호흡이 맞지 않잖아. 우리 호흡에 맞추란 말이야, 등신 인간들아!' 라는 눈빛을 보냈다.

"이건 뭐……."

게론은 뒷머리를 긁적거렸다. 유니콘과 함께 전장을 누비기 위해서는 아직 넘어야 할 산이 많은 듯했다.

두두두두두두!

그때 헬리온 후작가의 섬광기사단이 빠르게 그들의 앞을 지나쳤다.

"어이, 뭐야? 그냥 빠르기만 한 거였어? 흉포의 기사단이라고 소문이 자자하더니 생각보다 별것 없네. 괜히 긴장했어."

"하하하, 그러게 말이야."

섬광기사단은 게론과 상급기사들을 지나치면서 한마디씩

던졌다. 그들은 무척이나 능숙하게 장애물을 넘어서 결승 지점에 도착했다. 그들이 역전극을 벌이자 헬리온 후작의 영지민들은 환호성을 지르며 광분했다.

게론은 주먹을 꽉 쥐었다. 어쩐지 분했다. 자신이 유니콘만 제대로 다룰 수 있었다면 이런 일은 벌어지지 않았을 텐데.

"저기, 단장님."

이제는 청년 티가 나는 메테가 게론을 불렀다.

"왜?"

게론은 신경질적으로 메테를 바라봤다.

메테가 아무도 보이지 않게 손가락으로 언덕을 가리켰다. 게론은 그의 손가락을 좇아서 언덕을 바라봤다. 그곳에는 곤이 무덤덤한 얼굴로 게론을 향해 주먹을 쥐고 있었다.

게론은 온몸의 털이 한꺼번에 곤두서는 느낌을 받았다.

"다, 다음 대항전에서는 반드시 이겨야 돼. 그렇지 않으면 지옥이 기다리고 있을 거야."

* * *

흉포의 기사단은 2전을 더 치렀다. 기사단의 집단전과 지휘관의 병력 운용술이었다.

결과는 3전 전패.

헬리온 후작가의 영지민들은 축제 분위기로 노래를 부르며 흥을 돋구고 있었고, 헤즐러 자작가의 영지민들은 기가 팍 죽었다. 로즈가 닭 꼬치를 사라고 외쳤지만 '저리 꺼져!' 라는 소리만 들었다.

"이야, 이거 우리 기사단, 생각보다 엄청 약하네."

카시어스가 곤을 보며 방긋방긋 웃었다.

아무리 봐도 비꼬는 듯한 표정이다. 어쩐지 재앙술을 날려야 할 타이밍 같았다.

"아직 유니콘에 익숙하지 않아서 그래."

"헐, 유니콘의 능력치가 월등하게 높은데? 그건 기사들의 능력이 낮아서 그래. 아주 허접이네, 허접."

"그만해라."

"어라, 내가 그런 말도 못해? 아버지를 아버지라고 부르지 못하고 능력이 없는 걸 능력이 없다고도 못하고."

카시어스는 뭐가 그리 재밌는지 깔깔거리며 곤의 속을 긁었다.

곤의 손바닥에서 작은 회오리가 생겨났다.

"뭐야, 장난 좀 쳤다고 막 술법을 일으키네. 급 열 받네. 한 번 해보자는 거야?"

카시어스는 곤을 향해서 눈을 부라렸다.

"좀 맞을래?"

"어쭈구리? 옛날에 너한테 지던 내가 아니야. 내가 그동안 얼마나 수련했는데. 좋아, 한판 붙자."

카시어스의 손바닥에서도 작은 불의 회오리가 생겨났다. 아는 사람은 안다. 저 작은 불의 회오리가 얼마나 무시무시한 마법인지.

최소한 7서클 이상의 초강력 공격 마법이다. 제대로 발현되면 반경 수백 미터 안에 있는 생명체는 깡그리 몰살하고 말 것이다.

그것은 곤의 재앙술도 마찬가지다.

"그만들 좀 하지."

데몬고르곤이 카시어스와 곤의 사이를 가로막으며 두 사람의 팔목을 잡았다. 그러자 그들이 일으킨 마법과 술법이 거짓말처럼 사라졌다.

곤은 강하다.

그것은 누구나 인정하는 사실이다. 마치 전투를 위해서 태어난 것 같은 놈이다.

재앙술, 궁술, 무투술, 전략전술 그 무엇 하나 빠지는 것이 없다. 하지만 그런 그도 데몬고르곤에게 딱 하나 이길 수 없는 것이 있었다.

그것은 바로 완력.

곤이 죽었다 깨어나도 데몬고로곤의 완력에는 미치지 못할 것이다. 그의 완력은 천성적으로 타고난 것이었다. 더해서 수백 년간 수련을 멈추지 않았다.

대륙 최강이라고 불리는 의문의 12영웅, 21다크 나이트, 워리어 구마룡, 다섯 하이랜드를 제외하고는 그의 완력을 당할 자가 없을 것이라고 대부분의 기사들은 생각했다.

물론 데몬고르곤은 그들과 맞붙어도 이길 수 있다고 생각하지만.

어쨌든 그에게 팔을 잡힌 이상 곤도 카시어스도 마법과 술법을 쓰는 것은 불가능했다.

"아씌, 이것 놔!"

카시어스가 데몬고르곤에게 소리를 빽 지르며 팔을 뺐다. 그러나 데몬고르곤은 그녀의 팔을 놓지 않았다.

데몬고르곤에게 잡히면 그 누구도 빠져나가지 못한다.

"야, 카시어스."

"왜?"

"곤에게 사과해."

"내가 뭘?"

"난 귀가 없고 눈이 없냐? 분명히 네가 먼저 시비를 걸었어. 곤에게 사과해."

"흥, 별걸 다……."

"여기에 너만 있나. 곤의 수하들이 모두 보고 있다. 영지민도 있지. 곤의 위신을 그렇게 깎아내려서 너한테 좋을 게 뭐냐?"

"음, 그, 그거야……."

카시어스는 남은 한 손으로 머리를 긁적거렸다. 그렇지 않아도 자신이 조금 심했다. 그러나 곤이 화를 내자 그녀도 발끈해서 성질을 부렸다. 겨우 이런 일로 곤과 갈라설 마음은 조금도 없었다.

"미안하다. 나도 모르게 그만 발끈했다."

카시어스는 곤을 바라보지 못하고 사과했다.

"뭐, 별로……."

데몬고르곤은 이어 곤을 바라보며 말했다.

"너도 사과해. 우리가 객식구인 것은 맞지만 너를 친구라고 생각했기 때문에 지금껏 도왔다. 아무리 카시어스가 심하게 장난을 쳤다고 하더라도 술법을 사용하는 것이 말이 되나. 친한 친구일수록 조심해야 하는 법이다."

'친구라…….'

친구라는 단어를 너무 오랜만에 들어본다. 지금껏 부서진 달의 세계로 와서 친구라는 단어를 써본 적이 거의 없는 것 같았다.

어쩐지 마음이 따뜻해지는 느낌이다.

곤은 피식 웃으며 자리에서 일어났다.

"왜?"

데몬고르곤이 곤을 보며 의아한 표정을 지었다.

"친구라면서. 친구끼리 뭔 사과냐. 됐다. 가자, 내가 술 살게."

"술?"

카시어스가 입맛을 다셨다. 그녀는 술을 무척이나 좋아했다. 뱀파이어 주제에 기억이 끊겨 이상한 곳에서 잔 적이 한두 번이 아니다. 기사들이 그런 카시어스를 업고 저택에 온 적도 몇 번이나 있었다.

"술도 안 좋아하면서 네가 술을 산다고?"

"그래, 가자."

곤은 고개를 돌려 무참하게 패배한 기사들을 보면서 작은 목소리로 말했다.

"저 자식들은 내일부터 지옥행이고."

낙담해 있던 기사들은 뭔지 모를 한기를 느꼈다.

* * *

헤즐러 자작의 저택은 사람들로 가득 찼다. 마을에서는 축제가 열려 양 영지의 병사들과 영지민들이 함께 뒤섞여 즐기고 있었고, 기사들은 저택에 모여서 술잔을 들었다.

저택에 모인 기사들의 숫자가 이백 명이 넘었다. 헤즐러는 창고를 열어 모두가 먹고 마실 수 있게 했다. 안타깝게도 수십 마리의 돼지와 소, 양이 떼죽음을 당해서 기사들의 식탁 위에 놓였다.

"와하하하하! 이보게, 친구들! 실력 좀 더 쌓아야겠어! 그렇게 약해서 어찌하겠나!"

한 기사가 닉소스의 잔에 술을 따라주고 어깨를 툭툭 치며 말했다. 속이 부글부글 끓고 있는 닉소스지만 반박할 말을 찾지 못했다. 솔직히 그는 자신 있었다. 그뿐만 아니라 기사단 전체가 질 것이라고는 생각지도 않았다.

자신들이 누군가.

홀몬 산맥을 넘어서 단독으로 라덴 왕국의 수도 성좌의 도시를 돌파하여 황제를 사로잡은 위대한 기사단이 아니던가.

모두가 그들을 칭송했다.

그들은 아슬란 왕국의 영웅이나 마찬가지였다. 아슬란 왕국의 왕은 이백 명의 모든 기사에게 작위를 선사하겠다고 말했다.

하지만 기사들은 정중하게 거절했다. 마스터인 곤도 작위를 거절한 판에 자신들이 넙죽 작위를 받을 수는 없는 노릇이었다.

그렇기에 아무리 헬리온 후작의 기사단이라고 하더라도 맞붙는다면 자신이 있었다.

그런데 그 결과는 완패였다.

아무리 사생결단을 내지 않는 시합 형식의 대항전이라지만 제대로 대응조차 하지 못했다.

헬리온 후작가의 기사들이 웃고 떠들며 헤즐러 자작가의 기사단을 위로했다. 그러나 헤즐러 자작가 기사들의 기분은

늪에 빠진 것만 같았다.

"우리… 내일 죽는 것은 아닐까."

거구의 루본스가 술을 한 번에 들이켜며 몸을 부르르 떨었다. 술을 마시니 감정이 격해졌다. 머릿속에서 곤이 마왕처럼 잔인하게 웃으며 '모두 약해빠졌어. 강해질 때까지 굴러야 돼'라고 말하는 것만 같았다.

오금이 저린다.

루본스의 말에 상급기사들 역시 오한이 들었다. 특히 오랜 시간 곤과 함께해 온 용병들은 도대체 어떤 지옥이 닥칠지 두렵기만 했다.

"씽이야. 씽이 우리를 죽일 거야."

메테는 금방이라도 울 것처럼 손바닥으로 얼굴을 가렸다. 과거 씽에게 훈련을 받을 때는 몰라서 시키는 대로 했다. 정말 그때는 훈련을 마치기도 전에 죽지 않을까 생각했다. 오로지 악과 깡으로 훈련을 견뎌냈다.

그런데 훈련의 강도를 알고 있는 상황에서 도저히 두 번은 못할 것 같았다.

"아니야. 단장님이야. 단장님이 우리를 드래곤의 아가리 속에 밀어 넣을 거야."

페레도가 고개를 흔들었다.

씽과 안드리안, 둘의 훈련 강도는 막상막하였다. 씽은 체력적인 면을 중시한다면 안드리안은 힘과 기술적인 면을 중시했다.

둘 모두 악마적인 교관인 것은 확실했다.

"어쩌면……."

게론이 입을 열었다.

"곤님이 직접 나설지도."

기사들의 얼굴은 창백하다 못해 시커멓게 변했다. 씽과 안드리안은 악마적인 교관이지만 '적당히' 라는 말을 알고 있다. 하나 곤은 그런 것을 모른다.

'나는 되는데 너는 왜 안 돼? 될 때까지 해' 하는 식이다.

천재가 범인을 이해하지 못하는 것과 똑같았다.

헤즐러 자작가의 상급기사들은 누렇게 뜬 얼굴로 연거푸 술을 들이켰다.

"이봐, 동지들. 무슨 술을 그렇게 빨리 마셔?"

헬리온 후작가의 기사 한 명이 그들 옆에 털썩 앉으며 호탕하게 말했다.

"좋은 말로 할 때 가라."

기이한 살기를 내뿜고 있었다.

"아, 알았어. 갈게. 가면 되잖아. 아, 새끼들, 살기 하고는."

그는 어정쩡한 자세로 다시 돌아갔다.

"먹자. 먹고 죽자. 그럼 오늘 밤만큼은 두려움에 떨지 않아도 될 거야."

"그래, 먹고 죽자. 먹고 죽은 귀신 때깔도 좋다는데. 설마 오늘부터 우릴 죽이기야 하겠냐."

"마셔! 마셔!"

"좋아, 가자! 술을 얼마든지 있다!"

기사들은 미친 듯이 술을 넘겼다. 술을 잘 마시지 못하는 메테 역시 오늘 밤만큼은 미친 듯이 마셨다. 그들의 의지대로 잠시의 두려움을 잊을 수가 있었다.

새벽이 올 때까지는.

그들은 몰랐다. 예상보다 훨씬 무서운 지옥이 그들 앞에 있음을. 전날 마신 술을 모두 토할 때까지 굴러야 할 줄은 그들은 진정 몰랐다.

저택 안의 응접실.

헬리온 후작가의 가신들과 헤즐러 자작의 중요 인물들이 모두 모여 있었다.

분위기는 화기애애했다. 단 헬리온 후작가의 진영만. 헤즐러 자작가의 인물들은 억지로 웃으면서 술을 마실 뿐이다.

"하하하하, 괜찮네, 동생. 뭐, 살다 보면 이길 수도 있고 질 수도 있는 거지. 그리 낙심하지 말게나."

헬리온 후작은 껄껄 웃으면서 곤에게 잔을 건넸다. 잔을 받은 곤은 말없이 술을 넘겼다.

곤은 지금 내일 어떻게 그놈들을 조져야 정신이 번쩍 들까 고민 중이었다.

해양 몬스터가 있는 바다에 집어 던져 일주일쯤 생존하라고 명령을 내릴까, 드래곤 하트를 가져오라고 시킬까, 팔다리를 묶어서 육식 몬스터 소굴에 던져 놓고 몬스터들을 다 쓰러뜨릴 때까지 나오지 말라고 시킬까?

도대체 어떻게 해야 속이 후련할까.

기사들이 곤의 속마음을 들었다면 기겁했을 것이다. '기사 따위는 더 이상 안 해' 하면서 고향으로 줄행랑을 치는 기사가 있을지도 모른다.

"동생, 동생?"

"아, 네."

헬리온 후작이 몇 번이나 불러서야 곤은 정신이 돌아왔다. 아무래도 그 자식들을 어떻게 혼내야 할지는 내일 생각하는 것이 좋을 듯했다.

그나저나 언제부터 자신이 헬리온 후작의 동생이 된 거지?

"언제 봐도 참 부러워."

"뭐가 말입니까?"

"자네에 대한 기사들의 충성심."

"후작 각하의 기사들의 충성심이 더 강하지 않습니까. 괜한 것을 부러워하는군요."

"물론 우리 기사들의 충성도는 상당하지. 아마 왕국을 통틀어도 세 손가락 안에 들걸. 첫 번째는 왕족을 수호하는 황금기사단, 세 번째는 나."

"설마 두 번째는 저라고 말하려는 것은 아니겠죠?"

"맞아, 자네. 기사들의 눈빛을 보면 알아. 그들은 자네의 눈에 들어 출세하겠다는 것이 아니야."

"그럼요?"

"칭찬받고 싶어 해, 그들은."

"무슨 소린지 잘 모르겠습니다."

"모르긴, 내숭은. 그들은 자네가 가르친 기술을 억척스럽게 써먹잖아. 자, 마스터, 보세요. 당신이 가르친 기술을 이만큼 해냈습니다. 그러니까 칭찬해 주세요. 모르긴 몰라도 그들에게 명예와 돈은 두 번째 문제일 걸. 그들에게 가장 중요한 것은 네가 만족하는 거야. 그런 충성심 높은 기사들이 세상에 몇 명이나 될까."

"오지랖이 너무 넓으십니다."

"그런 거 아니라니까. 그나저나 몇 달만 지나면 무섭겠어."

"뭐가 말씀입니까?"

곤은 살짝 눈썹을 일그러뜨렸다. 헬리온 후작은 술에 취했는지 계속해서 뜻을 알 수 없는 말을 해댔다. 자신만의 생각을 말하는 것이다. 당연히 곤은 알아들을 수가 없었다.

"유니콘을 자유자재로 모는 기사단이라……."

비록 영지 대항전에서 이기기는 했지만 헬리온 후작은 바보가 아니었다. 유니콘이 얼마나 무서운 동물인지 몇 번의 움직임을 보고 대번에 파악했다.

유니콘과 완벽하게 교감하는 기사라는 가정하에 유니콘 한 마리면 다섯 필의 전마를 충분히 상대할 수 있다. 기사의 실력에 따라 최대 열 필도 상대할 수 있을지도.

헤즐러 자작 영지에는 2천 필이 넘는 유니콘이 있다고 들었다. 지금은 그 수를 늘리기 위해서 암놈들은 교배 중이다. 몇 년만 지나면 헤즐러 자작의 기사단은 전부 유니콘을 몰게 될 것이다.

더군다나 곤이 키운 기사단의 실력은 알짜배기였다. 개개인의 무력은 자신이 키운 기사단을 월등히 넘어섰다. 인정하고 싶지 않지만 그것은 진실이었다.

자신의 영지에는 한 명도 없는 마스터급의 기사가 일곱 명에 최강의 메이지 한 명, 놀라운 속도로 급성장하고 있는 천재 마법사가 한 명이다.

자작 영지가 가질 수 있는 전력이 아니었다. 그 정도의 전력이라면 공작가와 비견될 수 있었다.

더해서 유니콘을 모는 기사단의 힘은 딴마음을 먹는다면 무척이나 위험했다.

병력만 뒷받침된다면 왕국의 전복을 충분히 노려볼 수 있는 위험한 전력.

솔직히 그는 곤이 부러우면서도 탐이 났다.

“동생.”

“말씀하시지요, 후작 각하.”

"자네가 나와 함께 손을 잡는다면… 아슬란 왕국을 제국으로 탈바꿈시킬 수도 있을 텐데."

"훗, 무모한 생각을 하시는군요."

"아니야. 정말로 그렇게 생각하네."

"저는 헤즐러 자작 가문의 사람입니다."

"그러게. 부러워, 헤즐러 자작."

"네? 넵?"

포도를 입안 가득 넣고 우물거리던 헤즐러는 깜짝 놀란 눈으로 헬리온 후작을 바라봤다. 입을 우물거리는 모습이 무척이나 귀여웠다. 사람들은 예의가 아닌 것을 알면서도 그런 헤즐러 자작을 보면서 웃음보를 터뜨렸다.

"헤즐러 자작은 좋겠어."

"뭐, 뭐가요?"

"인복이 이렇게 많은 사람은 처음 봤어."

"제가요?"

"그대만 모를 뿐이야. 자네의 주변에는 왕국에서는 내로라하는 영웅급의 기사와 메이지가 가득하다고."

"그런가요?"

헤즐러는 환하게 웃었다.

"보기 좋구먼. 자네는 좋은 군주가 될 게야."

"과찬이십니다, 후작 각하."

"자, 모두 건배 한 번 하자고."

헬리온 후작이 잔을 들었다. 모든 사람이 따라서 잔을 들었다.

"미래를 위하여!"

헬리온 후작이 선창했다.

"미래를 위하여!"

사람들이 그를 따라서 후창했다. 그리고 모두가 술을 단숨에 들이켰다.

헤즐러도 따라서 술을 마시려고 했지만 두 노기사가 만류하여 포도 주스로 만족해야 했다.

그렇게 그들의 즐거웠던 하루는 점점 저물고 있었다.

다음 날.

한 필의 말이 다급하게 헤즐러 자작의 영지로 들어서고 있었다. 아침부터 영지는 분주했다. 삼안족과 함께 상당수의 젊은 남자들이 성벽을 쌓기 위해서 출타했기 때문이다. 물론 그들은 술이 덜 깨서 비틀거리며 집을 나서야 했지만.

"아함, 뭐람? 아침부터 왜 저리 말을 몰아?"

홀은 길게 하품을 하며 성벽 위에서 달리는 말을 보았다.

"말이 때깔 좀 나네."

달리는 말은 황금색의 안장과 독수리가 그려진 깃발이 펄럭거리고 있었다.

"독수리가 그려진 가문? 어디 귀족이더라?"

홀은 턱을 문지르며 고개를 갸웃거렸다.

"이, 이, 이, 미친놈. 빨리 모두 엎드려! 왕족의 깃발이잖아, 이 멍청아!"

샘이 버럭 외쳤다. 그의 말을 들은 모든 사람들이 기겁하며 무릎을 꿇고 바닥에 엎드렸다.

두두두두두!

말을 탄 기사는 그런 그들에게 아무런 말을 하지 않고 지나쳤다. 평상시라면 있을 수 없는 일이었다.

그렇다는 것은 어지간한 예의 따위는 신경도 쓰지 못한다는 말. 엎드렸던 홀이 고개를 살짝 들고 멀어져 가는 황족수호기사의 뒷모습을 보며 말했다.

"설마… 또 뭔 일 터진 것은 아니겠지."

"에이, 전쟁이 끝난 지 얼마나 됐다고. 아닐 거야."

샘은 고개를 절레절레 저었다. 그렇게 말은 했지만 그의 얼굴에도 불안감이 스쳐 지나갔다.

황족수호기사는 저택에 도착해서 바로 뛰어내렸다. 아직 저택은 고요했다. 새벽까지 술자리가 계속되었기에 아직 깨어난 사람은 없었다.

"후작 각하! 후작 각하! 이곳에 계십니까?"

황족수호기사는 저택 문을 열자마자 크게 외쳤다. 아무리 헤즐러 자작의 작위가 그리 높지 않다고는 하지만 이런 행동은 엄청난 결례였다.

그럼에도 개의치 않고 황족수호기사는 계속해서 외쳤다.

"후작 각하! 후작 각하! 황실에서 급보를 가지고 왔습니다!"

마나를 담은 목소리였다. 기사의 목소리가 쩌렁쩌렁하게 저택을 가득 메웠다. 놀란 하녀와 하인들이 옷도 제대로 챙겨 입지 못하고 급하게 문을 열고 나왔다.

모든 사람들이 마찬가지였다. 그들은 눈곱도 떼지 못하고 계단을 내려왔다.

"무슨 일인가?"

아직 술이 깨지 않았는지 헬리온 후작은 난간을 붙잡고 천천히 걸어 내려왔다.

"폐하의 전갈입니다."

"폐하의?"

헬리온 후작은 한 쪽 무릎을 꿇었다. 다른 사람들도 마찬가지였다.

황족수호기사는 옷차림을 가지런히 하고 경건한 목소리로 엄청난 사실을 모두에게 이야기했다.

"전군, 전쟁 준비를 서둘러라. 제국이 해상왕국을 멸망시켰다."

Chapter 2. 대륙 동맹

헬리온 후작 일행은 다급하게 영지로 돌아갔다. 그들의 얼굴은 새하얗게 질려 있었다. 리치 킹의 대륙 침공 이후 왕국이 한 번에 무너진 적은 없었다. 더군다나 해상왕국은 대륙 5강에 드는 강력한 군사력을 가진 나라이다.

특히 해군은 대륙을 통틀어 압도적인 전력을 자랑했다.

그런 해상왕국이 단 보름 만에 무너지는 일이 발생했다. 믿을 수 없는 사실이었다.

헬리온 후작은 영지로 돌아가며 곤에게 말했다.

"동생, 최대한 빨리 군사의 전력을 끌어올리게. 아무래도 제국이 작정을 하고 일을 벌인 모양이야. 곧 대륙은 거대한 전란의 소용돌이에 휘말릴 걸세."

곤은 고개를 끄덕였다. 그 역시 헬리온 후작과 같은 생각이었다. 라덴 왕국의 조건 없는 휴전으로 인해서 제국도 일단 물러났지만, 그들이 언제까지고 가만있을 것이라고는 생각되지 않았다.

곤은 샤를론즈라는 여자에 대해서 잘 알고 있었다. 그녀는 욕망의 화신이었다. 이제껏 곤이 살아오면서 본 인간 중에서 가장 두려운 자이기도 했다. 더군다나 그녀에게는 괴물이 되어버린 볼튼이 붙어 있었다. 그 악마들이 만났다. 그들이 잠자코 있을 것이라고는 생각할 수 없었다.

시간이 촉박했다.

곤은 당장 술에 취해서 자고 있는 기사들을 깨워서 지옥 훈련에 돌입했다.

*　*　*

곤은 유니콘을 타고 훈련에 매진하고 있는 기사들을 보았다. 예전에 그들이 타던 전마는 모두 병사들이 물려받았다. 전마를 받은 그들은 중갑기마병으로 쓸 참이다.

삼안족은 오전에만 훈련에 참가했다. 오후에는 성벽을 쌓는 일을 관리 감독했다. 모든 영지민이 성벽을 쌓는 일에 동원됐다. 인구수가 적은 그들은 자신을 보호하기 위해서는 하루바삐 삼안족이 창안한 성벽을 쌓아야 했다. 그나마 다행스러운 것은 수확기가 끝났다는 것이다.

제국과 라덴 왕국의 동맹군이 일으킨 1차 대륙 전쟁으로 인해서 중앙대륙에는 많은 피가 흘렀다. 그러나 전쟁은 놀라울 만치 일찍 막을 내렸다. 단 몇 달 만에 막을 내린 것이다.

갑작스러운 라덴 왕국의 무조건 휴전 때문이었다. 왜 라덴 왕국이 휴전을 했는지 다른 왕국은 몰랐다. 비밀을 알고 있는 자는 극소수였다.

사람들은 그저 라덴 왕국군의 보급로가 길어서 더 이상 전쟁을 수행할 능력이 되지 않기 때문에 휴전했다고 생각했을 뿐이다.

만약 전쟁이 일 년 이상 길어졌더라면 대륙은 상상을 초월하는 엄청난 피를 흘렸을 것이다. 그러나 이번에는 예전처럼 쉽게 끝날 것 같지가 않았다. 불길한 예감이 들었다.

놈들은 작정을 하고 전쟁을 일으켰다. 들리는 소문을 모두 믿을 수는 없지만 상당히 신빙성이 있는 소문도 있었다.

우선 제국의 병력.

백만 대군이라는 소리도 있었고 오십만 대군이라는 소문도 있었다. 거의 중소 규모의 왕국 전체에 맞먹는 군세가 아닐 수 없었다. 한마디로 어마어마했다. 그런 엄청난 군세를 도대체 무슨 수로 막아낼 수 있을지 걱정되었다.

하지만 이해가 가지 않는 일도 있었다.

엄청난 대군을 일으킨 제국이지만 그들이 대륙의 모든 나라를 상대할 수 있을까?

도저히 불가능한 일이다.

일단 병참선이 문제였다. 동대륙에 위치한 그들이 이곳까지 오려면 상상을 초월하는 길이의 병참선을 유지해야 한다. 전쟁은 병력만으로 하는 것이 아니니까. 또한 그들은 이곳 지리를 잘 알지 못한다. 지리를 잘 알지 못하니 소수의 병력에 발목을 잡힐 수도 있었다.

그들의 터인 동대륙을 통일할 수는 있어도 그랑주리 정글 바깥쪽인 서대륙까지 넘어오는 것은 현실적으로 불가능했다.

바보가 아닌 이상 그들도 분명히 그 사실을 알고 있을 텐데.

도대체 꿍꿍이가 무엇일까.

"형님."

기사들을 훈련시키던 씽이 다가왔다. 그는 곤의 명령대로 아주 착실하게 기사들은 다져주고 있는 중이다. 이제껏 한 어떤 훈련보다 더 강도 높게 훈련하자 악에 받친 기사들이 '씽, 이 새끼, 내가 강해지면 너부터 죽인다' 고 외쳤지만 씽은 전혀 상관하지 않고 더욱더 그들을 굴렸다.

"얼마나 있으면 유니콘을 자유자재로 다룰 수 있을 것 같나?"

곤이 물었다.

가장 시급한 문제였다. 헤즐러 자작가는 병력이 얼마 되지 않는다. 다른 대귀족들처럼 보병들은 공격에 쓸 수가 없었다. 현재의 병력으로는 방어만 하기에도 벅차다. 하여 곤은 모든 병사를 수성전에 전문화되도록 훈련시키고 있었다.

그렇다고 수성전만 해서는 전쟁에서 이길 수가 없다. 당연히 공격도 필요하다.

그 역할을 할 자들이 바로 유니콘을 탄 기사들과 전마를 탄 기마병이었다. 이들의 역할을 무척이나 중요했다.

"지금처럼 굴린다면 두 달이면 기사단의 형태는 갖추게 될 것 같습니다."

"두 달?"

"그것도 빨라야……."

"안 돼. 너무 늦어. 한 달로 줄이도록 해."

"한 달이요? 지금도 애들의 능력치를 최대로 뽑아내고 있어요. 애들 잡습니다."

"잡아."

"…네."

씽은 곤의 말이라면 마늘로 메주를 쑨다고 하여도 믿는다. 그에게는 곤의 말은 신과 동격이었다. 까라면 깐다.

"으아아아악! 살려줘! 젠장! 이게 훈련이야? 고문이지!"

기사들의 비명이 사방팔방으로 퍼졌다.

"저렇게 소리를 지르는 것을 보니 힘이 남아도는 것 같네요. 한 달 안에 반드시 기사단의 형태를 갖춰놓겠습니다."

"그래, 부탁해."

"걱정하지 마세요, 형님."

씽은 싱긋 웃었다. 극소수의 기사가 멀리서 씽의 웃음을 보았다. 그들은 군법이고 나발이고 탈영해야 하는 것은 아닌지 심각하게 고민했다.

* * *

콘고 공화국, 3공국 연합국, 신성왕국, 아슬란 왕국 등 4개국 긴급 회동이 3공국 연합체 남야에서 열렸다.

남야는 3공국 연합체 중에서 가장 남쪽 지방에 위치하기에 이제껏 전쟁의 피해에서 어느 정도 벗어나 있었다. 사실 3공국을 먹여 살리는 나라가 남야라고 해도 과언이 아니었다.

남야는 대륙에서 가장 남방에 위치하기에 봄과 여름밖에 없었다. 덕분에 3모작도 가능했다. 덕분에 남야는 다른 왕국과 비교해서 상당히 풍요로웠다. 북쪽의 왕국들은 겨울만 되면 굶어 죽는 사람이 속출하지만 남야는 그런 걱정 따위는 할 필요가 없었다.

시야는 해양업이 발달했다. 해류로 인한 수산물이 풍부하여 중야와 남야에 싼값에 공급했다.

가장 헐벗은 곳은 중야였다. 지리적인 입장에서 그들은 그럴 수밖에 없었다. 우선 중야는 제국과 그랑주리 정글, 아슬란 왕국과 국경이 맞닿아 있었다. 항상 제국과 아슬란 왕국 사이에서 그들은 아슬아슬한 줄타기를 할 수밖에 없었고, 그 랑주리 정글에서 먹이를 찾아 쉴 새 없이 내려오는 몬스터들을 막아내야만 했다.

가장 헐벗은 국가지만 그렇다고 국력까지 약한 것은 아니었다. 3공국 연합체 중에서 가장 강력한 군사력을 유지할 수밖에 없었다. 그들의 강력한 군사력을 유지하기 위해서는 시야와 남야의 지원이 필수적이었다.

시야와 남야도 그들을 필사적으로 지원했다. 만약 중야라는 받침돌이 없으면 그들 역시 제국에 의해서 무너지는 것은 순식간일 테니까.

어쨌든 현재 대륙에서 가장 안전하다고 할 수 있는 곳은 남야였다. 하여 4개국의 대표들은 그곳에서 긴급 회담을 열기로 결론을 내린 것이다.

아슬란 왕국에서는 헬리온 후작과 스피커트 공작을 긴급 파견했다. 남야의 수도에 들어선 헬리온 후작과 스피커트 공작은 말머리를 나란히 하며 걸었다. 사실 헬리온 후작과 스피커트 공작은 오래전부터 정적 관계였다. 정계에 입문한 이후로 둘의 사이가 좋은 적이 단 한 번도 없었다.

정세가 안정되면 둘은 언젠가 대판 한번 붙는다는 소문이 공공연하게 나돌 정도였다.

국왕인 셀핀 7세도 그들의 관계를 아주 잘 알고 있었다. 그럼에도 둘을 같이 세트로 묶어서 긴급 회동에 파견을 할 수밖에 없었던 이유는 그들이 외교에 가장 능통하기 때문이었다.

헬리온 후작은 나라를 구한 구국영웅이다. 더군다나 그는 라덴 왕국과의 탁월한 협상으로 인해서 가장 적은 피해로 왕국을 살릴 수가 있었다. 물론 국왕은 곤이 협상을 했다는 것을 모른다. 곤이 자신의 공을 헬리온 후작에게 돌렸기 때문이다.

스피커트 공작은 진정으로 외교적인 능력이 탁월했다. 아무리 검사의 왕국이라고 불리는 아슬란 왕국이지만 제국에 비해서 전체적인 전력은 전부 떨어졌다. 그럼에도 그들과 대등한 교역을 펼칠 수 있는 것은 스피커트 공작의 능력 때문이라고 해도 과언이 아니었다.

"빌어먹을, 하필 네놈과 함께 다녀야 하다니……."

스피커트 공작이 낮은 음성으로 중얼거렸다. 마스터급에 다다른 헬리온 후작이 그의 말을 듣지 못할 리가 없었다.

물론 투신 중의 한 명인 스피커트 공작 역시 그가 들으라고 한 말이었다.

"그러게 말입니다. 이런 일만 없었다면 지금쯤 누구의 영지를 풍비박산 냈을 텐데."

헬리온 후작은 아예 대놓고 크게 얘기했다. 그의 말을 들은 섬광기사단의 기사들 얼굴이 핼쑥하게 변했다. 그들은 슬쩍 스피커트 공작의 눈치를 살폈다. 그는 웃고 있지만 호위기사들이 문제였다. 눈빛에서 감도는 살기가 장난이 아니었다. 허락만 떨어진다면 당장에라도 검을 뽑을 것만 같았다.

"어째 나랑 같은 생각이구만."

"그렇지요? 저희는 같은 꿈을 꾸고 있나 봅니다."

"이번 전쟁이 끝나면 아무래도 우리의 가벼운 일을 처리하는 것이 나을 듯허이."

"아, 좋은 생각이네요. 바라고 또 바라던 일인데."

스피커트 공작과 헬리온 후작이 동시에 말을 멈췄다. 서로의 눈빛이 마주쳤다. 그들의 눈빛에서는 서로를 잡아먹을 듯한 살기가 뚝뚝 흘러내렸다.

"자, 자, 두 분께서는 그만 싸우시고, 우리의 목적을 잊으시면 안 됩니다. 반드시 동맹을 성공시켜야 합니다. 뭐, 다들 발등에 불이 떨어졌으니 알아서들 잘 뭉치겠지만."

스피커트 공작과 헬리온 후작 사이로 한 명의 젊은 사내가 끼어들었다. 그는 카론 로 셀핀. 셀핀 7세의 장남으로 차기 왕권의 서열 1순위의 황태자였다.

황금을 연상시키는 머리카락 색과 서글서글한 눈매가 무척이나 인상적인 젊은이였다. 셀핀 7세가 가장 아끼는 자식이기도 했다.

그런 그가 이곳까지 동행했다는 것은 그만큼 일의 심각성을 알려주는 것이기도 했다.

"황태자 저하."

"황태자 저하."

스피커트 공작과 헬리온 후작이 한 발씩 물러났다. 서열 1위의 황태자 앞에서 날을 곤두세우며 싸울 수는 없는 노릇이었다. 만에 하나 카론의 눈 밖에 나면 아무리 대귀족이라고 하더라도 그가 왕이 되는 순간 몰락하게 될 것이다.

어떤 수를 써서라도, 설사 반역의 누명을 씌워서라도 가문을 끝장 낼 테니까.

"나중에 영지전을 벌이면 저를 꼭 불러주세요, 두 분. 제가 증인을 설 테니까. 뭐, 아슬란 왕국 5대 투신 중의 한 명이 골로 가는 것은 아쉽기는 하지만 오래 해드셨잖아요. 두 분 모두. 후배들이 그 자리를 얼마나 노리고 있는데요."

카론 황태자가 스피커트 공작과 헬리온 후작을 보며 싱글싱글 웃었다. 그러나 그가 말하는 것은 결코 가벼운 것이 아니었다.

잘못하면 둘 모두 목이 날아갈 수 있었다. 지금 그가 한 말은 경고였다. 지금의 일에 최선을 다하지 않으면 무사하지 못할 것이라는.

특히 정계에 오랜 시간 몸담고 있는 스피커트 공작은 황태자가 어떤 경고를 보내고 있는지 대번에 눈치챘다.

"큼큼, 황태자 저하께서 하찮은 저희들에게 그렇게까지 신경을 쓸 필요는 없으십니다. 지금은 저희끼리 싸울 때가 아니죠. 그렇지 않나, 헬리온 후작?"

"그, 그렇지요. 대륙이 전화에 휩싸였는데… 지금은 왕국의 안위를 먼저 생각해야지요."

헬리온 후작이 고개를 끄덕였다.

"그렇지요? 지금 무엇보다 중요한 것이 무엇인지 두 분 모두 아시니 다행입니다. 폐하께서는 두 분과 같은 훌륭한 가신들을 두어 행복하실 겁니다."

황태자는 밝게 웃었다. 스피커트 공작과 헬리온 후작은 그의 좇아 억지웃음을 지었다.

"자, 가자고요. 회담은 내일 오전부터니까 오늘은 여독을 풀자고요."

"네, 알겠습니다, 황태자 저하."

그들은 배정된 숙소로 향했다. 남야에서 신경을 많이 썼는지 그들에게 배정된 숙소는 황실 왕궁에 버금갈 정도로 화려하고 웅장했다.

* * *

남야의 궁전에서는 오전 일찍부터 긴급 회담이 열렸다. 며칠씩 뒤로 미룰 문제가 아니었다. 그만큼 상황이 촉박했다.

현재 제국은 북의 곰이라 불리는 아이크 왕국을 침공 중이었다. 아이크 왕국은 제국만큼이나 거대한 영토를 자랑하고 있다. 워낙 북쪽 지방에 있어 다른 왕국과는 다르게 봄여름이 무척이나 짧았다. 1년 중에 반이 겨울이라고 보면 되었다. 겨울 평균 기온은 자그마치 영하 40도까지 내려간다.

당연히 인구수는 영토에 비해서 훨씬 적었고, 개척되지 않는 땅도 엄청나게 넓었다.

하지만 그런 척박한 땅에서 살아서인지 국민의 생존력은 무척이나 강했다. 민족성도 상당히 호전적이라 제국도 함부로 하지 못하는 나라이기도 했다.

한마디로 그들은 강군이었다.

하여 많은 사람들은 아이크 왕국을 북의 곰이라고 불렀다.

제국의 입장에서는 아슬란 왕국만큼 무척이나 껄끄러운 나라이기도 했다.

그런 아이크 왕국을 제국은 선전포고도 없이 침공한 것이다.

물론 해상왕국이 제국에 의해서 멸망했기에 아이크 왕국 또한 만반의 준비를 취하고 있었다.

문제는 북의 곰이라 불리는 아이크 왕국조차 제국의 막대한 병력에 의해서 모래성처럼 허물어지고 있다는 것이다. 이미 영토의 반이 제국의 손에 넘어갔다.

첩보원들의 정보의 의하면 아이크 왕국은 길어봤자 삼 개월 정도밖에 버티지 못한다고 했다.

반대로 얘기하면 제국의 칼끝이 삼 개월 뒤에 동대륙의 국가들에게 향한다는 뜻이기도 했다. 어쩌면 더 짧을 수도 있고.

하여 각 왕국의 사절단은 급히 회동을 가질 수밖에 없었다.

남야의 황태자 건슬러, 숀 공작, 라이든 후작, 중야의 힐버트 공작, 레이크 후작, 시야의 락 공작, 슈틀리에 후작, 콘고 공화국의 메이슨 황태자, 가론 공작, 뮈소 후작, 신성왕국의 세이선 공작, 아미크 후작, 아슬란 왕국의 카론 황태자, 스피커트 공작, 헬리온 후작이 한자리에 모였다.

아침을 먹기 전에 모였기에 그들의 앞에는 간단하게 요기를 할 수 있는 음식이 놓여 있었다. 하지만 음식에 손을 대는 사람은 없었다. 대부분이 차만 홀짝거릴 뿐이었다.

그들이 음식을 먹지 않자 메이드들이 들어와 그것들을 재빠르게 치웠다.

남야의 라이든 후작이 자리에서 일어나 한쪽 벽면을 펼쳤다. 그곳에는 대륙의 전도가 그려져 있었다. 인류가 발생한지 수만 년이 넘었지만 아직도 미개척지는 많았다. 중앙대륙의 1/3이 미개척지에 해당했다. 그러나 나머지 땅은 모두 인간이 지배했다. 수많은 이종족이 인간들을 피해서 미개척지나 그랑주리 정글, 홀몬 산맥으로 몸을 숨겼다.

하여 전도에서 미개척지는 두루뭉술하게 그려져 있고 인간들이 지배하는 땅은 비교적 상세하게 서술되어 있었다.

대부분의 왕국은 타국에 간자들을 심어놓았다. 그렇지 않은 왕국은 피부색이 달라서 한 번에 눈에 띄는 라덴 왕국뿐이었다. 하여 그들은 전도에 그려진 붉은 점들이 무엇을 뜻하는지 한 번에 알아볼 수가 있었다.

붉은 점은 제국을 뜻한다. 그리고 붉은 점은 서대륙 절반 이상의 광대한 영토를 집어 삼키고 있었다.

특히 서대륙에 속한 시아 공국으로서는 언제 날벼락이 떨어질지 몰라서 노심초사해야 했다.

"보다시피 제국은 서대륙을 휩쓸고 있습니다. 이제껏 본 적이 없을 정도로 막강한 군세입니다."

전도를 편 라이든 후작이 먼저 입을 열었다. 모두가 그의 짧은 설명을 귀를 기울여 들었다.

"저번 전쟁에서는 제국이 최선을 다하지 않았다는 결론이 나오는군요."

콘고 공화국의 메이슨 황태자가 씁쓸하게 웃으며 말했다. 콘고 공화국은 1차 대륙 전쟁에서 제국에 의해 가장 큰 피해를 본 국가였다. 만약 제국이 물러나지 않았다면 콘고 공화국은 멸망했을지도 몰랐다. 당시 피해가 너무 커서 아직도 제대로 된 복구가 이뤄지지 않고 있었다. 다시 한 번 전쟁이 터진다면 콘고 공화국은 치유할 수 없는 치명타를 입을 수 있었다.

당시에 제국군이 일으킨 군세는 십오만이었다. 지금과는 비교도 되지 않았다. 일부러 자신들의 군세를 숨기고 다른 왕국의 힘을 맛보기만 했다는 느낌을 지울 수가 없었다.

게다가 실제로도 그러했다.

"아슬란 왕국이 라덴 왕국을 물리쳐 주신 덕분에 제국도 일단은 물러났습니다. 하지만 이번에는 제국 혼자서 전쟁을 일으켰습니다. 말이 되지 않지요. 완전히 전쟁광들. 이 먼 서대륙까지 병참선을 유지할 채 그들이 계속해서 전쟁을 유지할 수 있을까요? 저는 불가능하리라 봅니다."

남야의 황태가 건슬러가 말했다.

"그건 아닙니다."

아슬란의 황태자 카론이 고개를 가로저었다.

"왜죠?"

"그들이 해상왕국과 아이크 왕국을 먼저 친 이유는 동대륙을 먼저 침공하면 뒤통수가 근질근질해서겠죠?"

"그거야 당연한 말 아닌가요?"

"그런데 그들에게는 다른 노림수가 있어요."

"그게 뭐죠?"

"우리는 제국이 육십만 대군을 모두 이곳에 투입하지 못할 것이라 여기고 있죠?"

"당연한 것 아닙니까? 아무리 병력이 많아도 그들을 먹여 살릴 지원부대가 없으면 전쟁은 길게 끌지 못합니다."

중야의 힐버트 공작은 당연한 말을 한다는 듯이 콧방귀를 뀌었다. 무척이나 예의가 없는 행동이었지만 누구도 그를 탓하지 않았다. 제국으로 인해서 지금은 모두의 신경이 곤두서 있었다.

"그런데 말입니다. 해상왕국이 무너지면서 제국은 엄청난 배를 확보하게 됐습니다. 아시죠, 해상왕국의 수군 전력을? 대륙에서 가장 왕성한 상업 활동을 하는 해상왕국입니다. 그 이유는 그들의 발전된 배의 건조 기술에 있습니다. 그들의 배는 대륙 어느 곳이든 갈 수가 있죠. 저희로서는 꿈도 꾸지 못할 발전된 건조 기술입니다."

"그러니까 그 말은……?"

카론 황태자의 말에 모두의 낯빛이 변했다.

"그들이 콘고 공화국이건 남야건 시야건 항구만 확보한다면 병참선은 그대로 유지될 수 있다는 뜻입니다."

"그, 그렇구나. 그래서 그들이……."

각각의 인물들 입에서 탄식이 흘러나왔다.

카론 황태자는 말을 이었다.

"육지에서 병참선을 유지하는 것은 훨씬 힘들고 고됩니다. 어떤 변수가 발생할지 알 수 없고요. 하나 뱃길은 다릅니다. 배 한 척이면 1천 명이 한 달간 먹을 수 있는 식량을 나를 수가 있습니다. 게다가 아무런 위험 요소도 없지요. 해상왕국이 무너진 이상 제국을 막을 수 있는 수군은 없습니다."

"하아!"

다시 한 번 탄식.

"제국이 동대륙으로 넘어온다는 것은 기정사실이군요."

시야의 락 공작이 말했다. 이제는 우왕좌왕할 시간도 없었다. 서둘러 대책을 세우지 않으면 동대륙도 제국의 군화에 짓

밟히고 말 것이다

제국이 대륙을 일통하면 살아남을 수 있는 왕족은 단 한 명도 없었다. 귀족들 역시 마찬가지였다. 쓸 만한 하급귀족들은 살려둬서 일을 시키겠지만, 백작 이상의 대귀족들은 살아남을 확률이 1%도 되지 않았다.

"헬리온 후작."

카론 황태자가 헬리온 후작을 불렀다. 헬리온 후작은 일어나서 모두에게 고개를 숙이고 전도 앞으로 나갔다. 그가 전도로 다가가자 숀 공작이 자리를 비켜주었다.

"우선 제국이 진격할 수 있는 곳은 딱 두 곳입니다. 이곳과 이곳."

헬리온 후작은 콘고 공화국과 중야를 가리켰다. 육십만 대군이 진격하기 위해서는 반드시 도로가 필요했다. 산길로 갈 수는 없었다. 그렇다면 동과 서를 잇는 실크로드가 제국이 이동할 수 있는 최적의 이동 경로였다.

"하아, 우리 땅이구만."

중야의 제이크 후작이 답답한 듯 길게 한숨을 내쉬었다.

제국이 중야 공국을 넘기 위해서는 군사도시 소믈린을 거쳐야 한다. 다른 길목은 없었다. 과거 군사도시 소믈린은 전장의 마녀 샤를론즈의 군대를 물리친 적도 있었다.

하지만 지금의 군세는 그때의 군세와는 비교조차 할 수가 없었다.

아무리 소믈린의 성벽이 견고하다고 하더라도 수십만이 넘는 대군을 상대로 얼마나 버틸 수 있을지는 뻔한 사실이다.

그것은 콘고 공화국도 마찬가지였다. 콘고 공화국은 수도까지 점령당할 뻔했다. 가까스로 성벽 보수만 끝났을 뿐, 병력의 편제도 아직 끝나지 않았다. 그들이 아무리 병력을 끌어 모아도 십만이 가까스로 넘을 뿐이다.

"미치겠군. 그럼 어떡해야 할까요?"

콘고 공화국의 가론 공작이 물었다.

"저희로서는 두 가지 방도가 있습니다."

"그게 뭐죠?"

"적들의 침입을 예상하는 것이죠. 하여 한곳에 전군을 집결시켜 그들과 맞서 싸우는 것입니다. 일단 4개국의 병력을 총집결시키면 제국과 얼추 비슷할 겁니다. 비록 저희가 제국처럼 융합이 잘 되지는 않겠지만 그래도 저희가 유리합니다. 일단 지형이 우리에게 익숙하기 때문입니다."

"그건 다행이군요."

"그렇습니다. 제국은 병력을 두 개로 나누지 않을까 생각합니다. 주공과 조공으로. 물론 병력의 수는 차이가 없겠죠."

"두 개의 부대 중에 하나는 최강의 병력으로 구성한다는 소리겠죠?"

"맞습니다. 조공도 만만치 않을 겁니다. 하지만 주공에 비해서는 파괴력 면에서 조금 덜하겠죠. 어찌 됐든 두 개로 병력을 나눈다고 하더라도 30만 대군입니다. 결코 얕볼 수 없습니다."

"그럼 우리도 두 개로 병력을 나눠야 할 텐데요."

이제까지 듣고만 있던 신성왕국의 아미크 후작이 손을 들며 말했다. 신성왕국은 성기사로 이뤄진 거대 집단이다. 해양과 맞닿아 있지만 종교적인 이유로 수산물을 먹지 않기에 수군은 존재하지 않았다. 대신 육군은 상당히 강력했다. 그들이 이번 전쟁에 참전한다면 큰 힘이 될 터였다.

"맞습니다."

고개를 끄덕인 헬리온 후작이 말을 이었다.

"먼저 콩고 공화국은 저희 아슬란 왕국과 동맹을 맺고 북쪽을 막습니다. 콘고 공화국의 레인저라면 정평이 나 있으니 제국군의 움직임을 상세히 잡아낼 수 있을 겁니다. 남쪽은 3공국 연합체와 신성왕국이 힙을 합쳐 제국을 막습니다. 이 역시 지리적인 이점이 상당하니 저희가 단결만 잘 된다면 제국군을 충분히 막아낼 수 있다고 생각합니다."

헬리온 후작의 말에 모두가 동의를 표했다. 아무리 머리를 써도 그 수밖에 없었다. 동대륙보다 훨씬 큰 세력이던 해상왕국이 무너진 상태에서 수군의 도움은 언감생심이었다.

진작 제국의 준동을 알아차리지 못한 것이 대륙을 피바다로 몰고 있었다.

동맹은 이뤄졌다.

이제는 서둘러 군대를 편성하여 제국의 침략을 막는 수밖에 없었다.

콘고 공화국의 상업도시 에덴.

에덴은 콘고 공화국의 젖줄과 마찬가지인 도시이다. 1차 대륙 전쟁에서도 콘고 공화국은 목숨을 걸고 상업도시 에덴만큼은 구해냈다. 그러나 이번에는 그럴 수가 없었다.

그들은 상업도시 에덴의 활성화를 위해서 곳곳에 도로를 건설했다. 물론 그 도로는 제국에서부터 이곳까지 이어진다. 그것이 지금 제국군의 진격로가 된 것이다.

에덴으로 엄청난 군인들이 몰려들었다. 본래 에덴에 살던 주민들 상당수가 피난길에 올랐다. 하지만 이곳에서 태어나 수십 년을 살아온 노인들은 '죽어도 고향을 떠나지 않을 것이여' 라고 말하며 자리에 머물렀다.

콘고 공화국의 팔만의 주력 부대가 이곳으로 모여들었다.

아슬란 왕국도 십오만에 달하는 병력을 에덴으로 파견했다. 이미 아이크 왕국이 무너졌다는 소문이 파다했다. 언제 제국군이 이곳으로 들이닥칠지 아무도 알지 못했다. 제국군을 감시하던 레인저들의 소식도 끊겼다.

상업도시 에덴에 불길하고 무거운 적막감이 감돌았다.

중야의 군사도시 소믈린.

그렇지 않아도 병사가 많은 도시였다. 주민의 숫자는 적었다. 대체로 병사들을 상대로 술이나 생필품을 파는 사람이 대부분이었다. 군사도시이기에 밀을 수확하는 농지도 없었다.

그런 소믈린이 엄청난 숫자의 사람들로 북적였다. 모두 새롭게 유입된 병사들이었다.

중야의 병력 칠만.

시야의 병력 오만.

남야의 병력 오만.

신성왕국의 병력 십만.

도합 이십칠만의 병력이 군사도시 소믈린에 진을 쳤다. 간혹 동맹군이 결정되기는 했지만 이토록 많은 병사들이 한자리에 모인 적은 없었다.

병사들의 사기는 대단했다. 아무리 제국군이라고 하더라도 소믈린을 뚫을 수는 없다고 장담했다. 일단 기존의 병력은 제국군을 한 번 물리친 경험이 있었다.

술집은 병사들로 인해 꽉 들어찼고, 시끄러운 소음이 멀리까지 들렸다.

몇몇은 술에 취해 국가(國歌)를 부르기도 했다.

성벽과 지리적인 이점, 높은 사기, 각각의 왕국을 대표하는 비밀병기. 아무리 제국군이 강하다고 해도 패배할 것이라고는 생각할 수 없었다.

그것은 각국의 지휘관도 마찬가지였다. 그들은 호탕하게

웃으며 매일같이 술자리를 가졌다. 천 명이 넘는 레인저들을 파견하여 제국군의 움직임을 면밀히 파악하고 있으니 그들로서는 크게 걱정할 것이 없었다.

"하하하, 제국군 놈들을 이곳에서 전멸시키고 놈들의 본국까지 단번에 쳐들어갑시다. 이참에 제국을 지도상에서 지워버리고 우리가 제국이 되는 겁니다."

이렇게 외치는 지휘관도 있었다.

몇몇 기사들은 긴장해야 한다면서 그들에게 조언했지만 듣지를 않았다.

"멍청한 놈들, 지금은 사기가 높다. 긴장을 풀어줄 때란 말이다. 잔말 말고 너희들도 즐겨라. 전투가 벌어지면 쉴 시간도 없을 테니까."

지휘관들은 조언을 하는 기사들에게 면박을 주었다. 어쩔 수 없이 기사들은 물러날 수밖에 없었다.

그렇게 시시각각 제국군은 동대륙을 향해서 조금씩 다가오고 있었다.

Chapter 3. 비수는 가까운 곳에서부터

헬리온 후작은 천오백여 명의 기사와 만여 명의 병사를 이끌고 콘고 공화국의 상업도시인 에덴으로 향했다. 나머지 병력과 기사들은 방위군으로 영지에 남겨두었다. 혹여 자신에게 무슨 일이 있으면 영지민을 지켜야 할 최소한의 병력이 있어야 하기 때문이다.

헬리온 후작과 곤은 말머리를 나란히 했다. 곤은 헬리온 후작이 성을 나설 때까지 동행할 생각이었다.

곤도 이번만큼은 대륙의 정세가 심상치 않다는 것을 잘 알고 있었다. 그는 키스톤이 한 말을 떠올렸다.

"마스터, 제국이 작정을 한 것 같습니다. 육십만 대군이라는 말도 안 되는 병력을 일으켰습니다. 그들은 진심으로 대륙을 일통할 생각입니다. 반드시 막아야 합니다. 그들은 전쟁에 미쳤습니다. 대륙을 일통했다고 해서 끝이 아닐 겁니다."

곤은 고개를 끄덕였다. 키스톤이 무슨 말을 하는지 잘 알고 있었다.

제국을 움직이는 자들이 누구인지 곤이 가장 잘 알고 있지 않은가.

전쟁광 샤를론즈와 미친 광투사 볼튼. 이들이 손을 잡고 전쟁을 벌인 이상 평범하게 끝나지는 않을 것이다.

곤도 그들을 반드시 막아야 한다고 생각했다.

"저희 부대가 동행하지 않아도 되겠습니까?"

헬리온 후작에게 곤이 물었다.

"제국은 강하네."

"알고 있습니다."

"믿을 수 없을 정도로. 각 왕국의 수뇌부들은 상황을 너무 안일하게 보고 있어. 병력면에서는 비슷하다지만… 제국군의 개개인 능력치가 훨씬 높다고 보네."

"아마도……."

제국은 오래전부터 전쟁 준비를 하고 있음이 1차 대륙 전쟁에서 드러났다. 그들이 순순히 물러난 것은 오직 동맹국이던 라덴 왕국이 급작스럽게 물러났기 때문이다. 그들이 입은 피해는 거의 전무했다. 반면 콘고 공화국은 엄청난 인명 피해를 입지 않았던가. 제국군과 붙은 콘고 공화국의 정규군 상당수가 궤멸 상태에 이르렀다.

그런데도 콘고 공화국의 수뇌진은 이번 전쟁에서 반드시 이길 수 있으리라 생각하고 있었다. 왜 그런지 도저히 이해가 가지 않는 헬리온 후작이었다. 아마도 라덴 왕국군을 이겨낸 아슬란 왕국을 믿는 모양이었다.

"나는 이번 전쟁에서 승리할 확률은 반반이라고 보네."

"반반입니까?"

"그것도 최대치로 잡은 것일세. 변수가 없다면 말일세. 만약 이번 전쟁에서 다른 변수가 있다면……."

"어떤 변수를 말씀하시는 겁니까?"

"라덴 왕국이 다시 전쟁에 참가한다거나 한다면 우리는 패배할 것일세. 제국과 라덴 왕국이 대륙을 양분하게 되겠지. 물론 거기서 끝은 아닐 것이야. 제국과 라덴 왕국은 대륙의 패권을 두고 다시 다투겠지. 얼마나 많은 피가 흐를지 짐작도 가지 않네."

"아마도 라덴 왕국은 참전하지 않을 겁니다."

"확신하나?"

헬리온 후작은 묘한 표정으로 곤을 바라봤다.

"휴전을 하기로 구스타프 대제가 약조했으니까요."

"문서 따위는 각국의 이득에 따라서 휴지조각이 될 수도 있어."

"알고 있습니다."

"그런데도 자네는 장담을 하는 것인가?"

"후작 각하 말씀대로 국가는 자국의 이득을 따라 움직이니까요."

"그 말은 라덴 왕국이 움직이지 않는 것이 그들에게 이득이 된다는 말인가?"

곤은 대답하지 않았다. 그저 헬리온 후작을 보며 알 수 없는 묘한 미소를 지을 뿐이었다.

"흠, 다른 사람이라면 모르지만 자네의 말이라면 믿지. 그렇다면 이번 전쟁에서 승리할 확률이 10% 정도 올라갈지도 모르겠군."

"그건 다행이군요."

"혹시 모르니 이곳을 부탁하네. 언제나 만일의 사태에 대비해야 하니까."

"이곳은 걱정하지 마십시오. 최선을 다해서 지키겠습니다."

"자네의 부대 말일세."

"네."

"자네의 부대야말로 아슬란 왕국의 비밀병기이네. 그러니 잘 조련시켜 두도록 하게나."

헬리온 후작의 말은 진심이었다. 곤의 기사단이 얼마나 강력한지 예전에 겪었다. 물론 영지 대항전에서는 넋이 빠졌는지 형편없는 실력을 보여줬지만 그것이 다가 아니었다.

곤의 기사단 실력은 아슬란 왕국 내에서도 손에 꼽을 수 있었다. 더해서 유니콘을 자유자재로 다루게 된다면 왕국, 아니, 세계 최강이라고 해도 과언이 아니었다.

제국은 곤의 기사단에 대해서 전혀 모르고 있을 터였다. 아슬란 왕국 내에서도 곤에 대해서 알고 있는 사람은 극히 드물었다.

누구도 곤의 기사단이 얼마나 강한지 알지 못했다. 오로지 헬리온 후작만이 곤의 무서움을 알고 있었다.

곤이 전쟁에 참가하면 엄청난 위력을 발휘할 것은 자명한 일. 어쩌면 단숨에 전쟁을 유리하게 이끌 수도 있었다.

곤도 그것에 대해서 생각해 보지 않은 것은 아니었다. 기사단 150명과 삼안족 800명, 그리고 그들을 보좌할 1,000명의 기마병.

2,000명이 안 되지만 이들은 일당백이라고 곤은 자신했다.

그러나 헬리온 후작은 이들을 끝까지 숨기기로 마음먹었다.

전쟁에서 단숨에 승기를 잡는다면 더할 나위가 없다. 그러나 전쟁에서는 변수가 너무 많았다. 최후의 카드를 먼저 써버리는 머저리 같은 짓은 할 수 없었다. 만약에 만약을 대비하여 곤과 그의 기사단을 꽁꽁 숨겨둘 생각이다.

헬리온 후작이 말을 세웠다. 곤도 말을 세웠다 그들을 따르던 기사들과 1만 명의 병사들도 잠시 멈췄다.

헬리온 후작은 곤을 바라봤다. 그의 눈빛에서는 다른 때와는 볼 수 없는 결연함이 뒤섞여 있었다.

"동생."

"네, 후작 각하."

"뒤를 부탁하네."

"승전 소식을 기다리고 있겠습니다."

헬리온 후작은 피식 웃고는 곤의 어깨를 두드렸다. 그리고는 말머리를 돌려 가던 길을 가기 시작했다. 잠시 멈췄던 그의 부대가 움직였다.

곤은 도로 한쪽으로 비켜섰다. 그를 알고 있는 기사들이 고개를 숙여 알은척을 했다. 곤도 그들의 인사를 받아주었다.

일만 명이 곤의 곁을 지나치는 시간은 상당히 오래 걸렸다. 곤은 지루해하지 않고 그들이 모두 지나가기를 기다렸다. 이 중에서 몇 명이나 살아 돌아올지 알 수 없었다. 설사 승전을 한다고 하더라도 상당수가 가족의 품으로 돌아오지 못할 것이다.

그들이 떠나는 것을 배웅해 주는 것은 곤의 작은 배려였다.

헬리온 후작의 군대가 떠나자 그제야 곤은 말머리를 돌려 헤즐러 자작가의 영지로 향했다. 전쟁은 터졌지만 그는 할 일이 많이 남아 있었다.

우선 부대의 핵심 전력인 기사단의 실력을 최상급까지 끌어올려야 했다. 개개인의 실력이 높아지는 것도 좋지만, 전쟁에서는 그것보다는 집단전에 능해야 했다.

그것이 군(軍)이었다.

* * *

아주 운이 좋다고 해야 하나, 아니면 저들이 운이 나쁘다고 해야 하나.

유니콘을 타고 있는 백오십 명의 기사단이 쇼트 스피어와 할버트, 혹은 글레이브를 들고 홀몬 산맥을 넘어서 마을을 향하고 있는 수백 마리의 트롤과 오거를 보았다.

트롤과 오거는 지상에서는 가히 최강이라 불리는 몬스터이다.

오거의 힘은 가히 천하무적이라고 할 수 있었다. 놈에게 잡히면 제아무리 기사라고 하더라도 빠져나오지 못했다. 잡히는 즉시 반으로 찢어질 테니까.

놈들의 피부 또한 대단히 질겼다. 마나를 사용하지 않고서는 놈들의 피부를 뚫을 수가 없었다. 하여 혼자서 오거를 잡는 것은 상당히 어려웠다. 3인 1조. 어느 순간부터 오거와 상대하려면 세 명이서 한 조를 이루는 것이 보편화되었다.

트롤의 재생력은 타의 추종을 불허한다. 팔과 다리가 잘려도 도마뱀처럼 5분 안에 재생을 마친다. 최대한 빨리 목을 치지 않으면 놈들은 계속해서 되살아난다. 어찌 보면 오거보다 잡기가 까다로운 몬스터가 트롤이었다.

몬스터 먹이사슬에서도 최상위에 위치한 오거와 트롤. 당연히 개체 수는 많지 않았다.

그런데 어이없게도 오거와 트롤이 단체로 모여서 홀몬 산맥을 내려온 것이다. 그 숫자는 자그마치 백 마리가 넘었다.

놈들은 강력한 힘으로 목책을 마구잡이로 부쉈다. 자경단의 힘으로는 그들을 막을 수 없었다. 자경단은 급히 후퇴한 후 병사들에게 보고했고, 병사들도 자신들이 막을 수 없다는 것을 알고 기사단에게 도움을 요청했다.

백 마리의 트롤과 오거.

만약 다른 영지에서 이 정도 숫자의 몬스터가 나타났다면 전멸은 시간문제였다. 그러나 이곳은 헤즐러 자작 가문의 영지였다.

"다행이야."

에니스가 밝게 웃으며 말했다. 눈앞에서 광포한 포효를 내지르며 백여 마리의 몬스터가 달려오고 있음에도 전혀 떨거나 무서워하지 않았다. 몬스터들은 이미 기사단을 발견하고 이곳을 향해 달려오고 있는 중이었다.

"뭐가?"

루본스가 물었다.

"재들 덕분에 오후 훈련에 빠지잖아."

"아, 그렇지."

에니스의 말에 루본스뿐만 아니라 모든 기사들의 얼굴이 밝아졌다. 오후 훈련은 상공 200미터 위에서 밧줄 하나에 몸을 싣고 대련을 펼치는 것이다.

도대체 누가 그런 훈련을 생각해 냈는지 모르겠다.

안전장치도 없었다. 떨어지면 죽을 것이다.

밑에만 봐도 다리가 후들거려 도저히 서 있을 수가 없었다. 바람이 조금만 불어도 밧줄이 출렁거려 두 발로 서 있기는커녕 사력을 다해 몸을 바짝 붙여 있어도 무서워 죽을 것만 같았다.

교관들.

씽과 안드리안, 카시어스, 데몬고르곤은 아무리 봐도 인간이 아니었다. 괴물이었다. 그들은 광풍이 불어 심하게 흔들리는 밧줄 위에서 팔짱을 낀 채 조금도 흔들림 없이 서 있을 수 있었다. 그들은 밧줄에 간신히 붙어서 떨어지지 않으려 벌벌 떨고 있는 기사들에게 외쳤다.

"이 쓸모없는 것들! 겨우 이런 정도도 해내지 못해서 무슨 기사를 한단 말이냐! 이럴 거면 차라리 손을 놓고 떨어져!"

보통은 '이럴 거면 기사를 때려치워!' 라고 말하지 않나? 손을 놓고 떨어지라니, 그 무슨 살벌한 소리란 말인가.

이제껏 그들이 받은 훈련 중에서 가장 살벌한 훈련이라 할 수 있었다.

밧줄 위에 서서 교관들과 대련을 펼친 인물은 딱 세 명이었다.

퍼쉬, 불킨, 체일.

이것들을 보자니 기사들의 의욕은 팍팍 떨어졌다. 놈들은 아예 날개까지 펼치고서 교관들과 대련을 펼쳤다. 물론 이길 수는 없었지만 어느 정도 선전은 했다. 덕분에 식신들은 잠시나마 휴식을 취할 수가 있었다.

어쨌든 기사들의 오후 훈련은 바로 그것이었다. 생각만 해도 오금이 저렸다.

하늘이 도왔는지 비상종이 울렸고, 대형 몬스터의 습격으로 그들은 출동할 수가 있었다.

곤은 기사들에게 '얼마나 유니콘을 잘 다루는지 실전을 치러보는 것도 나쁘지 않지' 하며 그들을 내보냈다. 물론 소름 끼치는 뒷말도 분명히 들었다. '만약 제대로 유니콘을 다루지 못하는 놈들이 있으면 잠도 밥도 유니콘 위에서 해결하도록 해. 훈련을 할 때 빼고는 24시간 유니콘 위에서 내려오지 못하게 해' 라는 말을.

기사들의 등줄기로 식은땀이 줄줄 흘렀다. 아무리 생각해도 마스터는 제정신이 아니었다. 아니면 사디스트이거나. 도대체 왜 자신들을 이렇게 못 잡아먹어서 안달이란 말인가.

"야, 야, 너무 좋아하지 마라. 저놈들을 깔끔하게 처리하지 못하면 뒷일은 감당하지 못한다."

기사단장인 게론이 동료들을 향해서 말했다.

"아, 그렇죠. 깔끔하고 확실하게. 조금 시간을 끌까요?"

닉소스가 대답했다.

"미친, 네 속마음 다 보인다. 시간을 끌어서 훈련 참가 시간을 조금이라도 늦출 모양이지만 아마도 어디선가 마스터는 분명 보고 계실 거다. 걸리면 우린 뒈진다."

게론이 콧방귀를 뀌었다.

"그, 그렇죠? 마스터가 어떤 사람인데… 휴."

닉소스는 길게 한숨을 내쉬었다.

"자, 어쨌든 화끈하게 처리하자. 나도 궁금하다. 우리가 얼마나 강해졌는지. 이럇!"

게론은 유니콘의 고삐를 당겼다.

고삐가 당겨진 유니콘이 슬쩍 게론을 바라봤다. 좋은 말로 할 때 살살 잡아당기라는 눈빛이었다. 게론은 흠칫 놀라며 유니콘의 옆구리를 쓰다듬었다.

"미안."

조금 비굴하지만 어쩔 수가 없었다. 주종관계가 바뀌었다는 것을 인정해야만 했다. 그렇지 않으면 유니콘은 자신의 말을 듣지 않을 테니까.

게론을 태운 유니콘이 달리기 시작했다. 그것을 기점으로 기사들을 태운 유니콘들 역시 앞으로 튀어나갔다. 유니콘의 가속도는 엄청났다. 정지 상태에서 최고 속도에 다다르는 시간이 몇 초 걸리지도 않았다. 순식간에 유니콘들은 본래 있던 자리에서 수백 미터 떨어진 곳에 도달했다.

유니콘의 능력에 대해서 자세히 알지 못하는, 단순히 빠르고 힘이 세다고 생각하는 헬리온 후작이 지금의 모습을 봤더라면 기절초풍하든지 연심 감탄사를 내뱉든지 했을 것이다.

놀란 것은 트롤과 오거도 마찬가지였다.

트롤과 오거의 지능은 무척이나 떨어진다. 그렇지만 몬스터들은 태어나서 저토록 빠른 말을 본 적이 없었다.

인간과 말을 향해서 달리던 트롤과 오거들이 잠시 멈칫거렸다.

그러나 그 짧은 시간에 유니콘들은 몬스터들 앞에 도착하고 말았다.

두두두두두!

"전력을 다해라!"

게론의 할버트에서 푸른빛이 흘러나왔다. 푸른빛은 넘실넘실 흘러 강대한 기운을 내뿜었다. 확연한 모양을 갖춘 오러였다.

곤을 처음 만났을 때는 혈관이 굳어 아예 마나의 통로조차 만들지 못하던 그였다. 그런 그가 지금은 오러를 자유자재로 사용했다.

모두 곤과 씽, 안드리안 덕분이라는 것을 그는 잘 알고 있었다. 평생 갚아도 못 갚을 엄청난 빚이다. 게론은 곤을 위해서라면 목숨도 아깝지 않다고 생각했다.

아마도 다른 기사들 역시 마찬가지일 것이다.

백오십 명이 내뿜는 가지각색의 오러가 번쩍였다. 그것은 멋지도록 장대한 광경이었다.

―크르르르!

트롤과 오거가 녹슨 도끼를 머리 위로 들어 올리며 고함을 질렀다.

유니콘들이 스치듯이 몬스터들의 곁을 지나쳤다.

푸식!

놀라운 일이 벌어졌다.

트롤과 오거의 거대한 육체가 수십 조각이 나서 그대로 바닥에 떨어지는 것이 아닌가.

단 한 차례의 경합이었다. 그런데도 트롤과 오거는 단 한 마리도 살아남지 못했다.

오거 한 마리는 중급 수준의 기사 세 명을 상대할 수 있을 만큼 강하다. 트롤도 마찬가지다.

그런 대형 몬스터가 자그마치 백 마리였다. 한 개 기사단을 능가하는 전력이다.

그런 몬스터들이 한 번의 경합에 모조리 목이 잘려버린 것이다.

"워, 워!"

게론은 유니콘을 세운 후 고개를 돌려 몬스터들을 보았다. 대형 몬스터들이 떼죽음을 당했다. 별다른 어려움도 없었다.

그는 주먹을 불끈 쥐었다. 자신들이 이 정도로 강해졌으리라고는 생각도 하지 못했다. 자신감이 하늘을 향해서 날아갔다.

"봐라! 우리가 흉포의 기사단이다!"

게론은 할버트를 하늘을 향해서 들어 올리며 소리쳤다.

"와아아아아!"

기사들 역시 환호성을 질렀다. 어떤 진을 형성하지도 않았지만 유니콘과 완벽에 가까운 호흡이 펼쳐졌다는 것에는 누구도 이견이 없을 듯했다.

곤과 씽, 안드리안, 카시어스는 언덕 위에서 몬스터들과 기사단의 전투를 지켜보았다. 상당한 접전이 펼쳐지지 않을까 여겼지만 예상은 빗나갔다.

"것 봐요, 형님. 이젠 생각 없는 몬스터 따위는 기사들에게 상대가 되지 않습니다."

씽이 곤에게 말했다.

"그런 것 같군. 이제는 슬슬 준비를 해야 할 때야. 그리고 카시어스."

"응? 왜?"

"수고했어."

"뭐, 이 정도 가지고. 친구끼리. 헤헤."

카시어스는 장난스럽게 웃었다. 저번에 한 '우리는 친구'라는 말이 상당히 마음에 드는 모양이었다. 걸핏하면 친구끼리라고 말하는 것을 보면.

사실 몬스터들을 이곳까지 몰고 내려온 자가 바로 카시어스였다. 기사단의 전투력이 얼마나 늘었는지 곤이 확인하고 싶어 했기 때문이다.

카시어스는 대형 몬스터만 추려서 마을을 습격하게 했다. 물론 인명 피해는 없었다. 어차피 다 짜인 각본이니까.

그리고 자연스럽게 몬스터들과 기사들 간의 전투가 벌어졌다.

보다시피 결과는 압승.

트롤과 오거로 이뤄진 대형 몬스터 백 마리를 저토록 쉽게 잡을 것이라고는 생각도 하지 못했다.

이 정도라면…….

이제는 때가 되었다.

언제까지나 웅크리고 있을 필요가 없었다.

세상을 향해서 날개를 활짝 펼 날이 도래한 것이다.

*　　*　　*

남부전선 군사도시 소믈린.

이미 전투는 시작되었다.

제국군의 병력은 삼십만 명으로 추정되었다. 어마어마한 숫자가 아닐 수 없었다.

더군다나 제국군을 총괄하고 있는 자는 전장의 마녀로 악명이 높은 샤를론즈 공작이었다.

샤를론즈는 황제의 장녀. 왕족이지만 그녀는 다른 길을 선택했다.

어느 왕국도 여성이 공작의 작위를 받는 일은 없었다. 몇몇 왕국은 여성이라는 이유만으로 아예 작위를 받지 못했다. 하지만 제국은 파격적으로 여성에게 공작의 작위를 안겼다. 그만큼 샤를론즈가 능력이 있다는 뜻이기도 했다.

그러나 제국군을 방어하고 있는 소믈린의 병력도 만만치 않게 많았다.

3공국 연합체의 병력은 모두 십칠만. 신성왕국에서도 십만의 구원 병력을 보냈다. 도합 이십칠만의 어마어마한 병력이 성벽 위에서 제국군을 노려보고 있었다.

같은 숫자라면 제아무리 날고 기는 제국군이라고 하더라도 성벽을 넘을 수가 없었다.

그러나 제국군은 그런 사실을 아는지 모르는지 꾸준하게 성을 공략했다.

쐐애애애액!

소믈린의 성벽에서 쏘아진 수만 발의 화살이 하늘을 가득 뒤덮었다. 화살의 숫자가 엄청나서 태양빛을 가릴 정도였다.

수만 발의 화살은 성벽을 공략하고 있는 제국군의 머리 위로 떨어졌다.

"전군! 방패를 머리 위로!"

병사들을 지휘하는 기사들이 외쳤다. 병사들은 지휘관의 말을 듣자마자 방패를 들어 화살을 막아냈다. 얼마나 많은 화살이 떨어졌는지 그들의 방패에는 수십 발의 화살이 빼곡하게 박혀 있었다.

제국군이 들고 있는 것은 스큐툼이란 방패였다. 3공국 연합체나 신성왕국의 병사들이 사용하는 라운드 쉴드보다 훨씬 크고 무겁기 때문에 어느 정도 힘이 있어야 들 수 있는 방패이기도 했다. 근접전에 들어가면 스큐툼의 위력은 확 떨어진다. 하지만 지금과 같은 공성전에서는 병사들의 생존력을 월등하게 높여준다.

"쏴라!"

수백 대의 투석기에서 엄청난 크기의 바위들이 성벽을 향해서 날아갔다. 투석기 한 대가 수 톤이 넘는다. 한 대를 끌기 위해서는 수십 명의 병사가 필요했다. 제국군은 그런 투석기를 수백 대나 끌고 온 것이다.

엄청난 물량 공세였다.

쿠쿠쿠쿠쿵!

날아간 바위들이 성벽을 때렸다. 성벽은 상당히 견고한지 거대한 바위에 맞았음에도 꿈쩍도 하지 않았다. 그러나 성벽을 넘은 바위까지는 막을 수가 없었다. 성내로 날아간 바위는 수십 채의 집과 수백 명이 넘는 병사들의 목숨을 앗아갔다.

제국군은 성벽을 넘기 위해서, 동맹군은 그들을 저지하기 위해서 치열한 공방전을 펼쳤다.

"멍청한 제국군 놈들, 겨우 투석기 따위로 소믈린의 성벽을 무너뜨리려 하다니."

중야의 힐버트 공작이 비릿하게 웃으며 말했다. 소믈린은 중야의 건축 기술이 집대성된 곳이다. 어쩔 수가 없었다. 제국군의 끊임없는 국지전 도발 때문이다. 하여 소믈린은 다른 도시에 비해서 몇 배나 견고한 성벽을 유지하고 있었다. 어지간한 투석기로도 흠집이 나지 않았다.

이 상대로 전투가 진행된다면 한 달, 아니, 일 년도 버틸 수 있을 듯했다.

"안심해서는 안 됩니다. 제국군이 이렇게 평범한 공격만 할 리가 없습니다. 병력의 소모전으로 간다면 자신들이 불리하다는 것을 누구보다도 샤를론즈 공작이 가장 잘 알고 있을 테니까요."

신성왕국의 아미크 후작이 말했다. 그는 신성왕국군 십만을 이끄는 부사령관이었다. 작위가 한 단계 낮다고 해서 함부로 대할 수는 없었다.

"뭐, 그렇기야 하지만 저놈들도 소믈린의 견고함에 기겁했을 겁니다. 제아무리 머리를 굴린다고 하더라도 소믈린의 성벽은 결코 무너지지 않을 겁니다."

힐버트 공작이 단언하듯 말했다.

"그렇지요. 소믈린의 성벽은 저희 3공국 연합체 중에서 가장 강력한 방어력을 자랑하니까요. 지금껏 제국군 놈들이 아무리 애를 써도 결코 넘어서지 못하는 통곡의 벽이죠."

남야의 라이든 후작이 거들었다.

"흠, 그렇게만 된다면 좋겠지만……."

아미트 후작은 걱정스럽다는 듯이 길게 자란 수염을 매만졌다.

"이런 대규모 전쟁은 저도 처음입니다. 대륙 전체가 요동치고 있으니까요. 하지만 걱정하지 마십시오. 설사 제국군 놈들이 백만 대군을 끌고 온다고 하더라도 소믈린의 성벽은 결코 무너지지 않을 겁니다."

힐버트 공작은 단언하듯 말했다. 소믈린의 방어력에 대해서 어지간히 자신 있는 모양이었다.

쐐애애애액!

그사이 투석기에서 발사된 수백 발의 바위가 다시 날아왔다. 바위들은 성벽을 때리고 부서졌다. 부서진 바위들은 성벽 밑에 새까맣게 매달려 있는 자국의 병사들 머리 위로 떨어졌다.

수백 명의 병사들이 바위에 맞아서 머리가 터져 죽었다.

"푸하하하! 저것 보십시오. 멍청한 것들. 계속 쏴라! 아무리 쏴봤자 너희 병사들만 죽어갈 뿐이다!"

힐버트 공작이 광소를 터뜨렸다. 남야와 시야의 귀족들도 같이 웃었다. 웃지 않는 자는 오직 신성왕국의 귀족뿐이었다.

전투는 밤이 돼서야 끝이 났다.

세상의 어떤 군대도 밤에는 전투를 벌이지 못한다. 아무리 마법사가 세상을 밝게 밝힌다고 해도 마찬가지였다. 야간 전투는 위험 부담이 엄청나게 컸다.

동이 틀 때부터 해가 질 때까지 성벽을 공략하던 제국군은 아무런 소득도 없이 본진으로 돌아갔다.

제국군의 사상자는 수천 명이 넘었다. 반면 동맹군의 피해는 극히 미미했다. 사망자는 수백 명에 지나지 않았고 중상자도 많지 않았다. 대부분이 경상자에 속했다. 경상자는 하루이틀 정도 쉬면 곧바로 전장에 투입될 수 있을 것이다.

다음 날에도 제국군의 소믈린 공략은 계속되었다.

그 다음 날도, 그 다음 다음 날도.

매일 똑같은 패턴으로 제국군은 소믈린을 공격할 뿐이었다.

한 달이 넘게 제국군은 엄청난 사상자를 내면서도 끈질기게 소믈린을 같은 방식으로 공략했다.

동맹군의 긴장은 조금씩 옅어졌다. 제국군은 많이 지쳤지만 동맹군은 그렇지 않았다. 후방으로 빠진 예비군은 아예 술판을 벌이는 일도 잦았다. 지휘관들도 그것을 묵인했다.

누구도 소믈린이 제국군에게 넘어갈 것이라 생각하지 않았다.

어느새 제국군의 숫자도 많이 줄어들었다. 제국군과 동맹군의 병력이 비슷해진 것이다.

동맹군의 병사들은 제국군을 얕보기 시작했다.

동맹군의 중앙 막사에는 모든 지휘관이 모여 있었다. 아직 전쟁이 끝나지 않았음에도 그들의 얼굴은 승리를 한 것처럼 밝았다.

야전이지만 막사 안은 호화로웠다. 온갖 장식품이 막사 곳곳을 장식하고 있었다.

지휘관들 사이에는 긴 탁자가 있었고 보통의 야전에서는 볼 수 없는 진귀한 음식이 가득했다. 술 또한 밀주나 맥주가 아닌 비싼 와인과 위스키가 놓여 있었다.

"힐버트 공작 각하, 한마디 하시죠. 전장을 유리하게 이끈 것은 모두 공작 각하의 탁월한 전술 덕분이 아니겠습니까."

레이크 후작이 힐버트 공작의 잔에 위스키를 따라주면서 말했다. 몇몇 귀족이 레이크 후작의 말에 동의한다는 듯이 고개를 끄덕였다.

레이큰 후작의 말대로 상황은 절대적으로 동맹군이 유리한 듯이 보였다. 제국군은 상당한 피해를 보면서도 아직 단 한 명도 성벽에 오르지 못했다. 그들이 제국에서부터 끌고 온 투석기는 동맹군이 쏜 투석기에 의해서 반수 이상이 파괴되었다.

제국군은 낮은 곳에서 투석기를 쏘고, 동맹군은 성벽 위에서 쏜다. 동맹군의 투석기가 훨씬 사정거리가 길었다. 당연히 제국군의 투석기는 속절없이 파괴될 수밖에 없었다.

제국군의 병력을 성벽 위에 올려다 놓는 공성차 역시 제대로 된 위력을 발휘하지 못했다. 다섯 대의 공성차가 성벽 위로 다가섰지만 기름을 뒤집어쓰고는 불화살에 맞아서 불길 속에 사라졌다. 공성차에 타고 있던 수백 명의 제국군은 산 채로 타 죽었다.

이렇듯 제국군은 동맹군 앞에서 제대로 손을 쓰지 못했다.

힐버트 공작이 허허 웃으면서 자리에서 일어났다.

"많은 영웅이 이곳에 계시지만… 못난 제가 먼저 한마디 하겠습니다."

"하하하하, 못나다니요. 힐버트 공작 각하야말로 영웅이올시다."

"그럼요. 당연하지요. 힐버트 공작 각하가 영웅이 아니면 세상 누가 영웅이란 말씀이십니까. 수십만이 넘는 제국군을 막다른 곳에 몰아넣고 있는데요."

그들은 자화자찬을 하기에 바빴다.

"불초의 얼굴에 꿀을 바르시는군요. 허허허, 어쨌든 이제 제국과의 전쟁은 얼마 남지 않았습니다. 곧 저들은 퇴각할 것입니다. 그럼 저희는 제국군의 뒤를 치면 됩니다. 그 유명한 샤를론즈의 목을 취할 수도 있어요."

힐버트 공작이 웃으면서 말했다.

"겨우 그 정도로 되겠습니까? 저희가 그동안 얼마나 제국에게 핍박을 받아왔습니까. 이참에 제국의 수도까지 쫓아가 항복을 받아내는 겁니다."

남야의 라이든 후작이 언성을 높였다.

"그거 좋은 생각입니다."

"옳습니다. 제국의 콧대를 꺾는 겁니다."

무척이나 화기애애한 분위기였다.

"전쟁의 승리를 위하여!"

"위하여!"

힐버트 공작이 선창을 하자 귀족들이 그를 따라 잔을 들었다.

그러나 신성왕국의 귀족들은 잔을 들지 않았다.

힐버트 공작이 눈살을 찌푸렸다. 그는 신성왕국 귀족들에게 불만을 품고 있었다. 분명 신성왕국이 십만 명이나 되는 막대한 병력을 파견한 것은 맞았다. 하지만 무슨 일인지 그들이 전투에 본격적으로 참여하지 않고 있었다. 한 발 물러선 느낌이 강했다. 그것이 마음에 들지 않았다. 만약 3공국 연합체의 병사들이 밀리고 있는 상황이었다면 그들에게 강하게 한마디 했을 것이다.

"뭐, 안 좋은 일이 있소이까?"

레이크 후작이 신성왕국의 세이선 공작과 아미크 후작에게 날을 세워 말을 건넸다.

세이선 공작은 어깨를 으쓱거렸다. 그는 신성왕국의 3대 성기사 중의 한 명이다. 신성력을 이용한 버프는 가히 신의 경지에 다다랐다고 소문이 난 자였다. 하지만 그의 신성력을 이용한 버프를 3공국 연합체 기사들은 본 적이 없었다.

세이선 공작이 낮은 음성으로 그들에게 한마디 던졌다.

"지금까지 제국이 왜 이런 허튼짓을 했다고 생각하십니까?"

"허튼짓?"

"그렇죠. 허튼짓이죠. 수만 명이 넘는 생명을 버려가면서까지 넘지도 못할 성벽을 왜 공격했겠습니까?"

"그거야… 이곳을 점령할 자신이 있어서 그런 것 아닙니까. 그런데 막상 공격해 보니 만만치 않았을 테고. 저들은 아마 똥줄이 타고 있을 겁니다."

"큭큭큭."

세이선 공작은 어이가 없다는 듯이 대놓고 그들을 비웃었다.

3공국 연합체의 귀족들은 그 웃음이 무엇을 뜻하는지 알지 못했다. 그러나 비웃고 있다는 것쯤은 대번에 알아차릴 수가 있었다. 그들의 얼굴이 급격하게 굳었다. 몇몇은 들고 있던 위스키 잔을 소리가 나게 탁자에 올려놓기도 했다.

"저 위대한 전장의 마녀께서, 바다의 제왕이라고 불리는 해상왕국과 북의 곰이라고 불리는 아이크 왕국을 멸망시킨 샤를론즈 공작 각하가 겨우 이딴 성 하나 무너뜨리지 못해서 그토록 애를 먹고 있다고 생각합니까?"

"그거야… 자, 잠깐. 당신, 뭐라고 하셨소? 샤를론즈 공작 각하?"

"그래요. 샤를론즈 공작 각하."

"그게 무슨 망발이요? 적국의 공작에게 각하라는 호칭을 쓰다니!"

레이크 후작이 세이선 공작을 매섭게 노려봤다.

"정말로 돌머리구만. 아직도 상황이 이해가 되지 않나 보구려."

"무슨 소리냐니까!"

레이크 후작은 버럭 고함을 지르고 말았다.

"이것 참, 하나하나 설명을 해줘야 하다니."

세이선 공작은 어깨를 으쓱거리더니 말을 이었다.

"제국군은 삼십만, 소믈린의 병력은 이십칠만. 더군다나 소믈린은 중야에서 가장 막강한 방어력을 갖춘 군사도시지요. 아무리 제국군이라고 하더라도 이곳을 넘기 위해서는 막대한 피해를 감수해야 합니다."

"그래서요?"

"그래서 당신들에게 방심을 유도한 겁니다. 우리 제국군은 생각보다 강하지 않다고."

"지금 제국군이 일부러 성벽을 넘지 않고 있다는 말을 하고 있는 겁니까?"

"설마요. 다시 말하지만 전력을 다해서 제국군이 덤벼들면 이곳은 함락됩니다. 하지만 제국군도 큰 피해를 입을 테죠. 그것을 방지하기 위해서 지금껏 소모전을 펼친 겁니다."

"이해가 되지 않소."

"당연히 이해가 가지 않겠죠. 당신들의 방심을 키워놓고 우리가 나설 테니까요."

"그게 무슨……?"

"이런 말이오."

세이선 공작이 검을 휘둘렀다. 졸지에 당한 레이크 후작의 목이 바닥에 떨어졌다. 모두가 무슨 일이 벌어진 것인지 이해하지 못하고 있었다.

왜 레이크 후작의 목이 날아갔을까?

왜 세이선 공작이 레이크 후작을 공격했을까?

잠시의 의문은 긴 죽음으로 대체되었다.

세이선 공작과 아미크 후작은 막사 안에 있는 귀족들의 반수를 순식간에 도살했다.

"이, 이, 이 미친 새끼!"

그제야 상황을 파악한 생존한 귀족들이 검을 빼들었다. 하지만 이미 때는 늦었다.

"자, 제군들, 저 쓰레기들을 처리하도록."

세이선 공작의 명령이 떨어졌다. 동시에 수십 개의 창이 천막을 뚫고 각국의 지휘관들에게 꽂혔다.

"커허헉!"

누구도 예상치 못한 일이었다. 십수 명의 귀족이 창에 찔려서 피를 토하며 바닥에 쓰러졌다.

간신히 살아남은 힐버트 공작이 천막 밖으로 탈출했다. 그리고 그가 본 것은 불타고 있는 주둔지의 광경이었다. 상당수가 술에 취해서 잠을 자고 있던 상황이었다. 경계를 서고 있기는 했지만 긴장감은 그다지 없었다.

신성왕국의 성전사들은 그들을 무참하게 학살했다.

승리를 보기 위해서 참전한 남야의 황태자 건슬러도 목이 떨어지고 말았다.

"이, 이럴 수가……!"

힐버트 공작은 검을 든 채 부들부들 떨었다. 설마 신성왕국이 배신할 줄은 상상조차 하지 못했다. 완전히 당했다. 신성왕국 놈들은 자신들이 완전히 마음을 놓을 때까지 때를 기다리고 있었다.

"크크크, 당신들은 이제 아무것도 하지 못해. 설사 신이 이곳에 있다 하더라도."

세이선 공작의 검에서 오러가 뿜어져 나왔다. 그가 성기사라는 것을 보여주듯 버프가 주변을 가득 메웠다.

힐버트 공작이 알고 있는 성기사들은 푸른, 혹은 밝은 빛의 버프가 흘러나온다.

하지만 세이선 공작의 검에서는 검은빛이 감도는 버프가 흘러나왔다.

"너, 너희 신성왕국 놈들! 타락했구나!"

힐버트 공작은 경악하며 외쳤다.

"타락이라니, 신의 뜻을 달리 해석했을 뿐이지."

세이선 공작의 검이 날았다. 그의 검은 정확히 힐버트 공작의 심장을 꿰뚫었다.

힐버트 공작은 믿을 수 없다는 듯이 두 눈을 부릅뜬 채 죽고 말았다.

세이선 공작은 힐버트 공작에게 다가가 심장에 박힌 검을 뽑았다. 그는 신성왕국의 성전사들을 향해서 외쳤다.

"성문을 열어라! 우리의 연합국을 맞이하라!"

Chapter 4. 고립된 동맹국

북부전선 상업도시 에덴.

동맹군 이십삼만과 레그넌 공작이 총사령관으로 있는 제국군의 전투가 한창이었다.

상업도시 에덴은 성벽의 높이가 그다지 높지 않았다. 대략 30미터가 조금 넘었다. 중야의 군사도시 소믈린의 50미터가 넘는 거대한 성벽과는 차원이 달랐다.

또한 에덴의 성벽 근처에는 해자도 없었다. 형식적인 방어력만 갖춘 셈이다. 당연히 수성전에는 취약할 수밖에 없었다. 만약 이십삼만이나 되는 대병력이 수성전에 나서지 않았다면 상업도시 에덴은 제국군에게 단숨에 짓밟혔을 것이다.

"와아아아아아!"

제1진 오만 명의 보병이 성벽을 끊임없이 두드렸다. 그러나 그다지 어렵지 않게 보이는 성벽 위로는 쉽사리 올라갈 수가 없었다.

동맹군은 힘을 합쳐 악착같이 제국군을 몰아세우고 있었다.

레그넌 공작은 본진에서 와인을 마시며 제국군과 동맹군의 공성전을 지켜봤다. 커다란 천막이 그의 머리 위에서 그늘을 만들어주었다. 햇볕은 따갑지만 습기가 많지 않아 그늘막으로도 충분히 청량감을 느낄 수가 있었다.

"어제오늘 아군의 병력 손실이 꽤 큽니다."

부관인 카이토 백작이 근심스럽다는 듯이 레그넌 공작에게 넌지시 말했다.

"흠, 어쩔 수가 없다. 놈들이 눈치를 채지 못하게 하려면 우리도 사력을 다하는 척 해야 돼."

"그래도 손실이 너무 큽니다. 조금 공세를 늦추심이 어떻습니까?"

"안 돼. 콘고 공화국 놈들이야 별게 아니지만 저곳에는 여우 같은 그놈이 있다."

"헬리온 후작을 말씀하시는 겁니까?"

"그래. 놈을 얕볼 수는 없어. 놈은 단독으로 라덴 왕국군을 막아냈다. 그 저력을 결코 무시할 수 없다."

레그넌 공작의 말에 카이토 백작은 고개를 끄덕였다.

라덴 왕국군은 강하다. 설마 몬스터를 길들여서 전마 대신 사용할 줄은 상상도 하지 못했다. 검술의 나라라고 알려진 아슬란이 손도 쓰지 못하고 영토의 1/3을 라덴 왕국에게 빼앗겼을 정도다.

놈들의 집단전은 제국의 기사들도 혀를 내두를 정도였다. 그런 라덴 왕국군을 1만이 겨우 넘는 병력으로 막아낸 자가 바로 헬리온 후작이었다. 결코 좌시해서는 안 될 인물이었다.

결국 헬리온 후작의 감각을 피하기 위해서는 지금처럼 막대한 물량을 퍼부어야 했다. 단숨에 성벽을 넘어 에덴을 점령하면 좋으련만 헬리온 후작의 수완이 워낙 좋아 제국군은 좀처럼 성벽을 넘지 못했다.

겨우 30미터밖에 되지 않는 성벽이지만 헬리온 후작이 지키고 있다고 생각하니 남부전선의 소믈린만큼이나 공략하기 어렵게 느껴졌다.

"볼튼 사령관에게서 전갈이 왔습니다."

카이토 백작은 자신이 전하려던 내용을 얘기했다.

"총사령관은 개뿔, 오크 놈 주제에. 말세야, 말세. 감히 오크 따위가 제국의 대장군을 꿰차다니."

레그넌 공작은 볼튼을 생각하면서 눈살을 찌푸렸다. 감히 오크 따위가 제국 다섯 대장군에 속한 것이 마음에 들지 않았다.

물론 그가 강한 것은 인정한다. 제국 최강의 기사단이라고 불리는 7인의 레인보우조차 한꺼번에 덤벼도 그를 이길 수 없었다.

어쩌면 제국의 최강자는 볼튼이 아닐까 하는 생각이 들기도 했다.

그렇다고 해도 레그넌 공작은 볼튼이 마음에 들지 않았다. 이종족인 오크가 제국의 대장군을 맡고 있는 것도 마음에 들지 않는데, 한술 더 떠서 그는 귀족에 대한 예의조차 없고 거만했다. 마치 모든 인간을 발밑에 두고 있는 듯했다.

레그넌 공작은 볼튼과 눈이 마주친 적이 있었다. 그는 자신도 모르게 온몸이 오그라드는 것과 같은 느낌을 받았다.

잘못하면 죽는다는 경고가 뇌리에 마구 울렸다.

놈은 육식짐승이었다.

인간과는 완전히 달랐다.

위험하다. 무척이나 위험하다.

레그넌 공작은 곧장 샤를론즈 공작에게 가서 볼튼을 내치라고 말했다.

"왜요?"

서류를 읽고 있던 샤를론즈 공작은 무슨 소리냐는 표정으로 레그넌 공작에게 되물었다.

"그자는 짐승이오. 무척이나 위험한 자란 말이오. 제국의 중심부에 둬서는 아니 되오."

"지금은 전란의 시대예요. 멀쩡한 사람은 살아가기 힘들죠. 평범한 사람도 짐승이 돼야 해요. 그러니 볼튼은 무척이나 이 세상에 필요한 존재예요. 본래 짐승과 같은 자니까.”

“후회하게 될 겁니다.”

“그것은 제 선택의 몫이에요. 후회도 제 몫.”

레그넌 공작과 샤를론즈 공작의 대화였다. 둘이 대화를 나눈 지 꽤 시간이 지났지만 레그넌 공작은 왜인지 아직도 생생하게 그것을 기억하고 있었다.

“어쩔 수 없지요. 제국의 지위는 강자존으로 정해지니까요.”

“난세라 별 이상한 것들이 다 전쟁에 참여하는구만.”

“이해하십시오, 공작 각하. 그래도 볼튼 대장군은 꽤 유능한 친굽니다. 그자라면 헬리온 후작은 반드시 잡을 수 있을 겁니다.”

“당연히 그래야지. 그러려고 이종족인 오크를 대장군의 자리에 앉힌 것이 아닌가.”

“하하, 그런가요?”

카이토 백작은 멋쩍은 듯 뒷머리를 긁었다.

“그래서 언제 도착한다고?”

“삼 일 후입니다.”

“삼 일 후라… 그때까지 헬리온 후작이 눈치채지 못하게 전력을 다해 성을 몰아쳐.”

“알겠습니다.”

카이토 백작은 고개를 끄덕였다.

레그넌 공작은 와인 잔을 들고 푹신한 의자에 등을 깊게 누였다. 전장에서는 볼 수 없는 의자였다. 있어서도 안 되지만 그는 공작이었다. 이 정도의 호사쯤은 누려도 된다고 생각했다.

"오만의 오크 별동대라… 꼴 보기 싫은 오크 놈이지만 어쨌든 아슬란의 투신 하나는 목이 떨어지겠군."

레그넌 공작은 와인을 마저 마시며 비릿한 미소를 지었다.

*　　*　　*

콘고 공화국은 왕위 서열 제1순위의 메이슨 황태자를 파견했다. 그만큼 이번 전투에 사활을 걸고 있는 것이다. 콘고 공화국의 8만 병력은 최정예다. 각 지방의 영주들이 데리고 있는 사병들의 전투력과는 차원이 달랐다.

그러나 그 이후가 없었다. 콘고 공화국 수도 사일런을 방어하는 병력은 겨우 1만에 지나지 않았다. 사실상 모든 전력을 상업도시 에덴에 쏟아 부은 것이다.

에덴이 무너지면 콘고 공화국이 무너질 확률이 9할이 넘는다. 각 지방의 영주들이 가진 얼마 되지 않는 사병으로는 제국이라는 거대한 해일에 순식간에 매몰이 될 뿐이었다.

아슬란 왕국도 다급하기는 마찬가지였다.

아슬란 왕국은 십오만이라는 엄청난 대병력을 이곳에 파견했다. 아슬란 왕국이 가진 전체 병력이 삼십만이라는 것을 감안하면 어마어마한 출혈이었다.

아슬란 왕국의 총사령관은 카론 황태자, 부사령관은 스피커트 공작과 헬리온 후작이었다. 아슬란 왕국에서도 황태자를 파견할 만큼 상황의 심각성을 인지하고 있다는 뜻이다.

"와아아아아!"

전투는 나흘째 끊임없이 이어지고 있었다. 제국군은 오늘도 어김없이 동이 트자마자 공격을 개시했다. 동맹군 역시 아침도 제대로 챙겨 먹지 못하고 방어에 돌입했다. 제1진이 전투에 나가면 제2진이 뒤로 빠져 식사를 하고 다시 교대했다.

워낙 전투가 길게 이어지다 보니 식사는 물론 휴식도 교대로 실행하게 되었다.

북문은 메이슨 황태자와 뮈소 후작이 맡았고, 서문은 가론 공작이 방어에 나섰다. 동문은 스피커트 공작이, 남문은 카론 황태자와 헬리온 후작이 맡고 있었다.

카론 황태자와 헬리온 후작은 전장이 한눈에 내려다보이는 망루에 올랐다.

제국군이 사력을 다해 성벽을 넘으려 모든 수단을 동원하지만 동맹군 역시 만만치 않았다. 아군도 목숨을 걸고 제국군을 막아냈다.

제국군도 동맹군도 상당한 사상자가 생겨났다. 그로 인해서 가장 바쁜 것은 의무병들이었다. 워낙 사상자가 많다 보니 그들은 부상자들을 제대로 치료도 하지 못한 채 후방으로 옮기는 것에만 신경 썼다.

그것은 제국군도 마찬가지였다. 성벽 밑에서 죽어가는 병사들이 부지기수였다. 간혹 부상만 당한 병사들은 사력을 다해서 전장을 이탈했다. 의무병들은 전장을 이탈한 병사들을 데리고 본진으로 후퇴했다. 그러나 본진으로 가는 도중에도 쇼크를 이기지 못하고 죽는 병사들이 태반이었다.

"제국군의 공세가 만만치 않군요. 예상은 했지만 상당한 강군인 것 같아요."

카론 황태자가 성벽 근처에서 벌어지고 있는 전투를 보며 낮은 목소리로 말했다. 제국군은 단순히 사다리로 성벽만 공격하는 것이 아니었다.

투석기를 이용해서 성벽을 계속 두드렸고, 이미 한 곳은 성벽이 무너지기도 했다. 무너진 성벽을 향해서 제국군이 개떼처럼 달려들었다. 동맹군의 병사들이 재빨리 모래주머니로 성벽을 메우지 않았다면 큰일이 날 뻔했다.

그뿐만이 아니었다. 궁수들을 노린 발리스타에서 거대한 화살이 비 오듯이 성벽을 향해서 날아왔다. 놈들의 발리스타에 맞아 수백 명이 넘는 궁수들이 성벽 밑으로 떨어졌다.

조금의 틈만 보이면 공성망치를 든 특공대가 달려와 성문을 두드렸다. 놈들 때문에 성문이 몇 번이나 깨질 뻔했다.

병력은 여유가 있기에 지친 병사들을 후방으로 물리고 건강한 자들을 투입하면 되지만 지휘관들은 그렇지 못했다. 죽으나 사나 그들이 병력을 운용해야 했다.

지휘관들은 하루에 두 시간 이상 취침을 하지 못했다. 그들의 피곤은 극에 달했다.

"조금 이상합니다, 전하."

"뭐가 말입니까, 헬리온 후작?"

"적들의 공세가 강한 것은 분명하지만……."

"분명하지만?"

"어쩐지 시간을 끈다는 느낌을 지울 수가 없습니다."

"그게 말이 된다고 생각하십니까? 남부전선으로 삼십만 대군이 진격했습니다. 이곳에 삼십만. 제국은 자그마치 육십만 대군으로 원정군을 꾸렸습니다. 아무리 제국이라고 하더라도 그 이상의 저력이 있다고 생각하십니까?"

"잘 모르겠습니다. 그러나 저는 기사입니다. 평생 전쟁터에서 살아왔습니다. 그래서 느낄 수가 있습니다. 제국군에게서 필사의 의지가 느껴지지 않습니다."

"음……."

카론 황태자는 잠시 생각에 잠겼다. 이곳에 스피커트 공작이 있었다면 허튼소리 말라며 헬리온 후작의 말을 매몰차게 외면했을 것이다.

하지만 자신은 스피커트 공작이 아니었다. 무조건 헬리온 후작의 말을 외면하기도 어려웠다. 헬리온 후작은 아슬란 왕국을 구한 영웅이다. 더군다나 왕국을 지탱하는 5대 투신 중의 한 명이다.

아무런 증거가 없다고 하더라도 그의 느낌을 허투루 들을 수는 없었다.

“후작은 저들이 지원군을 숨겨놓고 있다고 생각하십니까?”

“만약을 대비해야 한다고 생각합니다.”

“맞는 말이군요.”

“지원군이 있다면 그들이 모습을 드러내는 것은 언제쯤일까요?”

“제국군은 쉴 새 없이 저희를 몰아치고 있습니다. 저희가 지치기를 기다리는 거겠죠. 또한 제국군도 더 이상의 피해를 입고 싶지 않을 겁니다. 그렇다면…….”

“일주일 내외?”

“아마도 그렇지 않을까 생각합니다.”

“그럼 일만 명의 병사를 따로 추스르세요. 그들에게 최대한의 휴식을 보장하는 대신 야간 경계를 강화하도록 하세요. 혹시 모를 사태가 벌어지면 그들이 곧바로 투입될 수 있도록.”

“현명하신 선택입니다. 명을 받들겠습니다.”

헬리온 후작은 카론 황태자에게 고개를 숙였다. 그는 자신의 예상이 맞지 않기를 바랐다. 만약 제국군에게 또 다른 지원군이 있다면 그것은 비수가 되어서 동맹군에게 꽂힐 테니까.

그날의 전투도 끝이 났다.

제국군은 상당한 병력의 손실을 당하고 물러났다. 제국군 정도는 아니지만 동맹군 역시 사상자가 상당했다. 양측은 누구도 이득을 취하지 못했다.

생존한 동맹군의 병사들은 오늘도 무사히 넘겼다며 안도했다. 많은 병사가 오늘도 살려주셔서 감사하다며 신께 감사의 기도를 드렸다.

지휘관들도 마찬가지였다. 그들은 녹초가 되어 성벽에 기대어 거친 숨을 몰아쉬었다.

그러나 며칠 후,

예상치 못한 소식이 모두에게 전해졌다.

상업도시 에덴의 시청.

지금은 콘고 공화국과 아슬란 왕국의 지휘관들이 중앙통제실로 사용하는 곳이다.

전략을 짜던 지휘관들은 자리에서 벌떡 일어나고 말았다. 그들은 믿을 수 없다는 표정으로 서로를 바라봤다. 그들에게 들이닥친 비보는 바로 남부전선이 무너졌다는 것이었다.

남부전선의 격전지는 군사도시 소믈린이었다. 이곳보다 훨씬 방어하기에 유리한 곳이다.

그런 남부전선이 한 달을 버티지 못하고 무너진 것이다.

"이, 이, 이 빌어먹을 신성왕국 놈들."

메이슨 황태자가 서찰을 갈기갈기 찢어버렸다. 그는 분이 풀리지 않는 듯 들고 있던 찢긴 서찰을 바닥에 내동댕이친 후 마구 짓밟았다.

다른 지휘관들도 똑같은 심정이었다. 설마 대륙에서 가장 올바르다던 신성왕국이 동맹국의 뒤통수를 칠 줄은 상상도 하지 못했다.

다른 왕국이 모두 배신해도 신성왕국만큼은 그러면 안 되었다.

“서찰에 무슨 얘기가 적혀 있는지 자세히 얘기 좀 해주시죠.”

아직 냉정을 유지하고 있던 카론 황태자가 메이슨 황태자에게 물었다.

“아, 죄송합니다. 결례를 범했습니다.”

잠시 숨을 고른 메이슨 황태자는 남부전선에서 있던 일을 지휘관들에게 상세히 설명해 주었다.

신성왕국의 배신으로 3공국 연합체는 무주공산이라고 해도 과언이 아니었다. 각국의 왕은 수도를 탈출하여 다른 곳으로 이동 중이었다.

군사도시 소믈린에서는 삼국의 중요 인물들이 모조리 암살당했다. 탈출한 귀족은 없었다. 십칠만에 달하는 3국의 병사들 역시 학살당했다고 한다. 그곳에서 살아남은 자들은 겨우 이만 명밖에 되지 않았다. 그들은 살아남기 위해 3공국 연합체를 탈출하는 중이라고 하였다.

제국군과 신성왕국은 약간의 병력을 3공국 연합체에 남겨 잔당을 토벌 중이었다. 그들에게 왕이 잡히면 왕국은 멸망하고 말 것이다.

메이슨 황태자의 말을 모두 들은 아슬란 왕국의 기사들은 얼굴색이 대번에 파랗게 변했다.

아슬란 왕국은 신성왕국, 남야, 중야와 국경을 맞대고 있다. 3공국 연합체가 멸망한다고 하더라도 신성왕국이 뒤를 받칠 것이라는 계산이 깔려 있었다.

그런데 신성왕국이 배신을 했다면 본국이 위험해진다.

기사들의 얼굴이 창백하게 변할 수밖에 없는 이유이다. 그렇다고 이곳에서 병력을 빼내 본국으로 돌아갈 수도 없었다.

콘고 공화국이 멸망하면 아슬란 왕국은 완전히 고립된다. 북부에서 제국이, 남부에서 신성왕국이 침공을 시작한다면 제아무리 아슬란 왕국이라도 하더라도 막아낼 재간이 없었다.

"스피커트 공작, 헬리온 후작, 상황이 매우 좋지 않습니다. 어찌해야 할까요?"

카론 황태자가 두 투신을 보며 물었다. 아무리 능력이 있는 카론 황태자라고 하더라도 그는 어리다. 지금과 같은 절박한 경험을 한 적이 한 번도 없었다. 그로서는 두 역전의 용사에게 조언을 구해야만 했다.

"우리가 선택할 수 있는 것은 하나입니다."

헬리온 후작이 먼저 입을 열었다.

"그게 무엇이죠?"

"최대한 빨리 이곳에서 제국군을 물리치고 본국으로 귀환하는 것입니다. 제국군 30만을 처리한다면 콘고 공화국의 병력으로도 충분히 이곳을 방어할 수 있습니다."

이번에는 스피커트 공작이 발언했다.

스피커트 공작과 헬리온 후작이 서로를 바라봤다. 간만에, 아니, 어쩌면 처음으로 둘의 뜻이 통한 듯했다. 상황이 상황이니만큼 서로에게 딴지를 걸 시간도 없었다.

"저도 비슷한 생각입니다. 하면 30만이나 되는 제국군을 어찌 물리쳐야 할까요?"

"본국으로 최대한 빨리 군사를 되돌리기 위해서는… 도박을 해야 합니다."

헬리온 후작이 먼저 입을 열었다. 스피커트 공작은 아무런 말 없이 그의 의견을 들었다.

"도박? 어떤 도박을 말씀하시는지……?"

"제국군에게 성문을 뚫려야 합니다."

"아하, 적들을 성내로 끌어들이자?"

헬리온 후작의 말을 대번에 알아들은 스피커트 공작이 손바닥을 탁 하고 마주쳤다.

"성문을 열어준 이상 잘못하면 적에게 전멸을 당할 수도 있습니다. 반면 준비를 잘하여 때와 운이 따르면 큰 승리를 거둘 수도 있습니다."

카론 황태자는 고개를 끄덕였다. 시간은 그들의 편이 아니었다. 조금만 시간이 지나면 그들은 외통수였다. 외통수에 걸리면 그들에게 남은 것은 죽음뿐이다. 도박은 충분히 걸어볼

가치가 있었다.

중앙통제실에 있는 동맹군들의 지휘관들은 머리를 싸매고 작전을 세우기 시작했다.

그러나 어둠의 그림자는 예상외로 빨리 찾아오고 있었다.

*　　*　　*

북부전선에서 전투가 벌어지기 일주일 전.

사백 척이 넘는 함선이 콘고 공화국 최북단의 항구도시 레이라에 도착했다. 이미 항구도시를 지키던 소수의 경비병들은 제압을 당한 상태였다. 그것은 시민들도 마찬가지. 몇몇 반항한 젊은 사내들은 제국군에 의해서 무참하게 살해당했다.

철썩철썩!

함선은 해상왕국의 것이 분명했다. 하지만 나부끼는 깃발은 제국의 것이었다.

"차례대로 항구에 정박하라!"

함선을 지휘하는 기사들이 함선의 지하에서 노를 젓고 있는 노예들을 향해서 소리쳤다.

함선이 천천히 항구에 정박했다. 작은 항구도시이기에 한 번에 함선 세 척밖에 정박할 수밖에 없었다. 모든 짐과 병력이 내리려면 상당한 시간이 걸릴 듯했다.

덜컹!

가장 거대한 함선에서 사다리가 연결되었다. 그것을 딛고 거대한 덩치의 사내가 내려왔다. 미리 항구를 제압한 제국군들이 달려와 한쪽 무릎을 꿇었다.

"볼튼 총사령관 각하를 뵙습니다!"

제국군 병사들이 우렁차게 대답했다. 하지만 볼튼을 바라보는 그들의 눈빛은 존경과는 거리가 멀었다. 그들의 눈빛에 깊게 깔려 있는 것은 두려움과 공포였다.

볼튼은 아무런 말없이 그들의 사이를 걸어갔다.

제국군 레인저의 부대장인 햄머가 볼튼에게 서둘러 다가왔다. 그는 허리를 굽히며 말했다.

"총사령관 각하, 자리를 마련했습니다. 모시겠습니다."

볼튼이 우뚝 섰다. 그는 햄머를 물끄러미 바라봤다. 햄머는 도저히 그의 얼굴을 바라볼 수가 없었다. 사상 최강의 투기를 내뿜는 오크 전사. 제국 최강의 기사단이라고 불리는 레인보우조차 볼튼에게는 상대가 되지 않았다.

볼튼은 오크라는 종족을 떠나서 돌연변이에 가까웠다. 이토록 강할 수 있는 존재가 있다는 것 자체가 반칙이었다.

"아니."

볼튼은 짧게 거절의 표시를 건넸다.

"여독을 푸신 다음에 진격하심이 좋을 듯합니다만."

햄머는 볼튼의 눈치를 보며 말했다.

"그럴 시간 따위는 없다. 하역을 서둘러라. 내일 새벽까지 모든 준비를 마치도록."

볼튼은 더 이상 말을 하지 않았다.

햄머는 정신이 아득해져 오는 것을 느꼈다. 사백 척의 대형 함선에서 모든 장비를 하역하는 것은 쉽지 않은 일이었다. 밤새껏 일한다고 하더라도 마찬가지였다. 최소한 이틀의 시간은 주어야 했다. 하지만 볼튼에게 타협이 있을 리 없었다. 새벽까지 모든 하역을 끝내지 못하면 자신의 목숨이 위태롭다.

"알겠습니다."

햄머는 두 번 생각하지 않고 하역 작업이 한창인 항구를 향해서 뛰어갔다.

동맹군의 귀족들이 제국군을 함정에 빠뜨리기 위해 작전을 짜고 있는 시각. 어둠 속에서 수많은 날카로운 눈빛이 반짝거렸다. 인간의 눈빛이 아니었다. 인간의 눈빛은 야간에 저토록 시퍼렇게 빛을 내지 않는다. 저것은 짐승의 눈빛이었다.

그런 눈빛이 끝도 없이 계속 생겨났다.

—크르르르르.

날카로운 짐승의 숨소리.

저벅저벅.

거대한 체구의 오크가 앞으로 나섰다. 그의 망토가 바람이 펄럭거렸다.

볼튼이었다.

샤를론즈가 숨겨둔 비장의 한 수가 바로 볼튼과 오크 전사들인 것이다. 오크 전사들은 일반 병사들보다 월등하게 강하다. 혼자서 두세 명의 병사를 너끈히 상대할 수 있었다. 투기를 사용할 줄 아는 전사들은 기사들과도 견줄 만했다.

더군다나 그들은 야행성이다. 밤이 되면 빛이 없어 전투를 벌일 수 없는 인간들과는 달랐다. 야행성 짐승처럼 그들 역시 야간에도 어렵지 않게 움직일 수가 있었다.

"자, 그럼 시작해 볼까."

볼튼이 손가락을 까닥거렸다. 그러자 12전사가 앞으로 나섰다. 12전사는 볼튼의 친위대다. 그중 셋은 곤을 추격했다가 연락이 끊겼다. 아마도 그들은 살아 있지 못할 것이다. 하지만 그래도 아직 아홉 명의 강력한 전사들이 남아 있었다. 그중에서 가장 날렵한 마르크가 수천 명의 오크를 이끌고 앞으로 나섰다.

"신속하게 끝내라."

"존명."

마르크와 오크들이 성벽을 향해서 달리기 시작했다. 성벽 위 곳곳에서는 횃불이 넘실거리며 주변을 밝히고 있었다. 보초의 숫자도 상당히 많았다. 그렇지만 마르크와 오크들은 전혀 겁을 먹지 않았다. 그들은 곧장 성벽을 향해서 뛰어갔다. 보초들이 오크들을 발견했다. 놀란 그들이 급히 비상종을 울렸다.

"늦었어!"

마르크는 성벽에 발을 디뎠다. 놀랍게도 그의 몸이 중력을 거스르고 둥실 떠올랐다. 자그마치 10미터 이상 솟구쳐 오른 것처럼 보였다. 마르크는 다시 한 번 성벽을 발로 밟고는 있는 힘껏 몸을 밀어 올렸다. 단 두 걸음에 성벽 위에 도착했다.

보초를 서고 있던 병사들은 말도 안 된다는 얼굴로 성벽 위에 올라선 마르크를 보았다.

"뭘 봐, 인간 놈들!"

마르크의 손도끼가 날았다. 그의 손도끼는 정확히 병사들의 이마에 명중했다. 이마에 손도끼가 박힌 병사들을 고목나무가 넘어가듯이 뒤로 쓰러졌다.

"적이다! 적이다!"

병사들이 젖 먹던 힘을 다해서 외쳤다. 이미 비상종을 울렸다. 쉬고 있던 많은 병사들이 종소리를 들었을 터이다. 그럼에도 그들은 외칠 수밖에 없었다. 적이 조금이라도 겁먹기 바라면서.

하지만 오크들은 인간보다 몇 배나 호전적인 종족이다. 겨우 이 정도로 겁먹지 않았다.

쉭쉭 소리를 내며 수천 명의 오크들이 성벽에 올라섰다. 제국군이 엄청난 희생을 치르면서까지 오르려고 하던 성벽을 오크들은 너무도 쉽게 점령한 것이다.

"막아라! 적이 성내로 침입했다!"

병사들은 검과 창으로 오크들을 공격했다. 오크들은 어렵지 않게 그들의 공격을 피해냈다. 보초들의 숫자보다 성벽 위에 올라선 오크들의 숫자가 훨씬 많았다. 오크들은 도끼를 휘두르며 성벽 위에 있던 병사들을 무참하게 사살했다.

병사들은 뒤로 물러날 수가 없었다. 만약 그들이 시간을 벌지 못하면 오크들은 성문을 열 것이다. 성문이 열리는 순간 상업도시 에덴은 끝장이 난다. 함락은 시간문제였다.

그들은 죽을 각오로 오크들을 막아내야만 했다.

"크크큭, 모두 죽여라! 내일 아침에는 인간들의 음식으로 파티를 열 것이다!"

마르크가 외쳤다. 그의 외침에 호응하듯 수많은 오크들이 성벽을 넘어 동맹군 병사들을 향해서 무작위로 도끼를 휘둘렀다.

순식간에 백 명 이상의 보초들이 살해당했다. 오크들은 도끼에 묻은 피를 혀로 핥으며 성벽을 뛰어내렸다. 성벽 근처에서는 오크들의 제왕인 볼튼과 주력 부대가 대기하고 있었다.

그들의 임무는 성문을 열어서 왕과 부대를 안전하게 성내로 진입하게 하는 것이었다. 자신들의 실력이라면 어렵지 않다고 여겼다. 지금까지도 순조로웠다.

마르크와 오크 전사들이 성벽을 내려선 순간이었다.

하지만 목표를 이룬 것과는 반대로 그들의 얼굴은 급격하게 굳어졌다.

"빌어먹을 오크 놈들이! 감히 네놈들이 무엇이라고 이 전쟁에 끼어드느냐!"

성내에서 오크들을 기다리고 있는 자는 1만의 병력을 이끌고 있는 부루스 단장이었다. 그는 헬리온 후작의 명령으로 며칠 전부터 낮에는 자고 야간에만 눈을 뜨고 있었다. 헬리온 후작은 반드시 일주일 안에 적의 지원군이 도착할 것이라고 단언했다.

부루스 단장은 헬리온 후작의 말을 신처럼 떠받들었다. 이제껏 헬리온 후작의 선견지명은 빗나간 적이 없지 않은가. 이번에도 반드시 그런 일이 벌어질 것이라 생각했다.

예상은 들어맞았다.

삼 일이 지나기도 전에 오크 전사들이 성벽을 넘어서 침입을 감행한 것이다.

1만 명의 병사들은 완전무장을 한 채 막사에서 대기하고 있었다. 아무리 낮에 잠을 잤다고 하더라도 밤이 되면 졸리게 마련이다. 그들은 잠을 쫓기 위해서 실없는 농담 따 먹기를 하면서 시간을 보냈다. 몇몇은 아예 꾸벅꾸벅 졸기도 했다. 물론 졸던 병사들은 기사들에게 걸려서 뒤통수를 호되게 맞아야 했지만.

정적만이 감돌던 늦은 시간이었다. 병사들의 피로가 극에 달했다. 조금만 시간이 더 지나면 제국군의 공격이 시작될 시간이기도 했다.

그때 비상종이 맹렬하게 울린 것이다. 정신이 번쩍 든 병사들은 지휘관의 명령에 따라 질서정연하게 적을 맞이했다.

어차피 적이 올 것이라 예상했기에 병사들의 동요는 거의 없었다.

스르릉!

부루스 단장은 애검인 마법검 눈보라를 들었다. 헬리온 후작에게 받은 최상급 마법검이다. 자그마치 7서클 마법의 블리자드를 실현시킬 수 있는 마법검이다. 물론 1회를 사용하면 꼬박 보름을 충전해야 된다는 단점이 있지만, 검사가 7서클의 상급 마법을 사용할 수 있다는 것은 엄청난 메리트였다.

마르크의 눈 밑이 파르르 떨렸다. 그가 전혀 예상하지 못한 일이 벌어졌다. 도대체 인간들은 자신이 잠입하리라는 것을 어찌 알았을까.

제국군을 이끌고 있는 레그넌 공작조차 오크들이 도착한 것을 모르고 있었다.

도대체 어떻게?

“저놈만 사로잡아라! 나머지는 모조리 죽여!”

부루스 단장의 명령이 떨어졌다. 그와 함께 1만 명의 병사들이 함성을 지르며 오크들을 향해서 공격을 퍼부었다.

제아무리 오크들의 공격력이 뛰어나다고 하더라도 몇 배나 많은 전력을 감당할 수는 없었다. 자신만만하게 성에 침입한 오크들은 한두 명씩 창과 검에 찔려서 바닥에 쓰러졌다.

오크들의 전광석화와 같은 기습적인 습격은 그렇게 수포로 돌아갔다.

카론 황태자는 가슴을 쓸어내릴 수밖에 없었다. 만약 자신이 헬리온 후작의 뜻을 들어주지 않았다면 지금쯤 에덴 안에는 동맹군의 시체로 가득했을 것이다.

* * *

볼튼은 또 한 명의 친위대를 잃었다. 비록 마르크가 12전사 중에서 가장 약하다고는 하나 인간들에게 죽을 정도로 허약하지는 않았다. 그러나 그는 성벽을 함께 넘은 2천 명의 오크들과 함께 돌아오지 못했다.

볼튼이 본 것은 성벽 위에 매달린 오크들의 잘린 목이었다.

볼튼은 분노했다.

그날 이후 전투는 더욱 과격해졌다. 낮에는 제국군이 쉴 새 없이 성을 공격했고, 밤이 되면 오크 전사들의 공격이 이어졌다.

오크들의 참전으로 제국군을 성내로 끌어들이기 위한 전략은 무용지물이 되었다.

오직 적들의 숨 돌릴 틈 없는 공격을 막아내는 데 전력을 다해야만 했다.

북부전선 상업도시 에덴은 바람 앞의 등불이 되고 말았다.

Chapter 5. 대륙 최강의 기사단

곤은 독한 위스키를 마시며 부서진 달을 올려다보고 있었다. 평상시에는 술을 거의 입에 대지 않는 곤이지만, 오늘은 이상하리만치 마음이 무거웠다. 술을 마시지 않으면 잠이 오지 않을 것만 같았다.

술이 들어가자 가슴이 후끈거렸다. 술은 감각을 떨어뜨리는 것이 아니었다. 오히려 더욱 예민해졌다.

달을 보면 볼수록 혜인이 떠올랐다. 벌써 이 세계에 떨어지고 나서 상당한 시간이 지났다. 자신이 조선 사람인지, 이 세계의 사람인지 헷갈릴 때도 있었다.

그럴 때는 달을 보며 혜인을 생각했다.

비록 일본 제국으로 인해서 조선 사람들은 살기가 힘들었지만 곤은 나름 행복감을 느끼고 살았다.

혜인이 일본 헌병들에게 고문을 당하고 불치의 병을 얻기 전까지는.

곤의 방 한구석에는 비단으로 곱게 싼 천종산삼이 놓여 있었다. 죽어도 저것만은 조선으로 가져가야만 했다. 천종산삼만이 혜인을 살릴 수 있다는 믿음은 아직도 변하지 않았다.

똑똑.

누군가 곤의 방문을 두드렸다.

"들어오세요."

곤은 남은 위스키를 모두 마신 후 대답했다.

문이 열리고 키스톤과 슈테이가 들어섰다. 그들은 각국에 잠입하여 정보를 입수하는 데 온 신경을 집중하느라 영지에 있을 시간이 없었다.

곤도 그들을 몇 달 만에 보는 것이다.

키스톤과 슈테이는 곤을 보고 고개를 갸웃거렸다.

세상에 거칠 것이 없는 곤이다. 설사 대륙이 반으로 쪼개진다고 하더라도 코웃음 칠 남자가 바로 곤이 아니던가. 그런 곤이 이상할 정도로 야위어 있었다.

"무슨 일이 있으셨습니까?"

키스톤이 조심스럽게 물었다.

"내가? 왜?"

무슨 의미인지 모르겠다는 투로 곤은 되물었다.

"조금 야윈 것 같아서요."

"그냥 근래 들어 입맛이 조금 없을 뿐이야. 신경 쓰지 않아도 돼."

"그렇다면 다행이고요. 이곳은 마스터를 중심으로 돌아가고 있습니다. 건강은 꼭 챙기셔야 합니다."

"명심하도록 하지. 자, 앉아."

곤은 방 한쪽 구석에 있는 소파로 그들을 안내했다. 키스톤과 슈테이는 고개를 끄덕이며 소파에 앉았다.

"위스키 한잔할 텐가?"

곤은 자신의 잔에 위스키를 따르며 물었다.

"아니, 괜찮습니다."

"그럼 나만 한잔하겠네."

"술을 별로 좋아하시지 않는 것으로 아는데요."

"아주 가끔은 고향이 그리울 때가 있는 법이지. 그럼 울적해져. 그것을 잊기 위해서는 술만큼 좋은 것이 없지."

키스톤과 슈테이는 이해한다는 듯이 고개를 끄덕였다.

"자, 그럼 대륙이 어떻게 돌아가고 있는지 들어볼까."

곤은 그들의 앞자리에 앉으며 말했다. 누구도 그에게 정보를 알려주지 않았다. 헬리온 후작이 전쟁터로 떠나기 전에는 그에게 상당 부분 정보를 의존했는데 지금은 그에게 정보를 알려주는 귀족이 없었다.

헤즐러 자작과 곤을 경계했기 때문이었다.

하여 곤은 키스톤과 슈테이를 이용하여 대륙의 상황을 알아봐야만 했다. 만약 그들이 없었더라면 곤은 힘만 강한 귀머거리에 장님일 수밖에 없었다.

다행히도 키스톤과 슈테이는 정보를 수집하는 일에 대해서는 탁월한 능력을 갖췄다.

그들이 작정하고 곤을 속이려고 든다면, 곤은 속을 수밖에 없는 입장이었다. 그렇다고 한들 곤은 그들을 믿을 수밖에 없었다.

“상황이 매우 좋지 않습니다.”

키스톤이 입을 열었다. 그는 어지간해서는 절망적인 소리를 하지 않았다. 곤과 기사들이 단독으로 불가능한 임무에 도전을 했을 때도 그러했다. 그저 확률상으로 얘기할 뿐이었다.

그런 키스톤의 말은 무척이나 이례적일 정도로 절망적이었다.

곤의 미간이 꿈틀거렸다.

“얼마나?”

“매우 안 좋습니다.”

“자세히 설명을 부탁해도 되겠나?”

“알겠습니다.”

키스톤은 대략적인 대륙의 상황에 대해서 곤에게 설명해주었다. 그의 말이 진행이 되면 될수록 곤의 얼굴은 크게 일

그러졌다.

가장 어이없는 것은 신성왕국의 배신이었다. 신성왕국은 신을 섬기는 나라이다. 특히 살인과 도둑질, 강도질, 거짓말을 하는 것은 신의 뜻에 반한다고 가르쳤다.

그런 신성왕국이 그들을 믿은 모든 나라의 뒤통수를 제대로 친 것이다.

신성왕국의 배신으로 인해서 모든 전열이 한꺼번에 무너졌다. 특히 3공국 연합체의 멸망은 시간문제였다. 3공국의 왕들이 아슬란 왕국에게 도움을 요청했다고 하지만 들어줄 수 없는 상황이다.

일단 아슬란 왕국 발등에 불이 붙지 않았는가.

샤를론즈가 이끄는 제국군과 신성왕국의 성전사들이 국경에서 대대적인 전쟁 준비를 서두르고 있다고 하였다. 그들이 진격을 시작하는 순간이 아슬란 왕국의 운명이 결정되는 날일 것이다.

아슬란 왕국 역시 모든 귀족의 사병과 정규군을 집결시키고 있었다. 그 병력은 20만이 훌쩍 넘어갔다. 그럼에도 연합군의 병력에 비교해서는 한없이 초라했다.

아슬란 왕국을 구할 수 있는 것은 북부전선에서 제국군과 맞서 싸우고 있는 카론 황태자가 이끌고 있는 15만의 병력이었다.

하지만 그들 역시 상황이 녹록치 않았다. 30만의 제국군과

5만의 오크군이 합세하여 맹렬하게 에덴을 공략하고 있는 중이었다.

북부전선이 무너지면 대륙은 제국과 신성왕국 두 나라가 좌지우지하게 된다.

"음."

곤은 턱수염을 문질렀다. 키스톤과 슈테이의 말이 사실이라면 그가 이곳에 있어서는 안 되었다. 전쟁은 수 싸움과 타이밍이다.

헬리온 후작의 부탁대로 영지를 지켜야 할 것인가, 아니면 아슬란 왕국의 수도에 집결하고 있는 병력과 합류할 것인가, 그것도 아니면 위기에 처한 북부전선을 구하러 갈 것인가.

곤은 선택해야만 했다. 잘못된 선택은 헤즐러뿐만 아니라 수많은 사람들의 목숨을 앗아가게 될 것이다.

"어쩌시겠습니까?"

키스톤이 물었다. 그는 지금 '시간이 촉박합니다. 가만히 있으면 안 돼요' 라고 말하는 것 같았다.

맞는 말이다. 이대로 가만히 있을 수는 없었다.

곤은 키스톤을 보며 단호하게 말했다.

"이제 움직여야 할 때가 왔어."

* * *

헤즐러 자작의 영지부터 콘고 공화국의 상업도시 에덴까지는 걸어서 3개월은 걸린다. 말을 탄다고 하더라도 1개월은 족히 걸린다.

하지만 곤에게는 유니콘이라는 희대의 명마가 다수 존재했다. 대륙에서는 존재하지 않는 상상 속의 환수가.

유니콘이라면 에덴까지 보름 안에 돌파할 수 있다. 그의 말을 다른 귀족들이 듣는다면 미쳤다고 할 것이다. 그것은 불가능하다고.

곤은 서둘러 기사들과 기마병들을 소집했다. 출격 명령을 받은 삼안족 역시 만반의 준비를 갖추고 연무장 앞에 도열했다.

150명의 기사, 800명의 삼안족, 600명의 기마병.

도합 1,550명의 병력이다. 북부전선에서 사투를 벌이고 있는 어마어마한 병력과는 비교조차 할 수가 없다. 그러나 그들은 대륙 최고의 기동력을 갖춘 기사단이었다. 아직 집단전을 한 번도 치르지 못한 그들이지만, 곤은 이들의 전투력을 믿어 의심치 않았다.

곤은 물끄러미 투기를 발산하고 있는 기사들을 보았다. 사기는 무척이나 높았다. 자신들이 배운, 자신들이 갈고닦은 실력을 보여주겠노라며 외치고 있는 듯했다. 누구도 자신들을 당해낼 수가 없다고.

곤은 금방이라도 비가 쏟아질 것만 같은 하늘을 올려다보왔다. 잔뜩 찌푸려 있다. 아마도 오전 내, 늦어도 정오가 지나면 비가 내릴 것이다.

그는 본능적으로 자신의 여행이 막바지에 와 있다는 것을 깨달았다.

곤의 긴 여행은 신의 장난이 아니었다. 조금씩 조금씩 퍼즐이 맞춰져 어느 정도 완성되어 가고 있었다. 이제 그를 만나게 되면 마지막 퍼즐이 맞춰질 것이다.

그리고 누군가는 고향으로 돌아갈 수 있게 된다.

길었던 여행.

나와 그.

아니, 나와 나.

혜인에게 돌아가기 위해서는 반드시 이번 전쟁을 승리로 이끌어야 한다.

"전군, 들어라."

곤의 입이 열렸다.

모두가 투기 넘치는 눈빛으로 곤을 보았다.

"아슬란 왕국은 건국 이래 최대의 위기에 빠졌다. 알고 있는가?"

"알고 있습니다!"

기사들이 우렁차게 대답했다. 상황이 급박하지만 전혀 꿀릴 것이 없다는 목소리였다.

"우리는 이곳에서부터 콘고 공화국 상업도시 에덴으로 향한다. 얼마나 먼 곳인지 나는 잘 알고 있다. 하지만 우리는 그곳까지 보름 안에 주파해야만 한다. 그 이상으로 늦어진다면 파견된 아슬란 왕국의 병력은 전멸을 면치 못할 것이다. 그들이 당하면… 세상은 제국의 손에 들어간다. 우리는 평생 도망만 치면서 살아야 한다는 말이다. 그런 삶을 살고 싶은가?"

"아닙니다!"

"좋다, 보름 안에 이 거리를 돌파할 수 있겠는가!"

"할 수 있습니다!"

"믿겠다. 전군, 출진!"

곤의 낭랑한 외침에 기사들과 기마병, 삼안족이 유니콘에 탑승했다. 곤 역시 폰 쉐르네일이 선물로 준 유니콘에 올라탔다. 그가 탄 유니콘은 다른 환수들에 비해서 덩치가 무척이나 컸다. 뿔도 두 배는 긴 듯했다. 온몸이 근육으로 넘쳐나는 것처럼 보였다.

나중에 알고 보니 곤이 탄 유니콘은 환수들의 우두머리라고 하였다. 곤은 너무나 귀한 유니콘이라면서 사양했지만 폰 쉐르네일은 웃으면서 꼭 당신이 탔으면 좋겠다고 말했다.

하여 곤이 타고 있는 유니콘은 다른 환수들의 비해서 두 배는 강하고 빨랐다.

"가자!"

곤이 유니콘의 고삐를 당겼다. 거구의 유니콘이 엄청난 가속도를 보여주었다. 다른 유니콘들도 곤의 뒤를 좇아 달리기 시작했다.

* * *

콘고 공화국과 아슬란 왕국의 국경 마을.
아슬란 왕국의 하빌라 백작령. 약 2백 명 정도가 모여 사는 집성촌이다.
마을 사람들은 삼삼오오 모여서 전쟁에 대해서 얘기하고 있었다.
"하아, 전쟁이 매우 크게 났어. 어마어마한 대군이 각 영지의 병력을 대파하고 북상중이라네."
한 사내가 걱정스럽다는 듯이 말했다. 그는 마을의 유일한 상인으로서 특산물을 다른 영지에 사고파는 일을 하고 있었다. 당연히 다른 사람들보다 정세를 파악하는 일이 빨랐다.
"제국군이? 얼마나 되는데 그래?"
"들리는 소문으로는 백만 가까이 된다고 하던데."
"뭐? 말도 안 돼. 백만 대군이라니, 그런 병력이 있다는 것이 가당키나 해?"
상인의 말을 듣고 있던 다른 사내가 어이없다는 듯이 말했다.
"되고말고. 남부뿐만이 아니야. 북부에서도 제국군이 몰려오고 있다는 소문이야. 지금 콘고 공화국과 우리 아슬란 왕국의 동맹국이 사력을 다해서 막고 있지만 위태롭다고 하던데?"

"그게 정말인가?"

"내가 거짓말을 해서 무엇에 쓰나."

"이거 피난을 가야 하는 것 아닌가 모르겠네."

사내는 걱정스럽다는 듯이 말했다. 그에게는 아들 셋과 딸 둘이 있었다. 치매 기가 있는 노모도 더불어. 제국군이 이곳에 들이닥친다면 마을 사람들이 몰살당하는 데는 차 한 잔 마실 시간도 걸리지 않을 것이다.

"대륙 전체가 피난민으로 넘쳐난다네. 해상왕국의 국민도, 북의 곰이라 불리던 아이크 왕국의 국민도, 3공국 연합체의 국민도 모두 제국군의 칼을 피해서 사방으로 흩어졌다. 놈들은 가혹해."

"오, 신이시여! 도대체 세상은 어디로 흘러가고 있는 것입니까!"

사내는 두려운 듯 양손을 모으고 회색빛으로 물든 하늘을 올려다보며 신을 찾았다.

"우리도 피난 준비를 해야 할 듯싶네."

"신성왕국으로는 못 가. 도대체 우리는 어디로 간다는 말인가."

사내는 길게 한숨을 내쉬며 상인의 말을 받았다.

"정 살 곳이 없으면 그랑주리 정글이나 홀몬 산맥으로 기어들어 가야지."

"무슨 살벌한 소리를. 그곳은 몬스터들의 천국이 아닌가."

"현실은 지옥이야. 제국군은 아귀들이고. 그들은 만나는 여자를 모조리 간음하고 남자는 죽일 것이네. 아니면 노예로 삼던지. 그렇게 죽을 바에는 차라리 몬스터들과 한 하늘 아래서 사는 것이 더욱 안전할 듯싶네."

사내는 대꾸를 하지 못했다. 악명 높은 그랑쥬리 정글이나 홀몬 산맥으로 들어가는 것은 너무도 무서운 일이었다. 그러나 그곳의 몬스터보다 제국군이 더욱 두려운 것이 사실이다.

"아무도 우리 같은 농민들은 신경 쓰지 않을 것이야."

상인은 자조 섞인 말을 툭 내뱉었다.

그때였다.

두두두두두두두!

지반이 진동하기 시작했다. 마을 사람들은 놀라서 진동이 울리는 방향을 바라봤다.

"어? 어? 저건 뭐야?"

"일단 피해!"

놀란 마을 사람들은 급히 건물 뒤로 몸을 숨겼다. 엄청난 숫자의 말이 마을을 통과하고 있었다. 놀라운 속도였다. 조금 전까지 수 킬로미터 밖에서 달리던 말들이 눈 깜짝 할 사이에 마을을 통과하고 있었다.

전광석화!

천 필이 넘는 말이 마을을 통과하는 시간은 무척이나 짧았다.

마을 사람들은 어안이 벙벙할 수밖에 없었다. 그들의 마을은 국경 지역에 있기 때문에 기마병을 자주 목격한다. 하지만 이토록 빠른 기마는 단 한 번도 본 적이 없었다.

"봐, 봤어?"

상인이 사내를 보며 물었다.

"봤지. 말의 이마에 뿔이 달려 있던걸."

모든 전마가 이마에 뿔이 달린 백마였다. 이런 기마대는 듣지도 보지도 못했다.

"가문의 깃발은 처음 보는 것이었는데."

사내가 중얼거렸다.

"멍청하긴, 소문이 자자한 그 영지의 기사단일세."

"소문이 자자한?"

"헤즐러 자작."

"아!"

아슬란 왕국에서 떠도는 출처 불명의 소문은 다름 아닌 헤즐러 자작에 대한 것이었다. 헤즐러 자작을 영지전에서 구해내고 라텐 왕국과의 휴전을 극적으로 이뤄진 기사가 존재한다는 소문이었다.

하지만 소문은 소문일 뿐 정확한 사실은 밝혀지지가 않았다.

마을 사람들은 벌써 사라져버린 기사단이 간 방향을 바라봤다. 조금 전까지 불안하던 표정은 많이 가셨다.

"소문이 사실이라면… 조금은 희망을 가져도 될 것 같은데."

상인이 조심스럽게 말했다.

* * *

쿠쿠쿠쿵!

수백 대의 투석기에서 발사된 바위가 성벽을 깨뜨렸다. 이미 성벽은 너덜너덜한 넝마와 다를 바가 없었다. 몇 번이나 성벽이 무너져 동맹국의 병사들은 가까스로 그곳을 보수했다. 조금만 늦었어도 제국군이 무너진 성벽을 통해서 무작위로 쏟아져 들어왔을 것이다.

그러나 성벽의 방어력도 이미 한계에 다다랐다.

"크흑! 성벽이 무너졌다. 어서 메워! 어서!"

기사들이 다급하게 외쳤다. 하지만 이미 그곳을 향해서 제국군이 물밀 듯이 밀려들고 있었다.

콘고 공화국의 최강자 가론 공작과 그의 기사단이 성벽 밑으로 뛰어내렸다.

"우리가 적을 막을 동안 성벽을 보수하라!"

가론 공작이 외쳤다.

"하오면 각하는?"

그의 부관인 렘파트 백작이 물었다.

"우리는 상관하지 말라! 무슨 수를 쓰던 성으로 들어갈 테니! 그러니 일단 무너진 성벽을 메워라!"

"알겠습니다."

렘파트 백작은 고개를 끄덕였다. 지금 상황에서 '안 됩니다. 이곳에는 각하가 있어야 합니다' 라든지, '당장 돌아오십시오. 위험합니다' 라는 신파적인 말을 던질 수는 없었다. 말 한 마디 할 시간에 성벽을 우선적으로 보수해야만 했다.

그래야만 성안에 남아 있는 수십만의 생명을 지킬 수가 있었다.

"탐욕스러운 제국 놈들, 몇 놈이든지 와라!"

가론 공작은 거대한 핼버트를 꺼내 들었다. 그를 따르는 백여 명의 기사도 창과 검을 들었다. 모두의 무기에서 푸른색의 오러가 넘실넘실 흘러나왔다.

특히 가론 공작의 오러는 눈이 부시도록 아름다웠다. 그리고 형체가 뚜렷했다. 최상급을 넘어선 마스터급의 실력자라는 것을 기사라면 한눈에 알아볼 것이다.

"죽여라!"

"와아아아아아!"

수천 명의 제국군이 가론 공작과 기사들을 향해서 짓쳐들었다. 그들의 뒤에는 무너진 성벽이 있었다. 즉 기사들만 쓰러뜨리면 성내로 진입할 수 있다는 말과도 같았다.

성내로 진입하면 전투의 9할은 끝난 것이다. 그리고 황금 도시라는 별명에 걸맞게 에덴 안에 존재하는 수많은 진귀한 보물은 자신들의 것이 될 터였다. 제국군의 눈에는 탐욕이 번들거렸다.

"와라!"

가론 공작이 선두에 서서 핼버트를 휘둘렀다. 핼버트의 평균 길이는 2.5미터에서 3미터 사이이다. 사정거리 안에 들어오면 오러로 인해 어떤 상대도 허리가 두 동강이 나고 만다.

그러나 가론 공작의 핼버트는 상식을 훨씬 넘어선 공격력을 보여주고 있었다.

그가 휘두른 핼버트의 사정거리는 자그마치 10미터. 수십 명의 병사들이 그가 휘두른 핼버트에 맞아서 떼죽음을 당했다.

가론 공작은 평생을 갈고닦은 실력을 유감없이 발휘했다. 아무리 제국군이 강군이라고 하더라도 한 왕국을 대표하는 최강의 기사를 쉽사리 잡을 수가 없었다.

순식간에 가론 공작의 주위에 수백 명의 제국군 시체가 쌓였다.

가론 공작의 투기를 받았는지 기사단 역시 힘을 내고 있었다. 기사들은 단 한 명의 제국군도 무너진 성벽을 통과시키지 않았다.

너무도 위협적인 방어에 제국군이 주춤거렸다.

"이, 이 자식들, 강하잖아."

제국군은 검과 창을 꼬나 쥐고 신음을 흘렸다. 자신들과 같은 보병들은 저들을 도저히 뚫을 수가 없었다.

"비켜라!"

그들의 등 뒤에서 서늘한 음성이 들렸다. 병사들은 슬쩍 뒤를 돌아봤다. 제국군 기사가 아니었다. 열 명 정도의 건장한 체구의 오크들이 다가오고 있었다. 그들이 다가오자 제국군은 좌우로 쫙 갈라졌다.

제국군이라면 누구나 알고 있는 최강의 존재, 볼튼과 12전사였다.

제국군은 볼튼의 뒤로 한 발씩 물러났다. 볼튼은 천천히 한 걸음씩 앞으로 나왔다. 곳곳에서 살벌한 전투가 벌어지고 있었지만 그가 있는 곳만은 살기가 벗어난 듯했다.

가론 공작은 핼버트를 양 손으로 쥐었다. 그의 완력이면 한 손으로도 얼마든지 무거운 핼버트를 자유롭게 사용할 수 있지만, 양손으로 쥐게 되면 위력은 두 배 이상이 된다.

눈앞에 보이는 오크가 보통내기가 아니라는 것을 가론 공작은 보는 순간 짐작했다.

가론 공작이 신중한 자세를 취하자 기사들 역시 양손으로 검과 창을 쥐며 천천히 앞으로 나섰다.

볼튼은 양손으로 거대한 쌍날 도끼를 쥐었다. 드워프들이 들고 다니는 쌍날 도끼보다 훨씬 거대했다. 저것을 한 손으로 들 수 있다는 것 자체가 괴력이었다. 쌍날 도끼를 양 손으로 자유롭게 사용할 수 있다면 그는 오거보다 강한 힘을 보유하고 있는 셈이다.

말도 안 되는 얘기지만.

"오크가 왜 제국군에 있지?"

가론 공작이 볼튼에게 물었다.

"알아서 뭐 하게?"

볼튼은 어이가 없다는 듯이 되물었다.

"이종족은 인간들의 전쟁에 관심이 없을 텐데?"

"원래는 없지."

"달콤한 꿀을 주던가?"

"꿀? 큭큭큭, 뭐 그런 셈이지. 그렇지 않으면 네놈 말대로 인간들이 멸종하건 말건 상관하지 않을 테니까."

"멍청한 놈. 욕심이 네놈 일족을 멸족으로 이끌게 될 것이야."

"큭큭큭, 뭐래? 네 목숨이나 걱정해. 지금 이곳에서 떨어질 테니까."

"감히 이종족 따위가……!"

가론 공작의 눈가가 실룩거렸다. 그는 전력을 다해서 마나를 핼버트에 몰아넣었다. 핼버트의 오러가 아지랑이처럼 줄기줄기 흘러나왔다.

아주 먼 곳에서도 확연하게 보이는 가공할 오러였다.

"과연 왕국 최강!"

기사들은 가론 공작의 오러를 보며 연신 감탄사를 내뱉었다.

제국군조차 엄청난 마력을 뿜어대는 가론 공작을 보며 몸을 움츠렸다. 자신들로서는 꿈도 꿀 수 없는 경지였다.

그럼에도 볼튼과 12전사, 아니, 8전사는 전혀 겁먹은 표정이 아니었다. 오히려 흥미가 생긴 것처럼 보였다.

"흐읍."

볼튼은 크게 숨을 들이켰다. 그리고 다시 숨을 내뱉었다. 동시에 그의 육신에서 상상을 초월하는 투기가 뻗어 나왔다. 그의 투기는 삽시간에 주변을 휩쓸었다.

가론 공작의 얼굴이 창백해졌다. 그는 마스터급의 기사다. 마스터급의 실력자가 되면 인간의 능력을 초월한다. 사람들은 마스터급 기사의 능력을 측정하지 못한다. 너무도 강해서 인간의 한계를 넘어선 자들을 통틀어서 마스터라고 부르는 것이다.

가론 공작은 자신도 모르게 등줄기에 식은땀이 흐르는 것을 느꼈다.

투기만으로 동맹군의 사기를 한순간에 꺾어버렸다. 수십만의 대군이 뒤섞인 이곳에서 그의 투기를 느끼지 못한 사람은 없을 것이다.

가론 공작의 예측은 맞았다. 놀랍게도 거의 모든 제국군과 동맹군의 살기가 일순간 멎었다.

어이가 없을 정도로 강력한 투기였다.

가론 공작은 핼버트를 강하게 쥐었다.

이길 수 있을까? 저 괴물한테?

확신은 할 수 없었다. 그러나 이것 하나만은 확실했다. 마스터급의 오러를 받아낼 수 있는 자는 없다는 것이다. 설사 드래곤이라 하더라도 마스터급의 오러에 휩쓸리면 드래곤 스킨조차 찢기고 부서진다.

벨 수만 있다면 이긴다.

볼튼과 가론 공작이 서로를 매섭게 노려봤다. 둘의 투기가 허공에 맞부딪쳤다. 보이지 않는 공기가 그들의 투기에 휘말려 굴절되었다. 공기가 뜨겁게 타올랐다.

"크악!"

볼튼과 가론 공작 근처에 있던 병사들은 뜨거운 공기에 휘말려 몸에 불이 붙었다.

"물러나! 물러나!"

병사들이 다급하게 그들의 주변에서 떨어졌다.

성벽 아래 반경 50미터 이상이 텅텅 비었다. 그곳에 남은 자는 볼튼과 가론 공작뿐이었다. 그들을 서로를 마주 본 채 조금도 움직이지 않았다.

날씨는 오전부터 눈살을 찌푸리고 있었다. 어느 순간부터 하늘은 구겨지고 어둡고 흐려졌다.

쿠르르릉!

멀리 보이는 검은 구름 속에서 번개가 번쩍였다.

후드두두둑!

이윽고 그들의 머리 위로 비가 내리치기 시작했다. 순식간에 물웅덩이가 생겨났다. 장대비는 화살처럼 내리꽂혔다.

비가 볼튼과 가론 공작의 시야를 가렸다.

동시에 그들이 움직였다.

콰콰콰콰콰쾅!

쌍날 도끼와 핼버트가 부딪치는 소리가 퍼졌다. 두 개의 무기가 부딪치는 소리는 너무도 커서 천둥소리까지 집어삼킬 정도였다.

볼튼이 있던 자리에는 가론 공작이, 가론 공작이 서 있던 자리에는 볼튼이 서 있다. 기사들조차 둘이 어떤 식으로 지나쳤는지 보지 못했다.

그만큼 빠르고 신속한 공격이 오고 갔다.

쿠르르르릉!

천둥번개가 연속으로 내리쳤다. 번개가 번쩍이며 볼튼과 가론 공작을 비쳤다.

누가 이긴 거지?

제국군과 동맹군은 마른침을 삼키며 그들의 모습을 지켜봤다.

이윽고,

덜컥!

가론 공작이 들고 있던 핼버트가 반으로 쪼개지며 물웅덩이가 되어버린 흙바닥에 떨어졌다.

푸식!

가론 공작의 목에서 엄청난 양의 피가 360도 방향으로 뿜어 나왔다. 이윽고 그의 목이 스르르 미끄러져 바닥에 떨어지고 말았다. 육체 역시 무릎을 꿇고 앞으로 고꾸라졌다.

콘고 공화국 역사상 최강의 기사라고 불리던 가론 공작이 죽었다.

콰콰콰콰!

천둥번개는 볼튼의 머리 위에서 연속으로 쳤다. 번개에 비친 볼튼의 얼굴은 흉악하기 그지없었다.

볼튼은 동맹군을 향해 하얀 이를 드러내며 웃었다.

"전군, 돌격!"

동맹군 소속 기사들과 병사들의 얼굴이 하얗게 질려갔다.

* * *

장대비가 미친 듯이 헬리온 후작의 머리 위로 쏟아지고 있다. 비는 좀처럼 그칠 것 같지가 않았다. 헬리온 후작은 얼굴에 흐르는 빗물을 손바닥으로 닦아냈다.

그는 주위를 보았다.

온통 악에 받친 함성과 살육만이 지배하는 지옥과 같은 곳이다. 빗물은 금방 피와 섞여 붉게 변했다.

이런 곳이지만 헬리온 후작은 벗어나지 못했다. 여기서 벗어나면 훨씬 많은 죽음이 도사리고 있다는 것을 알기에.

"각하! 각하!"

부루스 단장이 급하게 다가오며 외쳤다. 헬리온 후작은 조금은 무관심한 표정으로 그를 바라봤다. 부루스 단장의 얼굴은 하얗게 질려 있었다. 피로 인해 추워서 그런 표정을 짓는 것을 아닐 터였다.

"뭔가?"

"서문이 뚫렸습니다."

그제야 헬리온 후작의 눈썹이 꿈틀거렸다. 서문은 가론 공작이 지키는 곳이다. 아슬란 왕국의 5대 투신처럼 콘고 공화국에도 3대 영웅이 존재했다. 그중에서 최상위에 위치한 이가 바로 가론 공작이었다.

실력만 따지고 놓고 보자면 헬리온 후작보다도 한 수 위였다.

"가론 공작은?"

"전사했습니다."

"으음……."

헬리온 후작의 입에서 신음이 흘러나왔다. 4대 성문 중에서 치열하게 전투가 전개되고 있는 곳이 서문이었다. 하여 가장 강한 기사를 그곳에 배치했다. 그라면 어떡하든 적의 공세를 막아낼 것이라 생각했다.

하지만 모두의 생각은 어긋났다.

"도대체 누가……."

"오크입니다."

"오크?"

"그렇습니다. 겉모습만 오크지 완전 괴물입니다. 가론 공작의 목이 단 일 합에 날아갔습니다."

"가론 공작의 목을 단 일 합에 날려?"

믿을 수가 없는 소리였다. 헬리온 후작이 알고 있는 최강자는 곤이다. 그러나 제아무리 곤이라고 하더라도 가론 공작을 일격에 해치우지는 못한다. 그만큼 가론 공작은 강했다. 그런 가론 공작을 일격에 해치웠다는 것이 도저히 믿기지 않았다.

그럼 가론 공작을 해치운 오크는 도대체 얼마나 강하다는 말인가.

"적들이 서문을 깨고 물밀 듯이 밀려들고 있습니다. 서둘러 서문으로 지원군을 보내야 합니다. 그렇지 않으면 성내는 쑥대밭이 되고 맙니다."

헬리온 후작은 씁쓸하게 웃었다. 성문이 무너진 이상, 성내로 침입한 적을 다시 몰아내는 것은 불가능에 가까웠다. 겨우 일 할이나 될까.

더군다나 단순히 성문이 깨진 것이 아니었다. 최강의 기사가 죽는 것을 동맹군 병사들이 목격했다. 사기는 순식간에 바닥에 떨어졌을 것이고, 병사들은 도망치기 바쁠 터였다.

또한 가론 공작을 쓰러뜨린 괴물을 견제할 기사가 없다는 것도 문제였다.

종합해 보면 이 전투는 구 할 이상 제국군에게 승리가 기울었다. 기적이 있지 않는 한 동맹군은 이곳에서 끝장이 날 터였다.

"빌어먹을."

헬리온 후작은 고개를 들어 얼굴에 비를 맞았다. 따가울 정도로 세차게 내리는 빗방울이다.

또다시 그의 기억이 심술을 부리기 시작했다.

헬리온 후작은 비가 오는 날은 그다지 좋아하지 않았다. 극히 싫어한다는 말이 옳을 것이다. 어릴 적 아버지가 전쟁에 나가서 돌아가셨다는 연락을 가지고 온 날도 비가 무척이나 쏟아졌다.

어머니는 아버지를 무척이나 사랑하셨다. 그래서일까. 아버지가 돌아가셨다는 말을 듣고 시름시름 앓더니 일 년이 되지 않아 아버지의 뒤를 좇아가셨다. 그때도 장대비가 내리는 날이었다.

아내가 죽었을 때도 마찬가지다.

아내는 사고로 죽었다. 아내는 어린 칼리온을 데리고 마을 축제에 나갔고, 하필 그날 비가 왔다. 마을 중앙도로를 달리던 마차가 빗길에 미끄러지며 칼리온을 덮쳤다. 아내는 칼리온을 밀쳐내고 대신 마차에 깔렸다.

그렇게 아내는 아들을 살리고 죽었다.

모두 비가 억수로 내리는 날이었다.

비는 그에게 죽음을 동반했다. 그리고 이번에는…….

"젠장, 죽기에는 별로 좋지 못한 날씨야."

헬리온 후작은 입술을 뒤틀며 말했다.

"각하, 무슨 소리를 하시는 겁니까. 정신 차리세요."

부루스 단장의 목소리가 그의 상념을 깨웠다. 상념이 깨어났다고 해서 그가 할 수 있는 일은 그다지 없었다. 아니, 할 일이 하나 남아 있기는 했다. 아직 10만에 달하는 아슬란 왕국의 정규 병력이 남아 있었다. 이들을 이곳에서 개죽음 당하게 할 수는 없었다.

무슨 수를 써서라도 이들의 희생을 최소화하여 탈출시켜야 했다.

그런데 어디로 가지?

수개월이 넘게 걸리는 아슬란 왕국까지 무사히 도주할 수 있을까? 제국군의 추격을 뿌리치고?

거의 불가능한 일이다.

그럼 도대체 어떻게 이 많은 병사들의 목숨을 살린단 말인가.

죽기 살기로 항전을 해? 성문이 뚫린 상태에서? 그것 역시 개죽음을 면치 못한다. 도살, 혹은 학살이다.

그럼 어떻게?

죽어도 이 많은 병사들을 남기고 혼자서 도망칠 생각은 없었다. 그렇게 많은 젊은이들을 죽일 바에야 그들과 같이 죽는 편이 나았다.

그러나 아무리 머리를 굴려 봐도 병사들을 살릴 마땅한 방법이 생각나지 않았다.

그가 잠시 머뭇거리는 순간에도 비명을 지르며 수많은 병사들이 목숨을 잃고 있었다.

그때였다.

두두두두두두!

온갖 비명이 난무하는 이곳에서 미세한 진동이 느껴졌다. 헬리온 후작 정도의 실력자가 아니라면 느낄 수 없는 작고 미미한 진동이었다.

그 진동은 조금씩 커져갔다.

헬리온 후작은 진동이 느껴지는 곳을 향해서 고개를 돌렸다.

기마병?

멀리서 상당한 수의 기마병이 빠르게 다가오고 있었다. 그런데 말이라고 하기에는 너무나 빨랐다. 아무리 봐도 말의 속도가 아니었다.

한 마디로 어마어마했다. 마치 모든 말에게 버프가 걸린 것처럼 미친 듯이 뛰고 있었다.

개미처럼 작아 보이던 기마병의 모습이 빠르게 커졌다. 전원이 이마에 뿔이 달린 백마를 타고 있었다.

전설의 환수 유니콘이었다.

저들이 누구인지 헬리온 후작은 대번에 알아차렸다.

곤이었다.

아슬란 왕국에서 콘고 공화국까지 왔단 말인가? 그 먼 길을?

헬리온 후작은 놀라움을 넘어서 경악에 가까운 감정을 느꼈다.

"엿 같은 비였는데… 가끔은 행운도 가져다주는군."

오늘은 죽지 않는 날이라고 확신했다. 아슬란 왕국의 대다수가 곤에 대해서는 모른다. 하지만 아는 사람은 안다. 아슬란 왕국 최강의 기사가 누구인지.

그리고 최강의 기사가 이끄는 기사단이 얼마나 강력한지도.

콰콰콰콰쾅!

헬리온 후작의 예상대로 곤과 기사단은 순식간에 성벽 근처에 도착했다.

그리고 그들의 가공할 무력이 펼쳐지기 시작했다.

Chapter 6. 최후를 맞이하는 자세

"남쪽에서 의문의 기마병 출현! 반복합니다! 남쪽에서 의문의 기마병 출현!"

동문과 남문을 동시에 공략하고 있던 제국군의 총사령관 레그넌 공작은 정찰병이 외치는 방향을 바라봤다. 상당한 숫자의 기마병이 상업도시 에덴을 향해서 빠른 속도로 달려오고 있었다.

저들이 제국군이나 신성왕국의 기마병일 리는 없었다. 아마도 동맹군을 구하기 위한 지원군일 터였다. 그러나 겨우 2천 명 정도의 기마병 가지고 무엇을 할 수 있다는 말인가.

이미 대세는 기울었다.

인정하기 싫지만 오크 놈은 정말 강했다. 볼튼은 이미 서문을 깨고 성내로 진입했으니까. 가장 큰 공은 볼튼에게 돌아갈 것이다. 그렇다고 두 눈 멀쩡히 뜨고 모든 공을 뺏길 수는 없었다.

레그넌 공작은 전군을 닦달하여 동문과 남문을 쉴 새 없이 두드렸다.

두 성문도 무너지는 것은 시간문제였다. 저 정도의 기마병으로는 대세에 아무런 영향도 끼치지 못한다.

"빌어먹을 오크 놈."

볼튼 때문인지 전투가 한창인 와중에도 뒷머리가 당겼다. 볼튼만 생각하면 울화가 치밀었다. 제국이 아닌 대제국으로 발돋움하려는 찰나였다. 황제는 자신을 믿고 출사표를 맡겼다.

대제국의 건국에는 자신의 이름이 첫 번째로 올라야 했다.

그런데 오크 놈이 자신보다 훨씬 큰 공을 세우고 있다. 그 사실이 레그넌 공작을 미칠 듯이 분노하게 만들었다.

"그냥 두기에는 적의 기마병 숫자가 만만치 않습니다. 어쩔까요?"

부관 카이토 백작이 레그넌 공작에게 넌지시 물었다. 공성전을 이미 끝난 것이나 마찬가지다. 제국군의 승리였다. 하지만 제국군의 승리는 레그넌 공작이 아니라 볼튼 사령관이 가져왔다. 그의 주군의 심기가 상당히 뒤틀려 있다는 것을 오랜 시간 모셔온 카이토 백작은 일찍부터 파악하고 있었다.

하여 최대한 주군의 심기를 거슬리지 않게 조심스럽게 물어본 것이다.

"전차부대를 보내라."

"전차부대요?"

"그래."

"알겠습니다."

카이토 백작은 토를 달지 않고 고개를 끄덕였다. 전차부대는 기마부대를 잡는 매와 같다. 아무리 강력한 집단전을 자랑하는 기마부대라고 하더라도 전차부대에게는 상대가 되지 않았다.

제국군뿐만 아니라 대륙의 모든 나라가 전차부대를 육성하기 위해서 혈안이 되어 있는 것도 이런 이유에서였다.

카이토 백작의 명령을 받은 두 마리의 전마가 모는 약 400 대의 전차가 빠르게 다가오고 있는 기마병들을 향해서 출격했다.

전차에는 네 명의 병사가 타고 있었다. 한 명은 전차를 모는 기수, 한 명은 활을 쏘는 궁병, 한 명은 방패병, 한 병은 전차에 접근한 기마병을 찌르기 위한 창병으로 한 전차에 각기 다른 임무를 맡은 병사들이 타고 있었다.

또한 마차 바퀴에는 1미터에 달하는 날카로운 송곳이 박혀 있어 보병은 접근조차 할 수 없었다. 접근하는 즉시 송곳에 갈기갈기 찢기고 말 테니까.

간혹 전차를 이끄는 지휘관 옆에는 마법사가 탑승하기도 했다.

지금 전차단을 이끄는 지휘관은 폭스 백작이란 자였다. 그는 몸집이 작고 완력이 약해 기사로서 재능을 꽃피우지 못했다. 하지만 그의 기마술은 제국에서도 손에 꼽힐 정도도 대단했다.

모든 기사들이 강해야 하는 것은 아니었다. 폭스 백작처럼 다른 일에도 유능한 인물이 있는 법이다. 레그넌 공작은 그의 재능을 일찌감치 알아봤다. 하여 제국에서 가장 강력한 부대 중의 하나인 전차부대를 맡길 수 있었다.

레그넌 공작의 의도대로 폭스 백작은 자신의 재능을 마음껏 개화시켰다.

지금 폭스 백작이 이끄는 전차부대는 다른 왕국의 전차부대보다도 월등히 강하다고 할 수 있었다.

두두두두두!

위력적인 굉음을 내며 400대의 전차가 동맹군의 기마병을 향해서 빠르게 나아갔다.

폭스 백작은 말고삐를 잡고 있었다. 그는 결코 다른 사람에게 고삐를 넘긴 적이 없었다.

그는 자신이 무엇을 가장 잘하는지 정확하게 알고 있었다. 그것은 말을 다루는 능력. 그것이야말로 자신을 이 자리에 오르게 했다.

하여 단 한 번도 말을 멀리한 적이 없었다. 1주일에 5일 이상을 마구간에서 생활했다. 물론 그의 아내는 그것을 무척이나 싫어했지만 어쩔 수가 없었다. 말과의 교감을 이끌어내지 못하는 즉시 자신의 자리에는 다른 사람으로 대체될 테니까.

"적의 기마는 약 2천 필 정도 되는군요."

폭스 백작의 옆에 서 있는 사내는 샤우런 마법사였다. 그는 5서클의 고위급 마법사로 폭스 백작을 보호하기 위해서 레그넌 공작이 붙여준 자였다.

"훙, 한입거리도 안 되는군."

폭스 백작은 콧방귀를 뀌었다. 그도 그럴 것이, 그는 자신 있었다. 북의 곰이라 불리는 아이크 왕국의 천 대에 달하는 전차부대를 압도적으로 깨부수었다. 그것뿐만이 아니다. 그의 전차부대는 해상왕국의 4천 필이 넘는 기마부대를 몰살시키는 전과도 세웠다.

폭스 백작의 입장에서는 2천 필도 안 되는 기마부대쯤은 아무것도 아니었다.

"단번에 갑시다."

폭스 백작은 샤우런 마법사에게 말했다.

샤우런 마법사는 고개를 끄덕였다. 폭스 백작이 어떤 형태의 전투를 즐기는지 그는 알고 있었다. 우선 강대한 공격마법으로 적진에 한 방을 날리고 적들이 당황하는 사이 거리를 좁

힌다. 적들은 이미 좁아진 거리를 넓힐 수 없다. 그 기마부대 사이로 전차부대가 들어서면 게임은 끝난다. 전차 바퀴에 달린 긴 송곳은 기마의 다리를 모조리 잘라 버릴 것이고 벗어날 수도 없다.

적들은 자중지란을 일으키며 엄청난 타격을 입게 될 것이다.

한 번도 이 공식에서 벗어난 적이 없었다.

샤우런은 마력을 모았다. 그의 단전에서 강대한 힘이 일어났다. 그는 마법을 발현하기 직전의 이 느낌이 좋았다. 온몸에서 세포가 살아나는 듯한 느낌.

"아이스 스톰!"

샤우런은 자신이 가진 최강의 공격마법을 펼쳤다. 곧 적진 한가운데에 거대한 얼음의 폭풍이 일어날 것이다.

그런데.

쿠쿠쿠쿠쿵!

그의 공격마법은 기마부대 한가운데에 터지지 않았다. 기마부대가 지나간 길에서 폭발했다. 있을 수 없는 일이었다.

"아이스 월!"

다시 한 번 공격마법을 펼쳤다. 광대역 마법이 수백 미터 떨어진 곳에서 폭발했다. 거대한 얼음의 장벽이 좌우로 수백 미터까지 뻗어 나갔다.

그렇지만 이번 공격 역시 기마부대에 타격을 주지 못했다.

그들이 지나간 자리에서 얼음의 장벽이 생겨난 것이다. 그제야 샤우런은 깨달았다.

"저, 적들의 속도가 예상보다 훨씬 빠릅니다!"

샤우런의 말대로다.

멀리 있을 때는 몰랐지만 기마부대가 다가올수록 그들이 얼마나 빠른지 알 수 있었다. 이제껏 본 적이 없는 속도였다.

"말도 안 돼!"

폭스 백작은 놀라서 외쳤다.

전마는 빠르다. 보통의 말보다 훨씬 근육도 강하고 지구력도 높았다. 어지간한 전마 한 마리는 농부들이 평생 벌어도 살 수 없을 정도로 비쌌다.

그렇지만 어떤 전마도 저토록 빠르지는 못했다. 간혹 압도적으로 빠른 전마가 태어나기는 했다. 그런 말들은 대체로 대장군의 품에 안겨 세상을 호령했다.

그런 전마는 아주 간혹 태어날 뿐이다.

저렇게 2천 필에 가까운 전마가 모조리 빠를 수는 없었다. 그건 말이 되지 않았다.

퍼퍼퍼펑!

놀랍게도 적진에서도 마법이 발현되었다.

폭스 백작과 샤우런은 주변 온도가 갑자기 떨어지는 것을 느꼈다. 입김이 하얗게 나올 정도이다. 땀에 젖은 온몸이 순식간에 식었다.

"브, 블리자드?"

차가운 얼음 돌풍이 불었다. 극저온의 얼음 돌풍이었다. 그 눈보라에 맞은 수많은 전차병들이 딱딱하게 굳어버렸다.

쿠쿠쿠쿵!

양팔이 얼어붙어 기수들은 말고삐를 놓치고 말았다. 말들 역시 눈보라에 다리가 엉겨 붙었다. 전차들이 거짓말처럼 튕겨 오르며 뒤집혔다.

수십 대의 전차들이 부딪치며 완전히 박살났다. 그 안에 타고 있던 병사들은 결코 살아남을 수가 없었다. 수십 킬로미터 이상의 속도로 전력을 다해 질주하고 있는 전차였다. 전차가 완전히 박살이 나자 병사들의 육체는 거인이 벌레를 밟는 것처럼 짓뭉개져 버리고 말았다.

"저들에게 고위급 마법사가 있습니다!"

샤우런은 급히 가드를 형성하며 폭스 백작에게 외쳤다.

"더 강력한 공격마법을 펼치시오."

"알겠습니다."

샤우런은 또다시 공격마법을 준비했다. 적들의 기마가 얼마나 빠른지 직접 체험했다. 이번에는 조금 더 안쪽에서 마법을 실현시킬 생각이다.

하지만 그의 공격마법보다 적들의 공격마법이 더욱 빨랐다.

번쩍!

하늘에서 태양이 폭발하는 것처럼 섬광이 사방으로 퍼져 나갔다.

동시에 수십 발의 거대한 유성이 지상을 향해서 추락하고 있다.

“미, 미티어 샤워(Meteor shower)?”

샤우런은 경악하고 말았다. 블리자드는 그보다 조금 높은 수준의 마법사라면 활성화가 가능하다. 하지만 미티어 샤워는 그렇지 않았다. 대륙을 통틀어도 미티어 샤워를 시전할 수 있는 마법사는 열 명이 넘지 않을 것이다. 제국에서도 세 명 정도밖에 할 수 없었다.

그 말은 제국 최고 수준의 마법사가 적 기마부대에 있다는 것을 뜻했다.

“피, 피해라!”

폭스 백작이 다급하게 외쳤다.

그러나 이미 그들의 머리 위에서는 유성우가 쏟아져 내리고 있었다.

쿠쿠쿠쿠쿠쿠쿵!

대폭발이 일어났다.

버섯 모양의 구름이 수백 미터 상공까지 치솟았다.

유성우는 수백 미터 반경에 있는 모든 생명체의 생명을 깡그리 사라지게 했다.

"크흑."

폭스 백작은 정신이 하나도 없었다. 가까스로 유성우의 폭발 반경에서 벗어났지만, 그렇다고 하더라도 그의 전차가 멀쩡한 것은 아니었다. 전차를 끌던 전마들은 바닥에 쓰러져서 숨을 할딱거렸다.

폭스 백작은 머리를 흔들며 샤우런을 찾았다. 샤우런은 금방 찾았다. 그는 부서진 전차에 깔려 반 토막이 난 채 이미 싸늘한 시체로 변해 있었다.

적의 기마부대와 맞붙기도 전에 전차부대의 반이 전멸했다.

폭스 백작이 가장 잘 써먹던 전술을 그대로 돌려받은 것이다.

두두두두두!

적의 기마부대가 생존한 전차부대 코앞까지 다가왔다.

"저, 저건 뭐야?"

적의 기마는 모습이 특이했다. 백마였고 말의 안면에 씌우는 투구 사이로 커다란 뿔이 솟구쳐 있다. 단연코 그는 저런 모습을 한 기마를 본 적이 없었다.

기마부대와 전차부대가 부딪친다.

기마부대에서 몇몇이 앞으로 나섰다. 가장 선두에 선 자는 은발을 휘날렸다. 놀랍게도 그의 손가락에서 열 개의 긴 손톱이 튀어나왔다. 손톱의 길이는 계속해서 길어졌다.

그리고 폭스 백작은 말도 안 되는 광경을 목격했다.

은발의 사내가 혼자서 전차 수십 대를 손톱으로 갈라 버리는 것이 아닌가. 반으로 잘린 전차들이 튕겨져 올랐다. 허공에서 완전히 분쇄가 된 전차들은 지상으로 처박히며 박살이 나고 말았다.

그 뒤로 2천 필의 백마가 전차부대를 일방적으로 유린했다.

"이, 이럴 수가!"

이건 완패가 아니었다.

강자가 약자를 괴롭히는 일방적인 폭력에 지나지 않았다. 전차부대는 기마부대에 의해 순식간에 전멸당하고 말았다.

생존자는 없었다.

"말도 안 돼! 이건 말도 안 된다고!"

폭스 백작은 머리를 쥐어뜯으며 하늘을 향해 외쳤다.

두두두두두!

하지만 그의 말을 듣는 아군은 아무도 없었다. 수백 필의 백마가 달려와 그를 짓밟으며 지나쳤다.

쏴아아아아!

비는 그치지 않고 세차게 내려 형체를 알 수 없게 뭉개진 폭스 백작의 시신을 쓸고 내려갔다.

기마부대가 지나친 곳에는 아무것도 남지 않았다.

*　　*　　*

카론 황태자는 무척이나 흥분했다.

"저, 저자들은 누군지요? 내 평생 저토록 강력한 부대를 단 한 번도 본 적이 없습니다. 후작은 알고 있습니까?"

카론 황태자는 들뜬 목소리로 헬리온 후작에게 물었다.

"저자가 바로 곤입니다."

"곤?"

"네. 실질적으로 제1차 대륙 전쟁의 휴전을 이끌어낸 인물입니다."

"그 말은?"

"저자가 라덴 왕국으로 침입하여 라덴 왕국의 구스타프 대제를 사로잡았습니다."

"그럼 그 소문이 진짜였다는 말인가요?"

"당연히 진짜지요."

카론 황태자는 믿지 못하겠다는 눈빛으로 곤의 기마부대를 보았다. 곤의 기마부대는 말로는 표현하지 못할 만큼 강력했다.

그들은 성벽 근처에 바글바글 모여 있는 제국군을 단숨에 뚫어버렸다. 막고 자시고 할 틈도 없었다.

추풍낙엽!

그 말 외에는 어떤 단어도 떠오르지 않았다.

"우리 왕국에 저런 기사가 있었더니… 투신보다 강한 것 같습니다."

카론 황태자는 어린아이처럼 반짝이는 눈으로 헬리온 후작을 바라봤다.

기분이 나쁠 수도 있는 말이지만, 헬리온 후작은 전혀 그런 기색을 보이지 않았다. 곤이 얼마나 대단한 인물인지 본인이 가장 잘 알고 있지 않은가.

"강하지요."

"정말입니까?"

"정말입니다."

"정말로 놀랍습니다. 저자라면 황실 수호기사단의 단장을 맡아도 될 것 같습니다."

"죄송한 말입니다만, 그것은 불가능할 것입니다."

"왜요?"

카론 황태자는 고개를 갸웃거리며 물었다. 황실 수호기사단은 왕국 최강의 기사단이다. 그리고 모든 기사들의 궁극적인 꿈이기도 하다. 황실 수호기사단에 잠시 머무는 것만으로도 가문의 영광인 것이다.

그것을 마다할 기사는 없었다. 이제껏 본 적도 없었고.

하여 카론 황태자는 이해가 가지 않는 것이다.

"그는 어디에 얽매이는 사람이 아닙니다. 만약 황태자 저하께서 그를 가두시려고 한다면……."

"한다면?"

"그는 떠날 것입니다."

"그래요?"

"그렇습니다."

"기사는 명예를 위해서 살지 않던가요?"

"음, 확실히 말하자면 그는 기사가 아닙니다."

"기사가 아닌데 저토록 강하다고요?"

카론 황태자는 아무리 생각해도 이해가 되지 않았다.

"기사가 아니라도 세상에는 얼마든지 강한 사람이 많습니다. 각각의 신념에 따라서 사는 사람들은 얼마든지 있지요. 하니 황태자 저하께서는 저자에 대해서 욕심을 버리는 것이 나을 듯합니다. 그리고 아직 전쟁이 끝나지도 않았습니다."

카론 황태자는 헬리온 후작이 무슨 말을 하는지 알아들었다. 지금은 전쟁 중이니 인재를 탐낼 시기가 아니라는 것이다.

"그러지요. 지금은 그 얘기를 할 때가 아닌 것 같군요."

"옳으신 생각입니다."

고개를 끄덕인 카론 황태자는 질주하고 있는 곤과 그의 부대를 보았다. 곤의 기마부대는 적진 한복판을 향해서 깊숙이 진격하고 있었다.

*　　*　　*

곤은 선두에 서서 부대를 이끌고 있었다. 혹독한 훈련 덕분인지 기사들과 기마병들은 낙오자 없이 잘 따라오고 있었다.

그들은 보름 만에 아슬란 왕국으로부터 콘고 공화국까지 주파했다. 엄청난 속도였다. 보통의 기마라면 그 정도로 달릴 수가 없었다. 오직 환수라고 불리는 유니콘이기 때문에 시간 내에 돌파가 가능했다. 유니콘은 보통의 기마와는 다르다. 산악 지형에서도 속도를 거의 줄이지 않고 달릴 수가 있었다.

체력 또한 엄청났다. 오히려 유니콘에 탑승한 기사들이 먼저 지칠 정도였다. 곤을 비롯하여 모든 기사들의 엉덩이에 피멍이 맺혔다. 마나를 사용하지 못하는 기마병들은 그야말로 죽을 맛이었다. 엉덩이가 아파 밤새 끙끙 앓는 기마병들도 상당수였다.

그렇게 고생하며 곤과 기마부대는 에덴에 도착했다. 그들이 도착했을 때, 에덴은 함락을 당하기 직전이었다. 하루만 늦었어도 동맹군은 궤멸당하고 말았을 것이다.

에덴에 도착한 그들은 곧바로 제국군을 들이쳤다. 유니콘도 기사들도 상당히 지쳐 있었지만 지금은 쉴 틈이 없었다. 서둘러 제국군을 성내에서 몰아내야 했다.

"키스톤!"

곤이 키스톤을 불렀다.

"예, 마스터!"

키스톤이 곤의 옆으로 따라붙었다. 그는 훈련 양이 부족해 아직 유니콘을 제대로 다루지 못했다. 가까스로 몰고 있다는 말이 옳을 것이다. 엉덩이에 온통 물집이 잡혀서 안장에 제대로 앉기도 힘들었다. 유니콘이 움직일 때마다 그의 얼굴이 심하게 구겨졌다.

그러나 곤은 그를 떼어놓고 올 수가 없었다. 전쟁은 무력만으로 하는 것은 아니니까.

"적의 사령관 깃발은 무엇인가?"

곤이 물었다.

키스톤은 제국군의 본진을 바라봤다. 제국군과 영주들의 깃발이 수도 없이 나부끼고 있다. 그중에서 제국군 사령관을 찾는 것은 무척이나 어려운 일이었다.

키스톤의 고개가 멈췄다. 그는 제국군의 중앙에서 기이한 문양이 그려진 노란색 깃발을 가리켰다.

"저깁니다."

곤은 고개를 끄덕였다.

"전군, 속전속결이다! 단번에 적의 사령관을 잡는다!"

곤은 고삐를 당겨서 유니콘의 머리를 적의 사령관이 있는 방향으로 돌렸다.

2천 명도 되지 않는 기마부대였다. 제국군의 사령관을 잡기 위해서는 5만 명이 넘는 인간의 벽을 뚫어야 한다. 결코 쉽지 않은 일이다. 저 병사들의 벽에 가로막혀 활로를 잃는다면 유니콘의 최대 장점인 기동력을 상실하게 된다. 그것은 곧바로 죽음으로 직결될 것이다.

위험천만한 길이지만 가지 않을 수 없었다. 동맹국은 위기에 빠져 있다. 그들을 구하기 위해서는 이 방법밖에 남지 않았다.

"폰 쉐르네일! 카펜트! 부탁합니다!"

삼안족의 수장은 이미 곤과 손발을 맞춰봤다. 어느 시점에 자신들이 치고 나가야 할지 잘 알고 있었다. 발키리와 워리어가 모는 유니콘이 새의 날개처럼 양옆으로 갈라졌다. 그들은 제국군을 향해서 주문을 외웠다. 동시에 수백 발이 넘는 번개와 얼음의 술법이 터졌다.

팔백 명이 넘는 술법사들이다. 초강대국 제국에서 보유한 마법사도 팔백 명이 넘지 않는다. 물론 하급 마법사까지 합하면 이천 명을 훌쩍 넘어가지만, 전장에서 위력을 발휘할 수 있는 상급 마법사는 많이 잡아봐야 오백 명 정도였다.

그러나 삼안족은 전원이 술법사이자 전사였다. 그들의 인구가 인류의 1/10 정도만 됐어도 대륙의 판도는 바뀌었을 것이다. 다행히도 그들의 인구는 적었고 성격은 온순했다. 살기 위해서 싸웠을 뿐이다.

그리고 세월을 뛰어넘어 삼안족이 다시 모습을 보였다.

그 충격은 엄청났다.

훗날 호사가들은 에덴성의 전투를 두고 이렇게 말할 것이다.

그들은 신의 전사였다. 숫자는 제국군의 비해서 매우 적었으나 그 위력은 하늘을 놀라게 하고 땅을 뒤집었다.

콰콰콰콰콰쾅!

비가 오는 날, 뇌전과 극저온의 마법은 엄청난 위력을 발휘한다. 특히 지금처럼 폭우가 쏟아지는 상태라면 1서클의 마법이라도 3서클에 준하는 위력을 낼 수가 있다.

그런데 뇌전의 위력은 최소 4서클 이상이었다. 그것도 수백 발이 넘었다.

제국군과 동맹군 양측의 병력 모두가 번쩍이는 뇌전의 빛을 감당하지 못하고 눈을 감았다. 전방 수 킬로미터가 한꺼번에 번개에 휩싸인 것처럼 보였다.

거기서 끝난 것이 아니었다. 연속으로 극한의 눈 폭풍이 레그넌 공작이 있는 부대를 휩쓸었다.

폭우, 수백 발이 넘는 뇌전, 눈 폭풍이 한꺼번에 뒤엉켰다. 너무나 큰 위력의 술법이 섞여 있기 때문일까. 뇌전과 폭풍이 뒤엉키며 거대한 회오리를 만들어냈다.

"이게 뭐야?"

맹렬하게 말을 달리던 워리어의 수장 카펜트의 입이 떡 벌어졌다. 자신들이 일으킨 자연재해를 믿을 수가 없었다. 이제껏 스콜피온과 많은 전투를 벌였지만 이런 현상은 처음 보는 것이다. 뇌전의 회오리는 폭우를 흡수하며 더욱 덩치를 불려 갔다.

쿠쿠쿠쿠쿠쿠!

번쩍번쩍!

뇌전의 회오리는 폭풍이 되어 점점 맹렬하게 회전했다.

카펜트는 곤을 보았다. 도저히 뇌전의 폭풍 안으로 들어갈 엄두가 나지 않았다. 잘못하면 자신들이 일으킨 술법에 의해서 삼안족이 떼죽음을 당할 수도 있었다.

하여 곤의 의지를 묻는 것이다.

곤도 카펜트의 눈빛이 무엇을 뜻하는지 알고 있었다. 이제 겨우 팔백 명이 남아 있는 소수종족이다. 그들에게는 무엇보다 종족을 유지하는 것이 중요했다.

그러나 제국에게 대륙이 점령당하면 삼안족이 살아남을 수 있는 길은 극히 희박했다. 살아남는다고 하더라도 귀족들의 성 노리개로 전락하고 말 것이다. 긍지 높은 삼안족이 그것을 참을 수 있을까? 어림도 없는 소리였다.

곤은 결단을 내렸다.

"돌입한다."

곤의 명령이 떨어졌다. 이미 떨어진 이상 머뭇거릴 수는 없었다.

"으아아악! 이건 미친 짓이야! 이게 말이 돼?"

카시어스가 황당하다는 듯이 계속해서 비명을 질렀다.

두두두두두두!

이천 필에 가까운 유니콘은 뇌전이 몰아치는 폭풍 속으로 들어갔다.

콰콰콰콰쾅!

뇌전의 폭풍 안은 밖에서 보는 것보다 더욱 지독했다. 지근거리에서 쉴 새 없이 번개가 몰아쳤다.

"으아아아아악!"

곳곳에서 제국군이 보였다. 상당한 숫자의 제국군이 뇌전에 맞고 재가 되어 사라졌다. 뇌전의 폭풍에서 벗어나려던 병사들은 오히려 휘몰아치는 회오리에 하늘 끝까지 빨려 올라갔다.

세차게 내리던 비도 이곳을 통과하지 못했다. 모조리 회오리에 빨려들어 가고 있었다.

지옥이 있다면 바로 이곳이라 할 수 있었다.

"멈추지 마라!"

곤이 내공을 담아서 외쳤다. 하지만 그의 목소리를 멀리 퍼지지 못했다. 뇌전의 폭풍은 음파까지 차단했다. 기사들은 사력을 다해서 유니콘의 고삐를 쥐고 앞만 보고 달려야 했다.

쿠쿠쿠쿠쿠쿵!

뇌전이 코앞에서 떨어졌다. 몇몇 기마병이 뇌전에 맞아서 쓰러졌다. 유니콘과 기마병이 데굴데굴 구르며 뒤로 밀려났다. 뇌전의 폭풍은 굴러가는 그들을 하늘 끝까지 빨아 올렸다.

기사들은 이를 악물었다. 속도를 늦추면 몰아치는 회오리에 의해 하늘로 빨려 올라간다. 그들이 믿을 것은 그동안 동고동락해 온 유니콘의 발이었다. 유니콘들 역시 자신이 처한 처지를 아는지 미칠 듯이 전방을 향해서 질주했다.

두두두두두두!

"저기 제국군 사령관의 깃발이 보입니다!"

키스톤이 목이 터져라 외쳤다.

곤은 제국군 사령관의 깃발을 발견했다. 제국군 사령관이 있는 곳도 아비규환이긴 마찬가지였다. 고개만 돌리면 수백 명의 병사들이 떼죽음을 당하고 있다. 몇몇 제국군이 달려오고 있는 곤과 기마부대를 발견했지만 그들이 할 수 있는 일은 없었다. 주변의 무엇인가를 잡고 하늘로 빨려 올라가지 않기 위해서 발버둥 칠 뿐이었다.

"쓸어버려!"

곤의 고함이 터졌다. 들리지는 않지만 곤이 무엇을 바라는지는 모두가 알고 있었다. 그들은 미친 듯이 내리꽂히는 뇌전 앞에서도, 미친 듯이 불어오는 강풍 앞에서도 의연하게 창과 검을 꺼냈다.

두두두두두두두두!

족히 수만 명이 남아 있는 레그넌 공작의 진영을 곤의 기마부대가 돌파했다. 그들이 휘두르는 검에 제국군은 속절없이 목숨을 잃었다. 몇몇 병사와 기사들이 검을 들어 반격하려고 했지만 질풍처럼 질주하는 곤의 기마부대를 잡을 수는 없었다.

레그런 공작 진영이 반으로 갈라졌다. 그 시간에도 뇌전은 계속해서 떨어져 수많은 제국군 병사들의 목숨을 앗아갔다.

"회전!"

곤은 유니콘의 머리를 뒤로 돌렸다. 엄청나게 불어대는 강풍이지만 유니콘은 꿋꿋이 잘 견뎌주었다. 만약 보통의 말이었다면 기사단의 절반이 날아갔으리라. 엄청난 생존력을 보여주는 것은 유니콘의 강인한 능력이라고 해도 과언이 아니었다.

"으아아아악!"

기마부대가 회전하면서 몇몇 기마병이 반발력을 이기지 못하고 휘청거렸다. 제아무리 유니콘의 힘이 강력하다고 하더라도 자연의 힘을 이길 수는 없었다. 갑작스런 회전에 다리를 삐끗한 유니콘은 기마병과 함께 하늘로 튕겨졌다.

이히히히히힝!

"으아아아아악!"

유니콘과 기마병의 긴 비명 소리가 모두의 귓속을 파고들었다. 그러나 그들은 멈출 수가 없었다. 길게 원을 돌아서 회전한 기마부대가 레그넌 공작을 향해서 또다시 달려갔다.

레그넌 공작은 지금의 상황이 도저히 이해가 되지 않았다.

조금 전까지만 하더라도 압도적으로 유리하던 군세였다. 조금만 있으면 자신도 성문을 뚫고 들어가 볼튼과 공을 다툴 수가 있었다.

조금만, 조금만 있었으면.

그런데 갑자기 나타난 기마부대가 모든 것을 망쳤다. 전차부대가 궤멸된 것도 모자라 보병부대도 쑥대밭으로 만들었다. 더해서 놈들은 자신의 목숨을 노렸다.

"이게 말이 돼? 이게 말이 되느냐고!"

레그넌 공작의 눈동자가 분노로 인해 시뻘겋게 충혈되었다. 그는 부관인 카이토 백작의 멱살을 잡고 흔들었다. 그러나 카이토 백작이 그에게 해줄 수 있는 말은 없었다. 그 역시 갑자기 최악의 상황으로 치닫는 지금의 상황이 이해가 되지 않으니까.

"공작 각하, 저, 적이 다시 말머리를 돌렸습니다! 이곳에서 서둘러 나가야 합니다!"

카이토 백작이 다시 돌아오고 있는 곤의 기마부대를 발견했다. 지옥이 펼쳐진 이곳에서 놈들은 억척스럽게 레그넌 공작을 노렸다.

"내가 도망쳐야 한다고? 제국의 공작이? 웃기지 마라!"

레그넌 공작은 검을 들고 일어섰다. 그는 다가오는 곤의 기마대를 향해서 성큼성큼 걸어갔다.

"기사단은 들어라! 모두 공작 각하를 보호하라!"

놀란 카이토 백작이 바락바락 소리를 질렀다. 놀란 것은 기사단도 마찬가지였다. 설마 혼자서 저 괴물 같은 집단을 향해 다가갈 줄은 생각도 하지 못했다. 곳곳에서 사력을 다해 버티던 기사단이 레그넌 공작을 보호하기 위해서 달려왔다. 달려오는 도중에도 몇 명이나 뇌전에 맞아서 불타 죽었다.

"네 이놈! 내가 누군 줄 아느냐! 내가 바로 제국의 레그넌 공작이다!"

레그넌 공작이 곤을 향해서 뛰었다. 기사들은 사력을 다해서 그의 보호했다.

두두두두두두!

그런 그들을 향해 엄청난 속도로 기마대가 다가왔다. 일반적인 상식을 초월한 속도였다. 설사 곤의 기사들과 비슷한 실력이 가진 기사라고 하더라도 지금의 상황에서는 상대가 되지 않을 것이다.

돌격하는 기마 앞에 선다는 것은 거대한 전차 앞에 맨몸으로 서 있는 것과도 같았다. 월등한 실력이 없는 한 기마를 모는 기사를 당할 수는 없었다.

곤의 기마대는 레그넌 공작을 보호하는 기사들을 모조리 짓밟아 죽였다.

비명이 난무하며 손쓸 새도 없이 기사들의 절반 이상이 죽어나갔다. 도저히 항거할 수 없는 수준의 전격전이었다. 제국의 기사들은 그제야 적이 타고 있는 말의 정체를 알아차렸다.

"유, 유니콘?"

전설의 환수가 한 마리도 아니고 수천 마리나 눈앞에 있었다. 하지만 그것을 알아차렸을 때는 이미 늦고 말았다. 유니콘의 거대한 발굽에 짓이겨지고 있었으니까.

레그넌 공작은 정신이 반쯤 나갔다. 눈이 희번덕거렸고 같은 말을 계속해서 반복했다. 그로서는 최초로 맛보는 참혹한 패배였다. 그의 정신은 도저히 지금의 상황을 용납하지 못하고 있었다.

곤은 검을 꺼냈다. 곤은 손도끼를 즐겨 썼지만 유니콘에 올라탄 이상 사정거리가 긴 검을 써야만 했다. 그가 레그넌 공작을 스치고 지나쳤다. 레그넌 공작은 지지 않고 검을 휘둘렀다.

그러나 허공 위로 떠오른 것은 잘린 레그넌 공작의 머리였다.

"잡았다!"

안드리안이 잘린 레그넌 공작의 머리를 낚아챘다. 이 머리만 있으면 총사령관을 잃은 제국군은 물러날 수밖에 없을 터였다.

힘을 잃은 레그넌 공작의 몸이 폭풍에 휘말려 하늘 위로 사라졌다.

"전원, 탈출한다!"

적의 우두머리를 처리했다. 더 이상 위험천만한 이곳에 있을 이유가 없었다. 곤이 있는 힘껏 고삐를 당겼다. 곤의 마음을 알았는지 유니콘도 뇌전의 폭풍 속을 전력 질주했다. 아직 수만 명의 제국군이 뇌전의 폭풍 속에 남아 있었지만 상관할 바가 아니었다.

두두두두두!

"음."

곤은 신음을 흘렸다. 누군가 곤을 향해서 투기를 쏘아댔다. 무척이나 익숙한 기운이다. 곤은 정면을 응시했다. 아홉 명의 사내가 휘몰아치는 뇌전의 폭풍 속에 굳건히 서 있는 것이 보였다.

"고~ 온!"

중심에 서 있는 이가 곤을 불렀다.

"…볼튼."

곤의 입술이 뒤틀렸다. 제국과 전쟁이 일어났으니 언제가 그를 만날 것이라고 예상은 했다. 하지만 이토록 빨리 그를 만나리라고는 생각하지 못했다.

"보고 싶었다, 볼튼!"

곤은 볼튼을 향해서 유니콘을 몰았다.

가공할 속도. 가속도가 붙은 상태에서 휘두른 검의 위력은 상상을 초월했다.

볼튼은 곤의 검을 고개를 숙여 피했다. 그의 주먹이 유니콘의 목 아랫부분을 강타했다. 펑 소리가 나며 유니콘의 상체가 폭발했다. 유니콘이 쓰러지며 곤도 바닥을 뒹굴었다. 곤은 재빨리 일어났다.

곤은 달려오고 있는 기마대를 향해서 손짓했다.

"전원, 뇌전의 폭풍을 빠져나간다! 명령이다!"

설사 곤이 죽는다고 하더라도 그가 명령을 하면 따라야 한다. 기사들은 그렇게 배웠다. 물론 그들은 곤이 죽을 것이라고는 생각도 하지 않았다.

기사들은 곤이 대륙 최강자라 믿어 의심치 않았다. 이런 곳에서 죽을 위인이 아니었다.

볼튼과 8인의 전사들도 곤 이외에는 관심이 없는 모양이었다. 그들은 기마부대를 내버려 두었다. 그들의 옆으로 유니콘들이 빠르게 스쳐 지나갔다.

"아이 참, 이런 지옥 속에서 뭐 하는 짓이람."

유니콘에서 내린 카시어스가 투덜거렸다. 그녀는 유니콘의 엉덩이를 때려서 동료들을 쫓아가도록 했다. 그녀의 뒤로 씽과 안드리안, 데몬고르곤이 내렸다. 그들이 타고 있던 유니콘도 이내 사라졌다.

"여긴 위험해."

곤은 고개를 절레절레 흔들며 동료들에게 말했다.

"알고 있거든요. 그나저나 저게 그 볼튼이야?"

카시어스가 볼튼을 보며 말했다.

"맞아."

"흠, 듣던 대로 괴물이구만."

"괴물이지. 그리고 오늘 죽을 놈이기도 하고."

곤이 비릿하게 웃으며 볼튼을 바라봤다.

"고맙군."

"뭐가?"

볼튼은 입술을 이죽거리며 되물었다.

"나를 찾아와 줘서."

"그래? 그동안 너무 보고 싶었거든. 참을 수가 없어서 냉큼 달려왔지."

"그럼… 이제 죽어주겠어?"

"그 말은 내가 너무도 하고 싶던 말이야."

곤과 볼튼의 눈빛이 마주쳤다.

쿠르르르르릉!

그들의 주변에서는 쏟아지는 뇌전의 숫자가 점점 많아지고 있었다.

그들의 투기가 비정상적으로 높아지기 시작했다.

Chapter 7. 최후의 군단

콰콰콰콰콰!

에덴 성만큼보다 거대한 뇌전의 회오리가 맹렬하게 회전하고 있다. 폭우는 더욱더 거칠어졌다. 폭우와 삼안족의 강대한 마법들이 뒤섞이며 저런 재앙을 만들어낸 것이다.

하늘이 노한 것처럼 보였다. 쉴 새 없이 번개가 지상을 향해서 내리꽂혔다.

꽈직!

헬리온 후작의 근처에 있던 나무도 번개에 맞아서 불타고 있었다.

뇌전의 폭풍 속에 갇힌 제국군의 숫자는 엄청나다. 적의 수

장인 레그넌 공작의 친위부대는 모조리 저 속에 있다고 보면 되었다.

그리고 곤의 기마부대는 무모하게도 뇌전의 폭풍 속으로 돌격했다. 결과가 어떤 식으로 나올지는 오직 신만이 알 것이다.

"세상에, 이런 말도 안 되는 현상이……."

카론 황태자는 느닷없이 벌어진 지옥과 같은 현실에 두려움을 느끼고 있었다.

전투는 소강상태였다.

성의 내부로 밀려든 제국군이 상당수 빠져나갔다. 그들로서는 어쩔 수 없는 선택이었다. 아무리 성을 점령한다고 하더라도 총사령관을 잃으면 모든 것은 물거품이 된다.

레그넌 공작과 샤를론즈 공작, 텐바 황태자는 대체 불가능한 중요 인물이다. 제국의 황제는 종종 귀족들에게 저 세 명은 10만 대군과도 맞바꿀 수 없는 인물이라고 말했다.

제국의 입장에서는 절대로 레그넌 공작을 잃을 수 없었다.

광폭한 오크 전사들도 마찬가지다. 그들의 파괴력은 엄청났다. 그들은 삽시간의 서문을 쑥대밭으로 만들었다. 그들이 성내에 머물렀던 시간은 얼마 되지 않았다. 하지만 오크들이 저지른 살인 행각은 혀를 내두를 정도였다. 동맹국의 시체가 산처럼 쌓였다.

만약 오크의 제왕이라고 불리는 볼튼이 갑작스럽게 후퇴

하지 않았더라면 동맹국은 정말로 궤멸될 수도 있는 상황이었다.

그런데 곤의 등장과 함께 모든 상황이 급격하게 바뀌었다.

헬리온 후작은 선택의 갈림길에서 망설였다. 지금 적의 뒤를 쫓아야 하는지 아니면 성벽과 성문을 재빠르게 복구하여 전열을 재정비해야 하는지, 그것도 아니면 곤을 좇아서 뇌전의 폭풍 속으로 들어가야 하는지.

번쩍!

콰콰콰콰콰쾅!

숨 한 번 쉴 시간을 주지 않고 번개는 계속해서 내리쳤다. 단언하건대 헬리온 후작을 비롯하여 모든 동맹국 병사들은 지금과 같은 기상이변을 단 한 번도 본 적이 없었다.

독실한 신자들은 무릎을 꿇고 신께 기도를 드렸다. 그들은 지금 벌어지고 있는 일이 천벌이라고 생각했다.

"폭풍 속에서… 누군가 나오고 있습니다!"

부루스 단장이 미친 듯이 몰아치고 있는 폭풍을 가리켰다. 엄청난 폭우가 쏟아져 시야가 제대로 확보되지 않았다. 헬리온 후작은 뚫어지게 폭풍 속을 바라봤다. 부루스 단장의 말대로 폭풍을 뚫고 뭔가가 나타났다.

엄청난 속도로 질주하고 있는 기마부대였다. 저 속도 덕분에 기마부대는 폭풍 속에서 버틸 수가 있었다.

헬리온 후작의 눈이 커졌다.

저런 속도로 달릴 수 있는 전마는 없었다. 오로지 유니콘 뿐. 그렇다면 곤은 저 지옥 속에서 적장의 머리를 취하는 데 성공했다는 말이다.

헬리온 후작은 주먹을 꽉 쥐었다.

놀랍다.

놀랍다는 말밖에 할 수가 없었다. 도대체 곤의 능력은 어디까지란 말인가. 너무도 일을 손쉽게 처리하여 어렵지 않게 보이기까지 했다.

"아군의 기마부대다! 성문을 열어라!"

헬리온 후작이 직접 나서서 병사들에게 명령했다. 마나를 담은 목소리가 폭우를 뚫고 멀리까지 전달되었다.

헬리운 후작의 명령을 받은 병사들이 즉시 남문을 개방했다.

두두두두두!

게론은 세차게 몰아치는 빗줄기를 손바닥으로 닦아냈다. 유니콘의 속도와 쏟아지는 장대비로 인해서 얼굴이 찢어지는 느낌이 들었다. 바람의 세기가 엄청나 눈도 제대로 뜰 수가 없었다.

그렇지만 그는 저 지옥 속에서 살아남았다. 그는 가슴을 쓸어내렸다.

뇌전의 폭풍 속에는 영지 최강의 기사들이 남아 있다. 조금은 걱정이 되지만 그렇다고 그들이 저곳에서 죽을 것이라는 생각은 들지 않았다. 그들은 인간의 한계를 넘어선 자들이니까.

"단장님, 에덴 성에서 수기가 올라갔습니다!"

이제 제법 성인 티가 나는 메테가 성벽을 가리키며 외쳤다.

게론은 성벽 위의 수기를 보았다. 성문이 열렸으니 서둘러 들어서라는 수신호였다.

"모두 에덴 성으로 들어간다!"

게론이 외치며 더욱 고삐를 당겼다. 그의 뒤를 따라 삼안족과 기사들이 에덴 성을 향해서 빠르게 나아갔다.

쏴아아아아!

하늘은 구멍이 뚫린 듯했다. 엄청나게 쏟아지는 폭우는 좀처럼 그칠 기미가 보이지 않았다. 성내의 우물은 갑작스럽게 불어난 지하수로 인해 넘쳐흘렀다. 바닥은 온통 진흙으로 철퍽거렸다.

카론 황태자와 헬리온 후작은 서둘러 곤의 기마부대를 맞이했다.

게론은 투구를 벗고 헬리온 후작에게 군례를 올렸다. 헬리온 후작은 카론 황태자를 소개시켜 주었다. 깜짝 놀란 기사들이 한쪽 무릎을 꿇었다. 삼안족도 무릎을 꿇을 수밖에 없었다.

그들은 헤즐러 자작 영지에 소속되었다. 그리고 헤즐러 자작은 아슬란 왕국의 신하이다. 헤즐러 자작과 곤을 위해서라도 그들은 인간의 왕자에게 무릎을 꿇어야만 했다.

"자네들이야말로 구국의 영웅일세. 자네들이 아니었다면 동맹군은 크게 패퇴하고 말았을 것이야!"

카론 황태자는 무릎을 꿇고 있는 게론을 일으켜 손을 잡았다. 일국의 황태자가 보인 행동이라고는 믿기지 않았다. 게론은 그의 소탈한 행동에 감격했다.

"소신은 마스터의 명령에 따랐을 뿐입니다. 모든 것은 마스터의 공입니다."

"마스터란 곤이란 자를 말하는 것이겠지?"

"그렇사옵니다."

"그러고 보니 곤이란 자는 어디에 있는가?"

카론 황태자가 물었다. 천 명이 넘는 기사와 삼안족이 섞여 있기에 그가 곤을 찾기란 쉽지 않았다. 더군다나 그는 곤의 얼굴도 모르지 않는가.

"마스터는……."

게론은 미친 듯이 휘몰아치고 있는 뇌전의 폭풍을 바라봤다.

"아직 저 속에 있습니다."

게론의 말을 들은 카론 황태자와 헬리온 후작의 얼굴이 새하얗게 변해갔다.

*　　*　　*

"으아아아악! 사람 살려!"

"신이시여! 제발 우리를 밝은 길로 인도해 주소서!"

제국군 병사들이 외치는 소리가 사방에서 메아리치듯이 울려 퍼졌다.

그들은 뇌전의 폭풍우 속에서 어떻게 행동해야 할지 전혀 감을 잡지 못했다. 머뭇거리는 사이 그들의 머리 위로 수백 발이 넘는 뇌전이 내리꽂혔다.

곤은 볼튼을 응시했다.

곤의 친구들 역시 만반의 준비를 하고 있었다. 쉴 새 없이 내리꽂히는 뇌전은 무척이나 위험했지만, 눈앞에 서 있는 오크들은 그것보다 더욱 위험했다.

"우리는 일곱, 놈들은 여덟. 누군가 한 명이 오크 두 놈을 맡아야 하는데 누가 할래?"

카시어스가 동료들을 돌아보며 물었다.

"내가 하지."

데몬고르곤이 양 주먹을 부딪치며 말했다. 그는 어지간해서는 무기를 들지 않았다. 실력에 자신이 있기 때문이다. 하지만 지금 그는 양 주먹에 전설급 아이템인 건틀릿을 착용하고 있었다. '우뢰' 라는 이름을 가진 건틀릿이다. 데몬고르곤이 가진 최후의 무기로 적의 무기와 부딪치면 무한정으로 뇌격을 뱉어낸다.

상대방의 입장에서는 엄청나게 까다로운 무기가 아닐 수 없었다. 건틀릿과 닿기만 하면 4서클 위력의 뇌격이 떨어진다. 최소 5서클 이상의 마법을 방어할 수 있는 방어구를 착용하지 않으면 타 죽고 만다.

"아니요, 제가 하지요."

데몬고르곤을 제치고 씽이 나섰다.

"네가?"

"네. 놈들에게 받아야 하는 외상값이 많거든요."

챙!

씽의 손가락에서 열 개의 손톱이 튀어나왔다. 번개에 비친 그의 손톱은 등골이 서늘할 만큼 날카롭게 빛났다.

"맡기도록 하지."

데몬고르곤은 두 명의 오크를 씽에게 양보했다. 씽이 이기리라는 보장은 없었다.

여덟 명의 오크는 데몬고르곤조차 긴장하게 만드는 초강자였다. 마나를 다룰 줄 모르는 오크들이 저토록 강해진 이유를 그를 알지 못했다. 하지만 그들이 내뿜는 투기는 데몬고르곤의 피부조차 찌릿찌릿하게 만들었다.

일곱 명의 동료 중에서 몇몇이나 살아남을지도 예상하지 못했다.

그만큼 여덟 명의 오크는 강했다.

그리고 곤과 마주 보고 있는 볼튼이라는 괴물은 더더욱 강하고.

"모두 살아남도록 해."

데몬고르곤이 나직한 목소리로 말했다. 동료들은 고개를 끄덕였다. 그들은 자신이 할 수 있는 모든 마나를 끌어 모았다.

오크들 역시 상상을 초월하는 투기를 내뱉었다.

"간다!"

씽과 데몬고르곤이 선두에 나섰다. 뒤를 이어 안드리안이 거대한 검을 들고 따라붙었다. 식신들의 육체가 달리면서 변화했다. 검은 날개가 쭉 뻗어 나왔고 팔과 다리의 피부가 두꺼운 견갑으로 바뀌었다. 인간의 형체는 사라지고 마계에서나 볼 수 있는 악마의 모습이 되었다.

카시어스는 후방으로 빠져 강대한 마법을 준비했다. 그녀는 곤에게 패한 이후 절치부심하여 마법을 더욱 발전시켰다. 지금의 그녀는 곤을 처음 만났을 때보다 훨씬 강했다.

그리고 지금 그녀는 자신의 실력을 유감없이 발휘할 생각이다.

쿠르르르릉!

계속해서 번개가 치고, 곤과 볼튼은 서로를 뚫어지게 바라보았다. 이상하게도 서로에 대한 적의는 거의 보이지 않았다. 뭐랄까. 당연히 만나야 할 사람을 만났다는 느낌이랄까. 그래도 그들은 느낄 수 있었다.

서로의 어긋났던 길의 종착점이 이곳이라는 것을. 뇌전의 폭풍우 속에서 둘 중에 한 명만이 살아나갈 수 있다는 사실을.

"오래 기다렸다."

볼튼이 먼저 입을 열었다.

"나도."

"보고 싶지? 코일코."

"……."

곤은 대답하지 않았다. 볼튼은 자신에게 심리적 타격을 주기 위해서 일부러 코일코를 들먹인 것이다.

"코일코, 참 용감한 아이였지. 자살을 택할 정도로. 그 아이의 구겨진 팔과 다리, 부러진 척추와 돌아간 목이 떠오르는군. 모두 못난 사부 덕분이지. 안 그래? 네가 아니었으면 코일코는 죽지 않았을 거야."

곤의 눈가가 파르르 떨렸다. 놈은 잠잠한 그의 내면에 돌을 던졌다. 파문은 깊고 넓게 퍼져갔다. 일부러 흥분시켜 마음을 뒤흔들려고 한 것이라면 놈은 성공했다.

코일코의 웃는 모습이 곤의 머릿속에 떠올랐다. 이어서 아이가 처절하게 죽는 모습까지 또렷하게 회상이 됐다.

"네놈이 죽였어."

"그래, 인정하지. 이 못난 사부 때문에 코일코가 죽었지."

곤은 순순히 인정했다. 아직도 코일코를 생각하면 가슴 한 구석이 찢어지는 것처럼 아파왔다. 헤즐러에게서 코일코의 모습을 봤지만 헤즐러는 코일코가 아니었다.

둘은 다른 존재였다.

"그래서 아이의 무덤에 선물을 놔두려고 해."

"선물?"

"그래, 너의 잘린 머리."

"큭큭큭, 그거 재밌겠군."

볼튼은 양손에 쥐고 있는 거대한 양날도끼에 투기를 주입했다. 오러처럼 그의 도끼에서 짙은 아지랑이가 흘러나왔다. 순수한 힘을 가진 오러보다 훨씬 투박하고 거친 힘이었다.

곤은 품에서 두 장의 부적을 꺼냈다. 헬리온 후작이 전쟁터로 떠난 후 사력을 다해 만들어놓은 부적 중의 하나이다. 그는 허공으로 부적을 던졌다. 부적은 저절로 불길에 휩싸여 재가 되어 사라졌다.

"재앙술 7식 스켈리톤 워리어."

소환술이다. 스켈리톤 워리어는 언데드 중에서도 골룡, 리치, 진뱀파이어 다음으로 강력한 존재이다. 듀라한보다는 몇 백배나 강하고 다크 나이트 역시 떼로 덤벼도 상대가 되지 않는다.

원한과 집착으로 뭉쳐진 존재가 바로 스켈리톤 워리어였다.

크르르르르!

바닥이 들썩거리며 뼈로 된 손 하나가 불쑥 튀어나왔다. 그리고는 지옥에서 지상으로 천천히 모습을 드러냈다. 겉모습은 스켈리톤 병사와 비슷했다. 하지만 크기가 완전히 달랐다.

신장이 5미터가 넘어갔다. 들고 있는 본(Bone) 쉴드는 아이언 가드 주문이 들어간 방패보다 견고했다. 녹슨 검 역시 마찬가지였다. 검날에는 녹색 기운이 감돌았다. 검에 저주가 걸려 있다는 증거이다.

그런 스켈리톤 워리어가 두 마리. 단 두 마리지만 한 개 기사단을 단숨에 짓밟은 정도로 강력하다.

크르르르르르!

스켈리톤 워리어가 볼튼을 향해서 성큼성큼 뛰어갔다. 느린 스켈리톤 병사에 비해 월등히 빨랐다. 거의 기마가 달리는 속도와 비슷했다.

스켈리톤 워리어는 순식간에 볼튼의 코앞에 도착했다. 그들은 망설이지 않고 곧바로 저주 받은 검을 내려쳤다.

깡!

볼튼은 양날도끼를 머리 위로 들어 올려 스켈리톤 워리어의 공격을 막아냈다. 얼마나 내려치는 힘이 강했는지 발목까지 흙바닥에 박혔다.

"유감이야. 이런 장난감으로 나를 상대하려 하다니."

볼튼은 피식 웃으며 거대한 양날도끼를 휘둘렀다. 거대하고 엄청난 무게를 가진 양날도끼가 휘둘러졌다. 놀랍게도 곤은 그의 도끼가 휘둘러지는 것을 포착하지 못했다.

도끼 주변에서 '펑' 소리가 났다. 드래곤이 음속을 돌파하여 하늘을 날 때나 나는 소리였다.

충격파는 사방으로 뻗어나가고, 스켈리톤 워리어들은 정수리부터 사타구니까지 반으로 쪼개졌다. 본 쉴드도 양날도끼를 막지 못했다. 반으로 쪼개진 스켈리톤 워리어의 뼈들이 와르르 쏟아졌다.

"흥, 너무 얕보지 말라고."

곤은 당황하지 않았다. 완전히 박살난 것으로 보이던 스켈리톤 워리어들의 뼈가 덜거덕거리면서 저절로 움직였다. 그것들은 다시 제자리를 찾으며 곧바로 부활했다.

"호, 질긴 뼈다귀구만."

볼튼은 입술을 오므리며 휘파람을 불었다. 그의 양날도끼가 다시 한 번 휘둘러졌다. 이번에는 일격이 아니었다. 2격, 3격, 5격, 아니, 아주 짧은 시간 동안 수백 번이나 휘둘러졌다.

막강한 위력을 가진 스켈리톤 워리어는 볼튼이라는 초강자 앞에서 제대로 힘도 쓰지 못하고 완전히 분쇄되었다.

스켈리톤 워리어를 박살낸 볼튼은 곤을 보며 어깨를 으쓱거렸다.

"장난은 그만하지. 네놈의 잘난 부술을 보여줘. 도수도를 펼치란 말이다. 이딴 애들 장난 말고."

"원한다면."

곤은 품에서 손도끼를 꺼냈다. 그의 손도끼는 볼튼이 가진 거대한 양날도끼에 비하면 무척이나 초라했다. 그렇다고 모든 기사들에게 나눠 준 마법 아이템도 아니었다. 어디서나 볼 수 있는 평범한 손도끼였다.

곤은 이것이 가장 마음에 들었다. 짧은 손잡이를 잡으면 든든한 느낌마저 들었다. 그는 내공을 최대한으로 일으켰다. 그의 손도끼에 강대한 힘이 결집되었다. 그 힘은 점점 뚜렷한 형체를 이루었다.

곤의 스승인 무학 스님조차 이루지 못한 경지.

강(强)이었다.

볼튼의 입에 섬뜩한 미소가 생겨났다.

"그래, 그래야지. 이제야 제대로 나오시는구만."

볼튼은 단 한 걸음에 곤에게 접근했다. 강대한 투기를 머금은 양날도끼와 부강을 뿜어대는 손도끼가 허공에서 맞부딪쳤다.

거대한 섬광이 번쩍였다.

* * *

안드리안은 샬록이란 오크를 상대하고 있었다. 샬록은 여덟 명의 오크 중에서 가장 거대했다. 족히 2.3미터는 될 듯했다. 오크들이 인간보다 크기는 하지만 저 정도까지는 자라지 않는다. 멀리서 본다면 작은 오거라고 해도 믿을 정도였다.

안드리안은 샬록의 특기가 완력이라는 것을 대번에 눈치챘다. 그녀도 힘에는 자신이 있었다. 힘만큼은 씽에게도 데몬고르곤에게도 지고 싶지 않았다. 하여 직접 거대한 오크를 선택하여 사투를 벌이고 있는 것이다.

그러나 그녀의 예상이 빗나갔다.

샬록의 힘이 예상보다 훨씬 강했다. 첫 합에 그것을 알았다. 놈이 휘두른 도끼를 막았지만, 안드리안은 10미터 이상 튕겨나가 나뒹굴고 말았다.

뒤로 밀린 것도 아니고 바닥을 굴렀다. 압도적인 힘의 차이였다.

샬록은 그녀의 뒤를 쫓으며 연신 도끼를 내리찍었다. 안드리안은 바닥을 굴러 간신히 그의 도끼를 피했다.

힘으로는 도저히 상대가 되지 않았다. 그녀가 장기가 통하지 않는다고 해서 포기할 수는 없었다. 저토록 덩치가 크다면 분명 느릴 것이다.

하지만 속도전에서도 안드리안은 샬록에게 따라잡혔다. 그녀의 빠른 몸놀림을 샬록은 어렵지 않게 따라잡았다.

쾅!

놈의 도끼를 안드리안은 간신히 막았다. 경도를 높여주는 마법이 걸려 있지 않았다면 그녀의 몸과 검이 동시에 쪼개졌을 정도로 강력한 일격이었다.

안드리안은 또다시 흙바닥을 나뒹굴었다.

꽈직!

그녀의 바로 옆에 뇌전이 꽂혔다. 눈을 뜨지 못할 정도로 섬광이 번쩍였다. 눈을 떴을 때는 바닥이 무척이나 깊게 움푹 파여 있었다.

등골이 오싹했다.

그녀는 샬록을 바라봤다. 도대체 저런 괴물이 어디서 불쑥 튀어나왔다는 말인가. 그녀는 대륙을 통틀어 자신보다 강한 여전사는 다섯 손가락이 넘지 않다고 자부했다. 어지간한 남자 기사들은 그녀의 일격을 받아내지도 못했다.

그런 안드리안인데 도저히 샬록을 당할 수가 없었다.

"당신, 누구야? 당신 같은 강자가 어찌 세상에 알려지지 않았지?"

안드리안은 샬록을 향해서 물었다. 죽고 죽이는 사투 중이지만 궁금증을 참을 수가 없었다.

샬록은 입술을 실룩거렸다.

"누가 이름이 알려지지 않았다고 하던가?"

나이 든 노인네의 말투였다. 고압적이지는 않았다. 음성이 잔잔하게 깔리는 것이 샬록의 성격을 대변하는 듯했다.

"나는 당신의 이름을 들어본 적이 없어."

"아, 샬록 말인가? 음, 나도 아직 낯선 이름이야."

안드리안은 그제야 상대가 정체를 감추고 있다는 것을 깨달았다. 그렇다고 해도 상대의 정체를 짐작할 수는 없었다.

"예전 사람들은 나를 발록이라고 불렀지."

"발록?"

안드리안의 머릿속에 스치고 지나치는 이름이 있었다. 대륙에서 발록이라는 이름을 가진 유명한 이는 단 한 명뿐이었다.

정체가 밝혀지지 않는 의문의 12영웅. 과거 리치 킹의 언데드 군단과 맞서 싸워 그들의 진격을 저지한 입지전적인 인물이다.

그들의 정체는 아직까지도 알려지지 않았다. 많은 소문이 돌았지만 끝내 밝혀지지 않았다. 그리고 소문은 전설이 되어 문서로, 구두로 이어졌다.

벌써 팔백 년도 넘은 일이다.

"설마?"

"자네가 생각하는 그것이 맞을 걸세. 그럼 이제 알겠지? 자네는 분명 강하지만 결코 나를 이길 수 없다는 것을."

"도대체 어떻게 그토록 오랜 시간을 살아올 수가 있는 거지? 불사자인가?"

"불사자? 아니야. 나는 북해에서 가사 상태로 잠들어 있었어. 리치 킹의 저주를 받았지. 그런 나를 깨운 자가 볼튼이지. 볼튼이 아니었다면 나는 영원히 북해에 잠들어 있었을 것이야."

안드리안은 눈살을 찌푸렸다. 볼튼 이 개자식은 되살아나지 말아야 할 괴물까지 깨웠다. 설마 의문의 12영웅 중의 한 명인 선혈의 발록을 다시 세상에 내보낼 줄이야.

"자, 젊은 인간이여, 자네의 재능이 아깝기는 하지만 어쩔 수가 없다네. 아프지 않게 보내주겠네."

샬록, 아니, 발록이 안드리안을 향해서 빠르게 다가왔다.

안드리안은 물러서지 않았다. 당할 수 없다는 것은 본능적으로 느끼면서도.

곤은 절망적인 상황에서 단 한 번도 물러난 적이 없다. 곤은 어떤 심정이었을까. 이제야 곤의 심정을 조금은 알 것 같은 안드리안이다.

나는 강하다.

믿어야 한다.

쿠쿠쿠쿵!

안드리안의 대검과 발록의 도끼가 허공에서 부딪치며 불꽃이 튀었다.

겨우 열 합이나 부딪쳤을까, 안드리안은 발록의 압력을 견디지 못하고 연신 뒤로 밀려났다. 안드리안이 입은 최상급 갑주가 마구 찢어졌다.

그녀가 입고 있는 갑주는 리치 킹의 던전에서 얻은 것이다. 물리적 방어력만 있는 것이 아니다. 룬어가 가득 새겨져 있어 최대 6서클, 최소 3서클의 공격마법을 무효화시킬 수 있었다. 더군다나 10%의 확률로 상대방의 공격을 반사시킬 수 있는 스킬도 옵션으로 달려 있었다.

일국의 왕조차 함부로 가질 수 없는 최상급의 마법 아이템을 안드리안이 착용하고 있는 것이다.

그런 갑주가 허무할 정도로 발록의 공격을 막아내지 못하고 깨져 나갔다.

푸식!

끝내 발록의 도끼가 갑주를 깨고서 그녀의 가슴을 긋고 지나갔다. 꽁꽁 묶어두었던 젖가슴의 반이 잘려나갔다. 가슴뼈도 뚝 하고 잘렸다. 도끼는 심장에도 큰 상처를 냈다.

치명상임을 부인할 수가 없다.

털썩!

대검이 바닥에 떨어졌다. 안드리안은 양팔을 벌린 채로 뒤로 넘어갔다. 그녀의 머리가 바닥에 강하게 부딪쳤다.

"쿨럭쿨럭!"

안드리안은 검붉은 피를 토해냈다. 핏속에 그녀의 잘린 장기가 섞여 있다.

"젠장. 곤처럼은 안 되네."

그녀는 정신이 아득해져 오는 것을 느꼈다. 손발에 힘이 전혀 들어가지 않았다.

안드리아는 전사다. 예전부터 자신이 죽을 곳은 전장이라 여겼다. 그래도 이렇게 죽음이 일찍 찾아올 줄은 몰랐다.

조금 더, 조금만 더 곤과 함께 지내고 싶었는데, 그와 함께 모험을 떠나고 싶었는데 아무래도 그녀의 작은 소망은 이뤄지지 않을 듯했다.

점차 눈이 감긴다. 아무리 눈꺼풀을 위로 밀어내려고 해도 꿈쩍도 하지 않았다.

눈을 감으면 세상과 영원히 작별이다.

그때였다.

—안드리안, 안드리안, 들려?

처음 듣는 목소리다. 그러나 낯설지는 않았다. 그 목소리가 누구의 것인지 안드리안은 듣는 순간 눈치챘다.

'삼안?'

—그래, 나야. 정신 차려!

삼안의 목소리가 무척이나 다급했다.

안드리안은 신기한 느낌을 받았다. 서로의 존재를 알고 있지만 한 번도 같은 선에 서본 적은 없었다. 목소리도 모르고 성격도 모른다. 그저 다음날 무슨 일이 있었는지 확인하고 추측할 뿐이다.

그런데 죽기 전에 서로의 존재가 이렇게 각인되다니.

'반가워.'

—반갑긴 개뿔, 다 죽어가면서 무슨 헛소리야?

'죽기 전에 이렇게 만나게 되니 반갑지 뭐야. 그나저나 미안하네. 나 때문에 너도 죽게 만들어서.'

—포기하지 마.

'포기하고 싶지 않아도 어쩔 수가 없는걸. 꼼짝도 못하겠어.'

삼안의 의식이 안드리안에게 닿을 수 있던 것은 그녀가 죽을 위기에 처했기 때문이다. 그녀의 육체에서 생기가 급속도로 빠져나가며 영혼의 한구석이 빈 것이다. 덕분에 삼안은 다급히 안드리안을 부를 수가 있었다.

삼안은 폰 쉐르네일이 말한 것처럼 선택의 시간이 다가왔다는 것을 느꼈다. 그녀가 안드리안 대신 인격을 드러낸다면 육체는 어느 정도 회복시킬 수가 있다. 그녀는 안드리안과 다르게 술법사다. 최소한 심장 정도는 본래대로 돌려놓을 능력이 있었다.

하지만 간신히 살아난다고 하더라도 의문의 12영웅이라 불리던 발록을 이겨낼 수 있을까?

불가능하다. 예전이라면 모를까, 지금의 안드리안은 삼안보다 훨씬 강했다.

어차피 인격을 바꾼다고 하더라도 죽음은 예정된 수순이었다.

그렇다면 방법은 하나뿐이었다.

비록 아버지를 만나지는 못했지만 그토록 원하던 고향은

가보았다. 그리고 같은 종족을 만나 불안하던 정체성도 확립했다.

크게 세상에는 미련이 없다. 하지만 안드리안은 아니었다. 그녀는 아직 세상에 대한 호기심이 넘쳤다. 곤과 함께…….

—안드리안.

'응.'

—내가 말하는 대로 마나를 움직여. 그럼 넌 살 수 있어.

'뭐? 그게 가능해?'

—가능해. 그러니까 곧바로 시작해!

'아, 알았어.'

—자, 시작할게.

안드리안은 심안이 말하는 대로 마나를 움직였다. 마나는 이제껏 사용하지 않던 혈관을 통과했다. 단전에서 시작된 마나가 전신을 돌기 시작하더니 심장을 관통했다. 그녀는 점점 무아지경에 빠져들었다. 심안의 술법에 대한 지식이 그녀의 뇌리로 빨려들어 갔다. 안드리안은 심안의 인생을 직접 겪는 것과 같은 착각을 일으켰다.

—안녕, 내 자매여.

어렴풋이 심안의 목소리가 들리는 듯했다.

안드리안이 깨어났다. 그녀는 주변을 살폈다.

"심안?"

그녀가 심안을 불렀지만 대답은 들려오지 않았다. 심안이 그녀에게 모든 힘을 물려주고 소멸했다는 것을 몰랐다. 나중에라도 다시 나타날 것이라고 생각했다.

안드리안은 몸을 일으켰다. 가슴의 상처는 말끔하게 사라졌다. 놀라운 것은 그것뿐만이 아니었다. 지금까지 느껴보지 못한 엄청난 힘이 그녀의 전신에 감돌고 있었다.

그녀는 발록을 보았다. 발록이 그녀의 숨통을 끊기 위해 다가오고 있었다. 안드리안에게 있던 일은 극히 찰나의 순간이었던 것이다.

발록은 안드리안에게 무슨 일이 일어났는지 알 수 없었다.

안드리안은 한 손으로 대검을 쥐었다. 다른 손으로는 삼안이 전수해 준 삼안족의 비술을 생성시켰다. 조금 전까지만 하더라도 그토록 두렵던 발록이 지금은 전혀 무섭게 느껴지지 않았다.

그녀는 발록을 보며 싱긋 웃었다. 대검에서는 지금껏 보지 못한 오러가 강대한 빛을 내뿜으며 줄기줄기 흘러나왔다. 곤의 부강을 넘어서는 힘이다.

안드리안이 움직였다. 그녀의 몸은 어느새 발록의 등 뒤에 가 있었다. 발록은 안드리안의 움직임을 잡아내지 못했다. 그는 무척이나 놀란 표정이다.

"당한 만큼 돌려줄 차례야."

안드리안은 가공할 속도로 움직이기 시작했다.

* * *

경천동지(驚天動地)!

곤과 볼튼의 대결은 이 말 외에는 설명할 길이 없었다. 제국군 병사들이 살아남기 위해 발버둥치고 번개가 쉴 새 없이 내리치는 이곳에서 그들은 다른 곳에 전혀 신경을 쓰지 않고 사투를 벌이고 있었다.

곤과 볼튼은 손도끼와 거대한 양날도끼로 맞붙었다. 겨우 몇 십 합이나 붙었을까. 몇 분도 되지 않는 극히 짧은 시간이었다.

그러나 그들의 무기는 곤의 내공과 볼튼의 투기를 감당하지 못했다. 비록 마법 아이템은 아니지만 장인이 만들어서 꽤나 내구성이 좋은 무기이다. 그럼에도 미스릴과 강철을 섞어 만든 그들의 무기는 모래처럼 완전히 으스러지고 부서졌다.

그들에게 잔재주는 필요 없었다. 어차피 단검이나 암기 등은 가지고 다니지도 않았다.

그들은 무투술로 맞붙었다.

곤에게는 무학 스님께 배운 도수도라는 절정의 무공이 있었다.

문제는 볼튼도 도수도를 사용한다는 것이다. 곤처럼 도수도를 깊이 있게 이해하지는 못했지만, 그에게는 그것은 보완하고도 남을 무지막지한 힘이 있었다.

곤이 엄청난 속도를 자랑하는 유니콘이라면 볼튼은 완벽한 방어를 자랑하는 전차나 다름없었다.

시간이 갈수록 곤이 불리해졌다. 몇 번이나 볼튼에게 잡혀서 팔과 다리가 강제로 찢길 뻔했다. 다급해진 곤은 재앙술 7식을 연속으로 사용했다.

재앙술은 5식부터 위력이 기하급수적으로 강해진다. 제약 조건은 많지만 위력은 상상을 초월한다. 그런 재앙술을 볼튼은 어렵지 않게 막아냈다. 비상식적인 육체 능력이었다.

과거 황색 오크 마을에서 알던 볼튼은 이제 존재하지 않았다.

"크크크, 이제 확신할 수 있다. 그토록 나를 괴롭혀 오던 너의 존재를 이제는 영원히 지울 수 있다는 것을. 너를 죽이고 악몽 속에서 깨어나겠다."

볼튼은 맹렬하게 곤을 몰아쳤다.

그는 오크 도시 뮤질란이 무너진 이후 단 한 번도 발을 뻗고 자본 적이 없었다. 잠자리에 눕기만 하면 곤이 악령이 되어 매일같이 그를 찾아왔다.

마을을 배신한 것에는 지금도 후회가 없었다. 마을 오크들이 떼죽음을 당한 것도 마찬가지. 하지만 어찌 된 일인지 곤의 망령만은 떨쳐낼 수가 없었다.

볼튼이 곤에게 집착하는 이유였다. 그를 죽이지 않으면 영원히 악몽을 꿀 것만 같았다.

이제 그는 곤을 죽이고 악몽에서 벗어나려고 한다.

"네 악몽은 나 때문에 생긴 것이 아니야! 네놈의 무의식에서 비롯된 거지!"

곤은 연신 뒤로 밀리면서도 강하게 외쳤다.

"아니야! 네놈만 죽으면 돼!"

볼튼의 투기로 가득한 주먹이 곤에게 정확하게 명중했다.

우드득!

팔로 가드를 했지만 충격을 이겨내지는 못했다. 왼팔의 부러졌다. 얼마나 큰 충격을 받았는지 부러진 뼈가 팔뚝의 살갗을 뚫고 튀어나왔다.

"크흑."

곤은 신음을 흘렸다. 이제껏 뼈가 부러져 밖으로 튀어나온 적은 단 한 번도 없었다. 특히 재앙술을 익히고 나서는 그의 몸에 손을 댈 수 있는 존재조차 보지 못했다. 한데 볼튼은 강대한 투기를 갑옷처럼 온몸에 휘감고서 곤의 모든 방어와 공격을 무효화시켰다.

"죽어라, 곤! 나의 악몽 속에서 사라져!"

볼튼은 손바닥을 쫙 폈다. 그의 수도에서 투기가 검날처럼 튀어나왔다. 그는 단숨에 승부를 낼 생각이다. 그의 수도는 곤의 모든 가드를 단숨에 부수고 심장을 파괴할 것이다.

곤과 볼튼의 사이가 가까워졌다. 볼튼이 손만 뻗으면 곤의 심장에 닿을 터였다.

그때였다.

볼튼은 고통에 찬 눈빛으로 눈살을 찌푸렸다. 그는 발밑을 보았다. 날카로운 뼈가 그의 발바닥을 뚫고 치솟아 올랐다.

"이건?"

"내 뼈야. 살을 주고 뼈를 취한 거지. 네놈의 강력한 육체를 도저지 잡을 수가 없어서 말이지."

"일부러 팔을 줬다고?"

"지옥에 가서 나머지를 생각하도록 해. 재앙술 8식 헬 게이트!"

곤의 주문과 함께 볼튼의 발밑에서 거대한 본 게이트가 생겨났다. 수백 개의 해골이 게이트를 형성하고 있었다. 게이트는 좌우로 쫙 갈라졌다. 안에서는 수천, 수만 마리의 악령이 공중을 부유하고 있었다.

지옥으로 가는 길이다.

볼튼은 벗어나기 위해 발버둥을 쳤다. 하지만 곤의 부러진 뼈가 그의 다리를 꽉 잡고 놓지 않았다. 생기를 느낀 악령들이 팔과 입을 벌리고 헬 게이트로 몰려들어 볼튼의 다리를 잡고 늘어졌다.

"크흑, 이 빌어먹을 망령들이!"

식인 물고기 떼처럼 악령들은 순식간에 볼튼의 다리에 달라붙었다. 악령들은 볼튼을 지옥으로 끌어당겼다. 수백 마리가 동시에 달라붙어 볼튼도 조금씩 지옥 속으로 빨려들어 갔다.

"감히 내가 누군 줄 알고!"

볼튼은 지옥문을 향해서 투기를 방출했다. 투기는 악령들에게 명중하며 엄청난 폭발을 일으켰다. 온갖 추악하게 생긴 악령들의 모습이 물감에 물을 섞는 것처럼 흐릿해지며 사라졌다.

몇 번이나 투기로 악령들을 내려쳤다. 그러나 악령의 숫자는 너무도 많았다. 셀 수도 없다는 말이 정확할 것이다. 볼튼은 이를 악물며 지옥문으로 끌려가지 않기 위해 사력을 다했다.

"그만 가라! 재앙술 8식 자이언트 메테오!"

초고난위도의 재앙술을 두 번이나 연속으로 사용했다. 내공이 바닥났다. 더 이상은 상급 재앙술을 사용하지 못한다. 놈이 기적처럼 지옥문을 뚫고 나온다면 그로서는 도저히 당해내지 못한다.

꽤애애애액!

엄청난 비명이 난무하는 뇌전의 폭풍 속에서 공간을 찢는 파공음이 들렸다. 폭풍의 한복판이 찢어졌다. 그 사이로 하늘이 보였다.

어느새 비는 멈췄다.

잠시 보이던 하늘이 사라졌다. 그 사이로 거대한 운석이 뚫고 내려왔다. 운석은 볼튼이 발버둥치고 있는 지옥문을 직격했다.

볼튼도 자신의 머리 위로 떨어져 내리는 유성을 보았다. 그는 저토록 거대한 운석을 본 적이 없었다.

볼튼은 참담한 눈으로 고개를 돌렸다. 원치 않는 방식으로 악몽을 꾸지 않게 될 것 같았다.

"곤!"

볼튼이 곤을 불렀다.

"………."

곤은 대답하지 않고 묵묵히 볼튼을 바라봤다. 볼튼은 개의치 않는 듯 곤에게 외쳤다.

"난 후회하지 않아! 난 후회하지 않는다고!"

"유언치고는 허접하군."

곤은 피식 웃었다. 그토록 바라던, 너무도 바라던 볼튼의 죽음이 다가왔다. 그는 똑똑히 지켜 봐줄 생각이다. 저자에게 인정 따위가 남아 있을 리 없었다.

놈이 절규하는 모습을 지켜볼 테다! 놈이 울부짖는 모습을 지켜볼 테다!

지옥으로 가라! 지옥으로 가서 코일코와 황색 오크 마을 오크들에게 영원히 사죄하라!

쿠쿠쿠쿠쿠쿵!

거대한 유성이 지옥문을 뚫었다. 간신히 매달려 있던 볼튼은 유성의 압력을 이기지 못했다. 유성은 볼튼을 지옥 가장 깊숙한 곳까지 끌고 들어갔다.

—으아아아아아아악!

볼튼의 비명이 점점 심연 속으로 가라앉았다. 이윽고 볼튼의 목소리가 사라지자 열린 지옥문이 닫혔다. 그리고는 천천히 이 세계에서 사라졌다. 이제 볼튼은 영원히 사라졌다.

곤은 거친 숨을 몰아쉬며 동료들을 바라보았다. 놀랍게도 동료들은 볼튼의 친위대를 맞이하여 압승을 거두고 있었다.

오크들을 쓰러뜨린 동료들이 피를 흠뻑 뒤집어쓴 채 곤을 보며 웃었다

곤도 그들을 마주 보며 웃었다.

어느새 뇌전을 쏟아내는 폭풍의 위력이 점차 감소하고 있었다.

맑아진 하늘이 그들의 눈에 보였다.

Chapter 8. 아마겟돈

남부전선에서는 신성왕국의 배신으로 3공국 연합체의 병력이 궤멸했다. 그들의 수도도 제국군이 쑥대밭으로 만들었으며 각 도시는 불타올랐다.

제국의 노예로 끌려간 추정 인원만 20만 명이 넘었다. 각 지역에서 영주들이 사병을 데리고 게릴라전을 펼쳤지만, 대세에는 큰 영향을 끼치지 못했다.

시야와 남야의 왕족들은 수도를 탈출했다. 그들은 아슬란 왕국으로 망명하기 위해 소수의 병력을 이끌고 산과 들을 건넜다.

그러나 중야의 왕족은 몰살당하고 말았다. 갓 태어난 아이들까지 모조리 목이 잘려 성벽에 걸렸다. 귀족들 역시 마찬가지였다. 상당수의 귀족들이 항복했지만 샤를론즈 공작은 받아들이지 않았다. 그들을 모두 잡아다가 국민들이 보는 앞에서 사지를 찢어서 죽였다.

곧 대륙은 제국의 의해 일통될 것이라는 흉흉한 소문이 돌았다. 그리고 제국을 제외한 모든 귀족은 살아남지 못한다는 소문도 함께.

멸망한 왕국들에서 살아남은 귀족들은 농민으로 변장하여 제국군에게 잡히지 않기 위해 사력을 다했다. 일생을 바쳐서 벌어들인 재산도 모두 버렸다. 아깝기는 하지만 그것이 자신의 목숨을 대신할 것은 아니기에.

대륙은 두려움과 공포에 질려 있었다.

그러던 와중 한줄기 달콤한 빛줄기가 그들을 비쳤다.

남부전선보다 막기 힘들 것이라 예상한 북부전선에서 동맹국이 대승을 거둔 것이다.

제국의 피해는 엄청났다.

제국이 자랑하는 3대 공작 중의 한 명인 레그넌이 목숨을 잃은 것이다. 그리고 각국에는 알려지지 않았지만 제국군은 모두 알고 있는 사실. 제국 최강의 전사라 불리는 볼튼과 그의 친위대 역시 전멸당하고 말았다.

동맹국은 환호했다.

전세를 역전시킬 수 있는 절호의 기회를 잡은 것이다.

3공국 연합체, 아이크 왕국, 해상왕국의 생존한 병력과 귀족들이 모두 아슬란 왕국으로 모여들었다. 그 수는 자그마치 십만이 넘었다.

콘고 공화국에 파견한 아슬란 왕국의 병력도 복귀했다.

아슬란 왕국은 최후의 대전을 벌이기 위해 만반의 준비를 했다. 각국의 패잔병과 콘고 공화국의 병력, 아슬란 왕국의 모든 병력이 모였다. 병력의 수는 50만에 달했다. 어마어마한 군세가 아닐 수 없었다.

누군가는 그 병력을 가지고 제국군과 정면으로 붙자고 제안하기도 했다. 하지만 아슬란 왕국의 투신들과 카론 황태자는 반대했다. 북부전선에서 제국군의 힘을 몸소 겪은 그들이다. 제국군이 얼마나 강한지 그들은 피부로 느꼈다.

검사의 나라라고 불리는 아슬란 왕국의 병사들조차 제국군과 정면으로 맞붙어서는 도저히 이길 수 없었다. 하물며 패잔병으로 뭉친 병사들이 제국군의 발목을 잡는 것은 불가능에 가까웠다. 제국군과 비슷한 숫자라면 수성전을 펼쳐야 그나마 대등한 전력을 유지할 수가 있었다.

곧 최후의 결전의 장소가 정해졌다.

그곳은 아슬란 왕국의 최대 산악 지역인 에르바크 산이었다. 지금은 말이나 염소들을 키우는 곳이지만, 천도(遷都)하기 전까지는 그곳이 수도였다. 하여 에르바크 산 전체를 둘러싼 성벽은 아직도 형체를 유지하고 있었다.

50만 병력이 모조리 동원되어 무너진 성벽과 성을 보수했다.

이곳이 무너지면 아슬란 왕국도 끝난다. 아슬란 왕국의 수도에는 최소한의 경비대만 남겨놓았다. 모든 전력을 이곳에 집중시킨 것이다.

바야흐로 대륙의 운명을 건 최후의 결전이 시작되려 하고 있었다.

에르바크 산에 위치한 과거의 궁전 샬롬.

곤은 대귀족이나 사용할 수 있는 최상급의 거처를 배정 받았다. 몇몇 귀족들과 패망한 왕국의 왕족들이 노골적으로 불편한 기색을 드러냈다. 자신들도 배정 받지 못한 넓고 화려한 거처를 이름도 들어본 적 없는 기사가 떡하니 차지했으니 그들의 입장에서는 배알이 꼴릴 수밖에 없었다.

하나 북부전선에서 그와 함께 사투를 벌인 카론 황태자나 스피커트 공작, 헬리온 후작 및 상당수의 귀족들은 곤이 얼마나 대단한 사람인지 두 눈으로 똑똑히 목격했다.

그는 난세의 영웅이었다.

따지고 보면 제국의 야망을 저지한 것은 곤이었다. 제1차 대륙 전쟁에서도, 북부전선에서도. 북부전선이 뚫렸다면 최후의 결전조차 준비하지 못했을 것이다.

카론 황태자는 이번 전쟁을 아마겟돈이라고 불렀다. 비록 신들의 전쟁은 아니지만 대륙의 모든 것을 건 한판이었기 때문이다.

카론을 비롯하여 상당수의 귀족들이 곤이 이번 전쟁의 승패를 가늠할 열쇠를 쥐고 있다고 생각했다. 50만이나 되는 병력은 방패다. 그리고 창은 곤과 그의 기마부대였다. 제아무리 막강한 전력을 가진 제국군이라고 하더라도 유니콘을 능가하는 전마는 없을 테니까.

곤의 거처에는 한꺼번에 서른 명이 앉을 수 있는 긴 탁자가 있었다. 탁자 끝에는 곤이 앉았고 그 옆으로 기마부대의 주요 인물들이 모두 착석했다.

에르바크 산에 집결한 모든 병사들이 성벽을 보수하고 있지만 곤과 기마부대는 각각의 거처에서 푹 쉬고 있었다. 카론 황태자가 직접 그들에게 무조건 쉴 것을 명령한 덕분이다.

곤도 아무런 말을 하지 않았다.

괜한 동정심으로 기사들과 삼안족을 그런 노동에 투입할 생각은 눈곱만큼도 없었다. 만약 카론 황태자가 그들에게 성벽 보수의 명령을 내렸다면 단호하게 거절했을 것이다.

노동은 기사들과 삼안족의 전투력을 깎아먹는 행동이다. 지금은 최대한 휴식을 취해 근육을 이완시키고 마나를 충전해 두어야만 했다.

하나 곤과 지휘관들은 쉴 수 있는 시간이 없었다.

"키스톤."

"예, 마스터."

"제국군이 언제쯤 이곳에 도착할 것 같은가?"

"그들과 에르바크 산까지의 거리는 대략 보름 정도밖에 되지 않습니다."

"보름이라……."

보름 뒤에 전투를 시작한다면 동맹군이 상당히 불리했다. 숫자는 많지만 동맹군은 오합지졸에 지나지 않았다. 워낙 많은 왕국이 모여 있다 보니 의견 통일이라는 것이 아예 존재하지 않았다.

곤이 봐도 어이가 없는 것은 망국의 왕족들 목소리가 더 높다는 것이다. 도대체 다른 나라에 망명한 상태에서 예전과 똑같은 행동을 하는 이유를 알 수 없었다.

그들이 목소리를 높여 자신들의 의견을 피력하는 바람에 동맹군은 한데 뭉치지 못하고 있었다.

카론 황태자와 대귀족들은 눈살을 찌푸렸다. 몇몇 귀족들이 조심스럽게 이곳은 다른 왕국이라고 말하기도 했다. 하지만 그들은 안하무인으로 다른 나라의 귀족들까지 깡그리 무시했다.

아이크 왕국이나 해상왕국의 왕족과 귀족들은 그나마 덜했지만, 시야나 남야의 왕족들의 횡포는 무척이나 심했다.

곤은 하도 어이가 없어서 그들과 아예 상종조차 하지 않았다.

어쨌든 그들로 인해서 동맹군은 상당히 어수선했다. 50만이나 되는 대군을 믿는 것이 확실했다. 아무리 제국군이라고 하더라도 산을 넘어서 50만 대군을 격파할 수 없다고 신앙처럼 믿었다. 하여 그토록 생각 없이 설치는 것이다.

하지만 시간이 지나면 그들도 어느 정도 상황을 인식하지 않을까 한다. 이곳은 아슬란 왕국의 영토. 카론 황태자가 그들이 계속해서 설치도록 내버려 두지 않을 것이다.

"하지만……."

키스톤의 말이 이어졌다.

"제국군이 이곳까지 오는 데는 한 달 정도의 시간이 소요될 것으로 여겨집니다."

"왜지?"

"북부군이 엄청난 타격을 입었기 때문입니다."

곤은 상업도시 에덴에서 있던 거대한 전투를 머릿속에 잠시 떠올렸다. 제국 북부군을 이끌던 레그넌 공작과 오크 전사들을 이끌던 볼튼이 동시에 목숨을 잃었다. 그들은 대체 불가의 인적 자원이다. 그들을 잃는 것과 동시에 제국군은 어이가 없을 정도로 허물어졌다.

제국 북부군 30만과 오크군 5만, 도합 35만이나 되는 어마어마한 병력이지만 우두머리가 없는 그들은 오합지졸이 되고 말았다.

그들은 철수를 선택할 수밖에 없었다. 도망치듯 물러나는 제국군을 동맹국은 끈질기게 추격했다. 수많은 제국군이 강물을 건너다가, 산을 넘다가, 들판을 가로지르다가 죽임을 당했다. 서로 도망치기 위해 동료들까지 짓밟는 사태가 벌어졌다. 상처를 입은 동료는 모두 버렸다.

그렇게 철수한 생존 병력은 겨우 14만에 지나지 않았다. 21만이나 되는 엄청난 사상자를 낸 것이다. 제국 역사상 가장 치욕스러운 패전으로 기록될 터였다.

"제국에서 새롭게 파견된 클래스턴 후작이 패잔병을 수습하여 샤를론즈 공작의 제국 남부군과 합류한다고 합니다. 세이선 공작이 이끄는 신성왕국도 마찬가지고요. 워낙 대병력이 움직이다 보니 조금 시간이 걸릴 것으로 예상됩니다."

키스톤의 말에 곤은 고개를 끄덕였다.

약간의 시간을 벌었다고 생각했다.

사실 그가 가장 신경 쓰는 것은 제국군이 아니었다. 그는 대륙의 패권을 누가 차지하느냐는 신경도 쓰지 않았다.

그의 입장에서는 누가 차지하든 전혀 상관이 없으니까. 그가 전쟁에 뛰어든 첫 번째 이유는 헤즐러의 안위였다. 제국이 대륙의 패권을 차지하게 되면 아무리 어린 헤즐러라 하더라도 살아남을 확률이 적었다. 그 어린것은 단두대에서 머리가 잘리고 말 것이다.

두 번째 이유는 코일코의 유언 때문이었다. 곤 본인도 그것만은 반드시 지키고 싶었다.

조선이나 이곳이나 똑같았다. 약자를 짓밟고 강자만이 사는 세상. 육체적으로 조금 강하다고 해서 힘이 약한 사람들에게 딱 달라붙어 피를 빨아먹는 종자들이 엄청나게 많았다.

그것들을 모조리 쓸어버리고 싶었다. 조금이나마 평등한 세상을 만들고 싶었다. 코일코와 같은 불쌍한 아이가 다시는 생겨나지 않도록.

세 번째는 제국에 대한 복수심이었다.

정확히는 볼튼과 샤를론즈였다. 그래서인지 그들이 몸담고 있는 제국이 무척이나 싫었다. 곤은 제국을 무너뜨리고 싶었다. 물론 제국이 무너져도 언젠간 다른 제국이 생겨날 테지만 그것은 나중 문제였다.

곤은 탁자를 손가락 끝으로 톡톡 쳤다. 뭔가 깊은 고민에 빠졌을 때 종종 하는 행동이다. 모두가 말없이 그런 곤을 지켜봤다.

제국군과의 일전을 앞둔 지금 모두가 불안해하는 것은 이해한다. 그도 불안감이 감도는 것이 사실이니까. 하지만 그 불안감의 원인은 제국군과의 마지막 전투가 아니었다.

그 이상의 무엇이었다.

거대한 무엇인가가 제국군의 등 뒤에 숨어서 동맹군을, 아니, 정확히는 자신을 노리고 있는 듯한 기분이 들었다. 그리고 그 불길한 기분은 단순한 것이 아니었다. 만약 삼안족을 만나 전설에 대한 얘기를 듣지 않았다면 막연한 불안감만 느끼고 그냥 넘어갔을 것이다.

분명히 누군가, 아니, 정확히는 그가 자신을 노리고 있을 터였다. 언제 어디서 불쑥 그가 나타날지 알 수 없었다.

만반의 준비를 해야 한다.

“모두 들으세요.”

곤은 동료들을 보며 말했다. 모두의 시선이 곤에게로 향했다.

“이제부터 우리는 함정을 팝니다. 절대 밖으로 새어 나가서는 안 됩니다. 오직 우리만이 알고 있어야 합니다. 알겠습니까?”

곤의 단호한 말에 동료들은 딱딱한 표정으로 고개를 끄덕였다.

* * *

“빌어먹을! 곤! 곤! 곤! 반드시 찢어 죽이고 말겠다! 절대로 그냥 죽게 내버려 두지 않을 것이야!”

샤를론즈는 분노로 인해서 눈이 새빨갛게 변했다. 그의 막사에 있던 모든 물건은 바닥에 엎어지거나 깨졌다. 그녀의 막사를 지키던 병사들은 숨도 제대로 쉬지 못했다.

그녀는 터져 나오는 분노를 참을 수가 없었다.

“으아아아악! 이 개자식아!”

화를 참지 못한 샤를론즈는 자신의 상의를 북북 찢었다. 농민들은 평생 모아도 살 수 없는 초고가의 실크 옷이 마구 찢어졌다. 목에 걸고 있던 진귀한 진주 목걸이가 그녀의 손가락에 걸려 끊어지며 바닥에 흩어졌다. 진주 하나하나가 엄청난 고가였지만 그녀는 개의치 않았다.

그녀의 젖가슴이 툭 튀어나왔다. 한쪽 젖가슴은 반쯤 잘려 있었다. 초고위급 신관이라면 잘린 젖가슴을 재생시킬 수 있을 테지만 그녀는 그러지 않았다. 그대로 내버려 두었다.

가슴의 상처는 곤이 만든 것이다.

샤를론즈는 거울을 볼 때마다 곤에 대한 적의를 되새겼다. 언제가 그를 사로잡아 갈기갈기 찢어버리는 즐거운 상상을 하면서.

약간의 걸림돌이 있다면 볼튼의 존재 유무였다. 그 역시 곤이라면 이를 부득부득 갈았다. 그는 자신에게 곤을 양보할 생각이 추호도 없었다.

곤을 먼저 잡는 것은 각각의 능력이었다.

아쉽게도 볼튼이 자신보다 곤을 먼저 만났다.

그리고 죽었다.

볼튼이 죽는 광경을 목격한 병사는 상당히 많았다. 거대한 지옥문이 열리고 볼튼이 그곳으로 빨려들어 갔다고 했다. 마지막에는 상식을 초월하는 크기의 유성이 떨어져 볼튼을 완전히 짓뭉개 버렸다고 말을 하는 병사도 있었다.

무엇이 됐든 볼튼의 생존 가능성은 없었다. 죽은 것이다.

볼튼이.

샤를론즈가 가장 강하다고 생각한 괴물과 같은 오크가.

그런 곤을 자신이 잡아서 죽이면 얼마나 짜릿할까. 샤를론즈의 시뻘건 눈빛에서 은은한 살기가 흘러나왔다.

"밖에 누구 없느냐!"

샤를론즈가 외쳤다.

병사 한 명이 다급하게 들어와서 허리를 숙였다.

"찾으셨습니까."

"당장 레인보우 기사단과 호크랜더, 프라이즈, 아리아, 아돌을 불러라!"

"그, 그분들을요?"

"당장!"

"아, 알겠습니다."

병사는 고개를 숙이고는 막사 밖으로 나갔다. 명령을 받기는 했지만 그는 무서웠다.

특히 성기사 아돌을 생각하면 다리가 후들후들 떨렸다. 신의 믿는 성기사가 인육을 즐겨 먹는다는 것이 믿겨지는가.

그는 인육이야말로 신에게 가장 가까이 근접할 수 있다고 생각했다. 그렇기 때문에 그는 인간을 산 채로 잡아먹었다. 아돌이 식사를 하는 모습을 본 사람이라면 누구라도 속에 있는 음식물을 게워낼 수밖에 없을 것이다.

* * *

한 달의 시간이 쏜살같이 지나갔다.

대륙의 수많은 사람들은 아주 짧은 휴식을 맛봤다. 농민들은, 상인들은, 귀족들은 둘만 모이면 전쟁에 대해서 얘기했다.

대부분의 사람들은 제국군이 대륙을 일통할 것이라고 여겼다. 아무리 따져 봐도 동맹국이 제국군을 이길 확률은 극히 희박했다. 더군다나 제국에는 신성왕국이라는 연합국도 있지 않은가.

대륙의 사람들 70%가 주신 오델라를 믿었다. 주신 오델라를 모시는 자들이 바로 신성왕국의 사제와 성기사들이었다.

싫든 좋든 나이가 든 사람들은 무조건적으로 신성왕국을 응원했다. 주신 오델라를 모시는 신성왕국이 잘못을 저지를 이유가 없다는 것이 그들의 의견이었다.

제국군이 점령 지역에 어떤 짓을 했는지 모르는 사람들이었다. 만약 그들이 점령 지역에 있는 농민이었다면 결코 그런 말은 하지 못했을 것이다.

짧은 시간 동안 에르바크 산의 성벽은 모두 보수되었다. 성벽의 높이는 100미터가 넘었다. 정확히는 30미터 정도지만 절벽 위에 세워져 그토록 높게 느껴지는 것이다. 성벽을 넘기 위해서는 5개의 다리를 건너야 한다. 상당히 폭과 너비가 큰 아름다운 다리였다. 그리고 결코 무너지지 않는 다리이기도 했다. 아슬란 왕국의 선조가 이곳에 수도를 세울 때부터 존재하던 다리다. 누가 건축했는지는 아무도 모른다. 다리를 만든 재질에 대해서도 모른다. 호기심을 느낀 상당수의 드워프들이 다리를 살펴보았지만 끝내 그 출처를 알아내지 못했다.

방어하기 위해서는 완벽에 가까운 지형이 아닐 수 없었다.

군사도시 소믈린보다 공략하기 어려운 곳이다.

이런 곳을 아슬란 왕국의 선조들을 버렸다. 어쩔 수가 없었다. 샬롬은 군사적인 입장에서는 매우 유용하지만, 도시로서의 기능은 발휘하지 못했다. 산세도 험했고 도로를 둘 수도 없었다. 더군다나 다섯 개의 다리로는 수많은 인파를 감당하기 어려웠다.

하여 아슬란 왕국의 선조들은 이곳을 버리고 예슐란을 수도로 삼은 것이다. 그리고 샬롬은 오랜 시간 사람들의 뇌리에서 잊혀졌다. 만약 전쟁이 아니었다면 샬롬은 영원히 사람들의 마음에서 사라졌을 것이다.

카론 황태자와 스피커트 공작, 곤, 헬리온 후작, 각국의 기사들이 거대한 망루에 올라서 다가오고 있는 연합군을 보았다.

모두가 입을 열지 못했다.

양측의 병력이 비슷한 것이라 생각했다. 병력이 같다면 샬롬이라는 천연의 요새를 둔 자신들이 유리할 것이라 귀족들은 생각했다.

그러나 그들이 본 것은 압도적인 병력으로 골짜기를 꽉 메운 연합군의 숫자였다.

"배, 백만은 되어 보이는데?"

중야의 한 기사 떨리는 목소리로 말했다.

"말도 안 돼. 백만이라니, 헛소리하지 마시오. 100만이 누구네 개 이름이오? 아무리 제국이라도 20만이 넘는 병력을 잃고서 다시 백만의 병력을 징집할 수는 없소."

그의 옆에 있던 아이크 왕국의 기사가 얼굴을 찌푸리며 핀잔을 주었다.

"뭐라고 했소? 헛소리?"

발끈한 중야의 기사가 아이크 왕국의 기사를 노려봤다. 아이크 왕국의 기사도 지지 않고 그와 눈을 맞췄다.

"싸우려면… 요새 밖으로 나가서 싸우시지요."

카론 황태자가 그들을 보며 차갑게 말했다. 그제야 그들은 멋쩍은 표정으로 고개를 돌렸다.

카론 황태자도 연합군의 엄청난 병력을 보며 기가 질린 것은 사실이다. 도대체 저 많은 병력을 무슨 수로 유지하는지 신기하기까지 했다.

"적들의 공격이 언제 시작될 것으로 보이나?"

"곧 시작될 것입니다."

"지금?"

"시간은 저들의 편이 아니니까요."

카론 황태자는 곤의 말을 알아들었다. 기사들의 말처럼 적의 병력은 100만 대군까지는 아닐 것이다. 하지만 족히 70만은 넘어 보였다. 저 어마어마한 병력을 유지하기 위해서는 상상을 초월하는 식량이 필요하다.

이곳은 아슬란 왕국이 다스리는 영토이다. 연합군이 이곳까지 오면서 각국의 영지에서 식량을 싹쓸이했다고 하더라도 중소 규모의 왕국 인구와 맞먹는 병력을 모두 먹일 수는 없을 것이다. 즉 버티면 저들은 어쩔 수 없이 철수할 수밖에 없을 것이다. 시간은 동맹군의 편인 셈이다.

연합군이 그것을 가장 잘 알고 있을 터. 그들은 사력을 다해 단기전으로 전쟁을 끝내려고 할 것이다.

"자네의 말이 맞을 듯하네. 좋아, 전군 전투 준비를 서둘러라!"

카론 황태가가 명령을 내렸다. 지휘관들이 곧바로 기사들에게 명령을 하달했다. 기사들이 서둘러 움직이는 것이 보였다.

수백 대의 투석기가 연합군을 향해서 조준되었다. 궁병들도 마찬가지였다. 적들의 투석기를 노리는 발리스타도 대거 등장했다.

동맹군은 끝없이 펼쳐진 연합군의 병력을 보며 마른침을 삼켰다.

* * *

샤를론즈는 끝없이 펼쳐진 아군의 병사들을 보며 비릿하게 웃었다. 이 정도의 병력으로 아슬란 왕국 나부랭이를 몰살시키지 못하면 자신은 천하의 바보로 기록될 것이다.

자그마치 80만 대군이다.

북부전선에서 떼죽음을 당한 21만의 병력을 합치면 100만 명이 넘어간다. 인류가 생기고 나서 이 정도로 거대한 전쟁은 단 한 차례도 없었다.

그리고 승자는 자신이 될 것이다.

샤를론즈는 도열한 지휘관과 기사들을 냉정한 눈빛으로 바라보았다.

성기사 아돌, 타락한 신의 자식이다. 그는 자신과 같은 타락기사들을 모아 하나의 무리를 이루었다. 그 숫자가 자그마치 1만 명이 넘었다.

호크랜더의 수하 1만 명, 프라이즈의 수하 1만 명, 아리아의 수하 1만 명, 글래스턴 후작의 친위병력 5만 명, 합류한 제국 북부군 14만 명, 신성왕국의 성전사 25만 명, 샤를론즈가 이끌고 있는 제국 남부군 30만 명.

상식을 초월한 병력이 샬롬으로 향하는 골짜기를 꽉 채웠다.

"글래스턴 후작."

샤를론즈는 거구에 눈이 부리부리하게 생긴 글래스턴 후작을 지명했다.

"예, 각하."

"당신에게 선봉대의 역할을 맡기겠어요."

글래스턴 후작의 눈빛이 반짝 빛났다.

전쟁에서 선봉을 맡은 부대는 가장 큰 희생을 치른다. 대신 가장 큰 공을 세울 수 있는 기회이기도 했다. 하여 군을 지휘하는 사령관들은 가장 강력하고 믿을 수 있는 부대를 선봉에 내세웠다.

샤를론즈 공작은 황제의 장녀다. 그녀의 능력은 타의 추종을 불허한다. 제국은 텐바 황태자와 그녀를 중심으로 돌아갈 확률이 매우 높았다. 글래스턴 후작은 그런 그녀가 자신을 좋게 봤다는 것에 알 수 없는 희열을 느꼈다.

"반드시 공작 각하의 믿음에 부응하겠습니다."

글래스턴 후작은 샤를론즈 공작에게 군례를 올린 후 자신의 부대를 향해서 걸음을 옮겼다.

그리고 잠시 후, 전투가 시작되었다.

십구만에 달하는 제국군 병력과 공을 놓치기 싫은 신성왕국의 선봉대 5만이 동시에 샬롬 요새를 공략하기 시작했다. 함성을 지르며 엄청난 숫자의 보병이 달려나갔다. 하지만 그들이 모두 성벽에 닿을 수 있는 것은 아니었다.

5개밖에 되지 않는 다리가 그들의 움직임을 제한했다.

즉 아무리 넓은 다리라고 하더라도 그것을 건널 수 있는 병사는 한정될 수밖에 없다.

쐐애애애액!

요새에서 날아온 수만 발의 화살이 비 오듯이 연합군 보병들의 머리 위로 떨어졌다. 평지라면 충분히 막을 수 있겠지만 골짜기는 너무 좁았다. 방패를 머리 위로 올렸지만, 화살은 사이사이로 파고들어 연합군 병사들의 몸을 꿰뚫었다.

"밀지 마! 밀지 말란 말이야!"

다리는 좁고 병력은 너무 많았다. 당연히 병사들은 서로 낀 채 오도 가도 못하는 어이없는 상황이 연출되었다.

"으아아아악!"

중간에 낀 병사들은 뒤에서 밀려오는 병력에 치여 다리 밑으로 떨어지고 말았다. 끝이 보이지 않는 천 길 낭떠러지다. 병사들은 까마득한 절벽 밑으로 사라졌다.

전투가 예상과는 다르게 흘러가자 글래스턴 후작이 당황하는 모습이 보였다. 이대로 전투가 진행된다면 글래스턴 후작은 엄청난 피해를 입고 후퇴할 수밖에 없을 것이다.

그렇지만 샤를론즈는 글래스턴 후작에게 아무런 명령도 내리지 않고 상황을 지켜보고만 있었다.

"글래스턴 후작을 쳐내시려는 겁니까?"

이런 전장에는 잘 어울리지 않는 서생처럼 보이는 호크랜더가 물었다. 겉으로야 그렇게 보일지 모르지만 그는 다섯 하이랜더 중의 한 명이다. 불사의 존재. 얼마나 오래 살아왔는지 본인조차 기억하지 못할 것이다.

"쳐내? 왜?"

샤를론즈는 무슨 소리냐는 표정으로 호크랜더를 바라봤다.

"이대로 두면 글래스턴 후작의 군대는 큰 손실을 입게 될 겁니다."

"훗, 잠시뿐이야. 동맹군 놈들은 지금쯤 키득거리겠지. 충분히 우리를 막을 수 있다고."

"아마도……."

"놈들에게 더 큰 절망을 주기 위해서는 희망을 가득 품게 해야 해."

"하오면……?"

"자, 이제 시작해 볼까? 투석기로 글래스턴 후작을 지원해."

샤를론즈는 부관으로 있는 옐로우 나이트 페케테에게 명령을 내렸다. 페케테는 곧바로 투석기 부대를 운영하고 있는 지휘관에게 수기로 명령을 내렸다.

곧이어 수백 대의 투석기에서 거대한 바위가 발사되었다. 보통 공성전을 치를 때 투석기는 10대가 넘지 않는다. 워낙 무겁고 운반하기가 어렵기 때문이다.

하지만 제국군은 막대한 병력을 이용해 200대에 달하는 투석기를 이곳까지 끌고 왔다. 모르긴 몰라도 제국에 존재하는 모든 투석기를 끌고 온 듯했다.

쐐애애애애액!

2미터가 넘는 거대한 바위들이 허공을 날았다. 바위들은 샬롬 요새의 성벽을 강하게 때렸다. 요새 성벽 위에서 연합군을 향해 활을 쏘던 수백 병의 병사들이 바위에 맞아 낭떠러지로 떨어졌다. 요새를 방어하고 있는 성벽에서 떨어지면 살아날 가능성은 제로에 가까웠다.

끝이 보이지 않는 낭떠러지 밑은 깊은 골짜기였다. 수백 미터 상공에서 떨어지고 살아날 수 있는 인간은 없었다.

"투석기에서 계속 바위가 날아온다! 모두 머리를 숙여라!"

동맹군의 지휘관들이 병사들을 향해서 소리쳤다. 그의 말대로 수백 발의 바위가 또다시 발사되었다. 이번 바위들은 성벽을 노리지 않았다. 성벽 안쪽을 노렸는지 성벽 위에 있는 병사들의 머리 위로 날아왔다.

쿠쿠쿠쿠쿵!

바위에 맞은 샬롬 궁전 곳곳에 구멍이 뚫렸다. 대기하고 있던 예비군들이 바위에 맞아 흔적도 없이 사라졌다. 병사들이 기거하기 위해 만든 막사들 역시 바위에 짓눌려 망가졌다.

상당한 피해였다. 하나 50만 대군이라는 전체적인 숫자에 비해서는 미미한 수준이다. 바위가 아무리 날아와도 수천 명씩 처리할 수는 없었다.

"훙, 조금 놀랐겠지."

동맹군이 성벽 위에서 우왕좌왕하는 모습을 보며 샤를론즈는 비릿하게 웃었다. 이제는 투석기 부대의 자리를 옮길 차례였다. 동맹군이 바보가 아닌 이상 투석기 부대를 향해서 대항 사격할 것이 뻔했다.

"그럼 조금 더 놀라게 해주지. 와이번 부대 출격!"

이것이다.

샤를론즈가 지금까지 숨겨온 비장의 한 수로, 그녀는 예전부터 라덴 왕국에 대한 정보를 꾸준히 모으고 있었다. 그리고 그들이 몬스터들을 길들여 전쟁 무기로 사용한다는 것을 알았다.

샤를론즈는 거기서 힌트를 얻었다. 그녀는 수년간의 노력 끝에 와이번을 길들일 수가 있었다. 정확히는 알에서 깨어난 와이번을 길들였다.

약 백 마리의 와이번이 하늘기사를 태우고 날아올랐다. 하늘기사는 샤를론즈가 지은 명칭이다. 하늘기사는 기사단처럼 마나를 사용하여 전투를 벌이지는 못한다. 아니, 일반 병사들보다 약한 자들도 부지기수다.

하지만 그들은 와이번을 조종하는 데 탁월한 능력을 발휘했다. 그것만으로도 그들은 기사라 불려야 마땅했다. 마나를 사용할 수 있는 기사들에게 특권이 있듯이 하늘기사에게도 와이번을 조종할 수 있는 특권이 있으니까.

와이번은 양 발톱으로 거대한 바위를 움켜쥐고 있었다. 와이번이 샬롬 요새 위로 올라가 바위를 떨어뜨린다면 투석기를 발사해서 맞추는 것보다 훨씬 명중률이 높아진다. 막말로 동맹군의 수장을 노릴 수도 있다는 것이다.

"저, 저게 뭐야?"

동맹군 기사들은 믿기지 않는다는 표정으로 하늘을 가리켰다. 아무리 봐도 요새를 향해 날아오는 것은 와이번이었다.

와이번 위에는 사람이 타고 있다. 그 말은 제국군도 라덴 왕국군처럼 몬스터를 길들여 전쟁에 투입할 수 있다는 것이다.

그렇다고 설마 와이번을 길들였을 줄이야.

"발리스타다! 발리스타를 쏴라!"

궁병들의 화살은 와이번이 있는 곳까지 닿지 않았다. 저것들을 맞추기 위해서는 대형 화살을 발사할 수 있는 발리스타가 있어야 했다.

"쏴라!"

발리스타에서 대형 화살이 무더기로 발사되었다. 화살은 굉장히 높이 올라갔다. 높은 하늘까지 화살이 날아올 것이라 예상치 못한 와이번들이 급히 회피 기동을 시작했다.

그러나 조금 늦었다. 수십 마리의 와이번이 화살에 맞아 지상으로 추락하고 말았다.

"젠장. 하늘기사 자식들."

추락하는 와이번을 보며 샤를론즈는 눈살을 찌푸렸다. 와이번 한 마리를 길들이는 데 드는 돈과 시간은 기사 한 명을 키우는 것보다 훨씬 많이 든다. 수십 명의 기사를 키우는 것과 비슷했다.

즉 와이번 수십 마리가 떼죽음을 당했다는 것은 수백 명의 기사가 힘 한번 제대로 쓰지 못하고 죽었다는 것을 뜻했다.

하늘기사들을 너무 오냐오냐 키운 것 같다. 지금도 방심만 하지 않았다면 충분히 발리스타의 공격을 피할 수가 있었다.

샤를론즈는 그들이 돌아오면 호되게 꾸짖을 생각이다.

쐐애애애액!

상당한 수의 와이번을 격퇴한 것을 본 동맹군은 환호성을 질렀다. 그들은 재빨리 발리스타를 재장전하여 와이번을 향해 발사했다.

이번에는 대형 화살이 와이번에게 닿지 않았다. 와이번은 거대한 날개를 펄럭이며 하늘 높이 날아올랐다. 그리고는 샬롬 궁전 근처에서 거대 바위를 떨어뜨렸다.

콰직! 콰직!

머리 위에서 떨어진 바위들은 정확히 지휘관만을 노렸다. 지휘관들은 바위를 제대로 피하지 못하고 짓눌려 죽었다.

"마법사! 마법사들은 뭣들 하는가!"

지휘관들이 대기하고 있는 마법병단을 불렀다. 약 이백 명으로 이뤄진 마법병단이 모습을 드러냈다. 그들은 동맹군의 히든카드였다. 마법병단은 무엇과도 바꿀 수 없는 귀중한 전력. 모습을 드러낸 그들은 와이번을 향해 화염마법을 마구 쏟아냈다.

와이번은 화염마법을 피해서 본대로 복귀했다.

전투는 밤이 될 때까지 한참이나 지속됐다.

Chapter 9. 최후의 결전

동맹군과 연합군의 전투는 보름간이나 이어졌다.

전세는 압도적으로 동맹군이 불리했다.

강대한 요새를 배경을 바탕으로 싸우는 동맹군으로서는 있을 수 없는 일이었다. 이 모든 것은 샤를론즈가 군대를 무척이나 잘 지휘한다는 뜻이기도 했다.

동맹군과 연합군의 주도권은 타이밍 싸움이었다. 같은 투석기를 쏘고, 같은 발리스타를 쏘고, 와이번 부대가 공중 폭격을 하고, 마법병단이 마법을 난사했지만 미묘하게 연합군이 반 박자 빠르게 대응했다. 그 짧은 시간 안에 빠른 선택이 연합군을 한 발 유리한 고지로 이끌었다.

연합군은 사기가 올랐고 동맹군은 지쳐갔다. 이대로 시간이 지나면 동맹군은 샬롬 요새에 뼈를 묻고 말 것이다. 동맹군이 샬롬 요새에서 무너지면 더 이상 제국을 막을 수 있는 국가는 없었다.

일국 천하.

비록 신성왕국이 남았지만 그들이 제국과 패권을 다투기에는 부족했다.

쿠쿠쿠쿵!

밤낮없이 제국군의 투석기에서 발사된 바위들이 날아왔다. 동맹군 병사들은 도저히 잠을 잘 수가 없었다. 언제 어디서 바위가 떨어질지 몰라 겁에 질려 있었다.

어떤 십인대는 어린 병사가 야밤에 소변이 마려워 화장실에 간 사이에 바위가 떨어져 전멸했다. 막사는 뭉개지고 아홉 명 모두 죽었다. 완전히 짓뭉개져 시체도 찾을 수가 없었다.

그런 부대가 부지기수였다.

피이이이잉!

바위가 날아오는 소리다.

쿠쿠쿠쿠쿠쿵!

바위가 떨어졌다. 또 누군가 바위에 맞아서 죽었을 것이다.

"으으으으, 이건 악몽이야. 도대체 누가 제국군 따위는 쉽게 물리칠 수 있다고 했어."

병사들을 귀를 막고 바위가 떨어지는 소리를 듣지 않으려고 노력했다. 그렇다고 하더라도 내일 아침이면 동료 중에서 누군가는 보이지 않을 것이다.

지휘통제실 막사.

"젠장, 이럴 줄 알았어. 내가 다른 곳에 진지를 구축하자고 했잖아! 완전히 외통수야! 이곳에서 빠져나갈 수도 없어! 도대체 무슨 생각을 하고 있는 거야!"

"개소리하지 마시오! 제국군은 아무것도 아니라면서 직접 나가서 샤를론즈의 머리를 따오겠다고 한 사람이 누구더라?"

막사 안은 무척이나 시끄러웠다. 서로가 잘못을 떠넘기며 고성이 오고 갔다. 몇몇 귀족은 서로 멱살을 잡고 흔들기도 했다. 분위기가 험악했다. 누군가 말리지 않으면 아군끼리 칼부림이라도 날 듯했다.

카론 황태자와 헬리온 후작은 눈살을 찌푸렸다. 차라리 콘고 공화국과 아슬란 왕국과의 동맹뿐이라면 이렇게까지 싸우지는 않았을 것이다. 상업도시 에덴에서 손을 잡고 목숨을 걸고 싸운 묘한 전우애가 남아 있기 때문이다.

지금 고성을 지르는 자들은 대부분이 망국의 귀족들이었다. 그들이 언성을 높이는 이유는 헬리온 후작도 조금은 알 것 같았다.

마지막 자존심을 세우는 것이다.

하나 모든 나라가 멸망당할 판에 자존심이 무슨 소용이란 말인가.

"정말 짜증나는군."

카론 황태자는 망국의 귀족들을 보며 얼굴을 딱딱하게 굳혔다. 한마음 한뜻으로 뭉쳐도 연합군을 이겨내지 못할 판에 이런 식으로 자중지란이 일어난다면 패배는 불 보듯 뻔했다.

뭔가 방도를 취해야 했다.

"아무래도 썩은 부위를 도려내야 할 듯싶습니다."

헬리온 후작은 카론 황태자를 향해서 넌지시 말했다. 무척이나 잔혹한 말이지만 카론 황태자는 고개를 끄덕였다. 그도 같은 생각을 하고 있었다. 저들로 인해서 아군의 사기가 급격하게 떨어지고 있었다.

비록 저들에게는 10만에 달하는 병력이 있지만 망국을 겪어서인지 전투에서는 크게 도움이 되지 않았다. 지휘관들의 눈치를 보며 자꾸만 뒤로 빠지려고 했다. 그러니 제대로 된 전투가 될 리가 없었다. 오히려 연합국의 사기만 올려주는 꼴이다.

카론 황태자는 스피커트 공작과 칼리 후작을 바라봤다. 둘 모두 왕국을 지탱하는 다섯 대장군들이다. 방벽이라고 불리던 스트롱 공작의 후임은 아직 정해지지 않았지만, 사람들은 아직도 다섯 투신이라고 불렀다.

스피커트 공작과 칼리 후작도 작게 고개를 끄덕였다. 그들도 같은 생각인 모양이다.

"그럼 어떤 식으로 할까요?"

카론 황태자가 투신들에게 물었다.

"이런 식은 어떻습니까?"

헬리온 후작은 자신이 가진 생각을 모두에게 전달했다. 그의 말을 들은 카론 황태자와 투신들의 얼굴이 딱딱하게 굳었다.

"너무 위험하지 않겠소? 잘못하면 내부가 뻥 뚫리게 되오. 샬롬 요새에서의 탈출은 불가능하오. 제국군이 진을 치고 있는 곳으로 나갈 수밖에 없소. 잘못하면 전멸할 수 있단 말이외다."

칼리 후작은 고개를 흔들며 반대 의사 표시를 했다. 벼룩을 잡으려다가 초가삼간을 태울 위험이 있었다.

"대어를 잡으려면 그만한 손실을 감수해야지요."

"대어를 잡을 카드가 우리에게는 없소이다. 우리는 저들이 물러날 때까지 버티는 수밖에 없소."

"확실히 저들은 보급으로 인해서 오래 버티지 못할 겁니다. 그래도 저들은 최소 이삼 개월을 버틸 능력이 있습니다. 상대는 전장의 마녀 샤를론즈. 그만 한 준비를 하지 않았을 것 같습니까? 반대로 저희는 이삼 개월을 저들의 공세에서 버틸 수 있겠습니까? 저희 역시 요새에서 나가지 못합니다. 식량도 한정되어 있고요. 한 달 뒤에는 한 끼 식사를 줄여야 합니다. 제대로 먹지 못하는 병사들이 얼마나 용감하게 싸울 수 있겠습니까."

헬리온 후작 말에 카론 황태자와 두 투신은 길게 신음을 뱉을 수밖에 없었다. 헬리온 후작의 말은 틀린 곳이 하나도 없었다.

샬롬 요새를 선택한 것이 나쁘지 않는 선택이라는 것에는 이견이 없었다.

그러나 완벽에 가까운 방어 진지를 구축했다고 해서 꼭 승리로 연결되는 것은 아니었다. 지금이 그렇지 않은가. 이대로 가면 두세 달이 아니라 그전에 요새가 함락될 가능성이 매우 높았다.

"어쩔 수 없이 위험을 감수해야 한다는 말이군. 그러나 그 위험이 너무 커. 수십만의 목숨이 모조리 사라질 수도 있단 말일세."

"우리는 버티는 것이 주목적입니다. 그리고 우리는 세상에서 가장 날카로운 검을 가지고 있습니다."

날카로운 검이란 말에 카론 황태자의 얼굴이 조금은 밝아졌다.

"그렇지, 그가 있었지."

"누구 말씀이십니까?"

칼리 후작이 조심스럽게 물었다.

"곤."

카론 황태자는 콘고 공화국에서 있던 전투를 아직도 기억하고 있다. 그 강렬함은 평생 잊지 못할 것이다. 삼십만 대군 사이를 겨우 이천 명도 안 되는 기마부대를 이끌고 종횡무진

누비던 곤을.

더군다나 그는 제국이 자랑하는 레그넌 공작과 제국 최강의 전사로 불리던 볼튼도 쓰러뜨렸다.

에덴에 있던 수많은 동맹국 기사들도 해내지 못한 일이다. 아니, 엄두도 내지 못했다는 말이 정확할 것이다. 그들의 목을 취하는 것은 불가능하다고 생각했다.

그런데 곤은 불가능을 가능으로 바꿔놓았다. 카론 황태자는 자신이 왕자라는 것을 깨닫지 못하고 어린아이처럼 좋아했다. 그 이후 카론 황태자는 곤의 팬이 되었다. 그가 무슨 일을 해도 믿음직스러워 보였다.

"그라면 해낼 가능성이 있지 않을까요?"

카론 황태자는 눈빛을 반짝이며 헬리온 후작에게 물었다.

"곤은 지금껏 불가능하다고 믿은 일을 모조리 해낸 사내입니다. 그러나 이번만큼은 장담하기 어렵습니다. 적은 샤를론즈 공작 혼자뿐이 아니니까요."

"그래도 곤이라면……."

"네, 하지만 곤이 성공하지 못하면 저희는 살아서 샬롬 요새를 나가지 못할 겁니다."

* * *

샬롬 요새를 배경으로 전투가 벌어진 지 한 달이라는 시간이 지났다.

제국군은 엄청난 병력을 바탕으로 새벽부터 해가 질 때까지 끊임없이 성벽과 성문을 두드렸다. 희생이 만만치 않았지만 샤를론즈는 병사들의 목숨 따위는 개의치 않았다. 그녀는 동맹군을 쉬게 둘 생각이 전혀 없었다. 야간에는 와이번 부대와 투석기 부대를 이용해 끊임없이 거대한 바위들을 성내로 밀어 넣었다.

동맹군의 사상자는 요새를 공략하고 있는 연합군보다는 적었다. 그러나 사기는 연합군보다 훨씬 낮았다. 잠을 자지 못한 동맹군의 어떤 병사는 전투 중에 졸다가 성벽 밑으로 떨어지기도 했다.

샤를론즈는 화려한 막사 아래서 치열하게 전투가 벌어지고 있는 샬롬 요새를 바라보고 있었다. 확실히 처음보다 동맹군의 힘이 떨어진 것이 보였다.

이대로 시간이 지나면 보름 안에 결판을 낼 수 있을 듯했다.

사실 샤를론즈도 마음이 편한 것은 아니었다. 한 달간 십만이라는 엄청난 수의 병사를 잃었고, 죽은 기사도 부지기수였다.

가장 큰 문제는 식량이었다. 보급로가 어느 정도 확보되어 식량이 나흘에 한 번씩 들어오지만 70만 대군을 모두 먹이기에는 한참이나 모자랐다. 수백 대의 마차에 식량이 가득 실려 들어오지만 단 사흘이면 바닥이 났다.

더군다나 망국의 잔당들이 설치기 시작했다. 수는 얼마 되지 않지만 꽤 귀찮게 굴었다. 귓가에서 앵앵거리는 모기를 보는 느낌이랄까. 패잔병들은 끊임없이 보급부대를 노렸다.

병참선이 너무 긴 것이 문제였다.

연합군이 버틸 수 있는 시간은 최대로 잡아도 두 달을 넘지 못한다. 그전에 전쟁을 끝내지 못하면 연합군은 후퇴할 수밖에 없었다.

다시 휴전이 될 테고, 다른 왕국들은 슬그머니 다시 일어날 것이다. 엄청난 희생을 치른 지금까지의 일이 모두 헛수고가 될 위험이 있었다.

그것만은 안 된다.

반드시 기간 안에 샬롬 요새를 무너뜨리고 아슬란 왕국을 멸망시켜야만 했다.

"각하, 다섯 번째 성문이 흔들리고 있습니다."

호크랜더가 다가와 샤를론즈에게 넌지시 말했다. 샤를론즈는 다섯 번째 성문을 보았다. 그의 말대로 성문을 지키는 병사들이 무너지고 있었다. 마땅히 기뻐해야 할 일이지만 샤를론즈는 의심부터 들었다.

지금껏 악착같이 버티던 동맹군이다. 미치지 않고서는 저토록 허술하게 방어할 리가 없었다.

"함정인가?"

"그건 아닙니다."

호크랜더가 고개를 흔들고는 말을 이었다.

"와이번 부대가 이미 탐색을 끝냈습니다. 가장 왼쪽에 있는 성문은 아이크 왕국, 해상왕국, 3공국 연합체의 패잔병으로 이뤄져 있습니다. 보아하니 서로의 의견이 엇갈려 부대를 나눈 것 같습니다."

"흥, 멍청한 놈들. 이런 상황에서도 지들끼리 싸워?"

샤를론즈는 코웃음을 쳤다.

"지금이 기회라 여겨집니다."

"그래, 그렇단 말이지. 그럼 우리도 사양하지 않고 간다. 골램을 출동시켜!"

"알겠습니다."

명령이 떨어졌다.

샤를론즈는 그동안 감춰두었던 최강의 공성병기를 꺼내 들었다.

연합군의 가장 후미에서 거대한 스톤 골램이 몸을 일으켰다. 그 크기를 본 연합군의 병사들조차 벌어진 입을 다물지 못했다.

자그마치 30미터 이상의 신장을 가진 스톤 골램이었다. 제국의 마법사들이 사력을 다해서 만든 최강의 공성병기, 그것이 드디어 모습을 드러낸 것이다.

쿵! 쿵! 쿵! 쿵!

스톤 골램이 걷기 시작했다. 걷는 속도는 무척이나 느렸다. 한 발자국만 내디뎌도 수십 미터를 가지만 인간이 뛰는 속도보다도 느렸다.

거대한 스톤 골램이 나타나자 동맹군은 경악했다. 그들은 투석기와 마법을 이용해서 스톤 골램을 공격했다. 하나 그들의 공격은 스톤 골램에게 먹히지 않았다. 약간의 상처를 내는 정도였다. 부서진 돌들이 제국군의 병사들 머리 위로 떨어졌다.

쿵! 쿵! 쿵! 쿵!

스톤 골램이 다리를 건너기 시작했다.

"전원 피해라! 잘못하면 골램의 발에 깔려 죽는다!"

연합군의 지휘관들이 병사들을 급히 뒤로 물렸다. 그들이 물러나자 스톤 골램은 주저 없이 다리를 건넜다.

"쏴라! 성벽에 다가서지 못하게 해!"

망국의 기사들은 비명에 가까운 소리를 지르며 병사들에게 명령을 내렸다. 병사들은 활을 쐈지만 그것으로 스톰 골램에게는 상처 하나 입힐 수가 없었다.

성벽까지 다가간 스톤 골램이 천천히 양손을 들어 성벽을 잡았다. 성벽의 일부분이 무너졌다. 무너지는 성벽과 함께 상당수의 병사들이 깊은 지하 골짜기로 떨어졌다.

성벽을 잡은 스톤 골램의 발이 들렸다. 골램의 발이 성문을 강하게 올려 찼다.

쿠우우웅!

철로 된 성문이 반쯤 일그러졌다. 인간보다 느리지만 파괴력은 엄청났다. 단 일격에 성문의 반이 벌어졌다.

쿠우우우우웅!

다시 한 번 걷어차자 성문이 완전히 박살나고 말았다. 스톤 골램은 자신의 일을 다 했다는 듯 그대로 멈췄다.

"성문이 열렸다! 전군, 진격하라!"

엄청난 숫자의 연합군이 다리를 건넜다. 차라리 이럴 때는 다리가 무너져 주었으면 좋으련만 야속하게도 다리는 꿈쩍도 하지 않았다.

"와아아아아아!"

어마어마한 숫자의 연합군이 성문 안으로 해일처럼 몰려들어 갔다. 망국의 병사들과 기사들이 기겁하며 막았지만 압도적인 전력 앞에 힘없이 피를 뿌리며 쓰러졌다.

"도, 도망가야 돼!"

한두 명씩 병사들이 등을 돌렸다. 한 명이 빠지자 옆에 있던 병사도 같이 도망쳤다. 너도나도 살아보겠다고 눈앞에 적을 내버려 두고 뒤로 달렸다.

순식간에 전열이 무너졌다. 제국군은 손쉽게 다섯 번째 성문을 점령한 후 차근차근 학살을 시작했다.

* * *

샬롬 요새 중앙 성문.

약 일만 필의 기마부대가 웅집해 있다. 이들은 동맹군의 핵심 전력이다. 카론 황태자는 지금껏 그들을 아끼고 아껴 지금이야 써먹는 것이다. 그렇다고 이들이 샤를론즈를 잡을 것이라고는 생각하지 않았다.

동맹군 최강의 전력이지만 이들은 미끼였다. 기마병 중에서 몇 명이나 살아남을 수 있을지 알 수 없었다.

그들의 뒤에는 곤의 기마부대가 준비하고 있었다. 유니콘을 다른 말들과 같이 검게 칠했다. 적들의 눈에 띄는 것을 최대한 방지해야 했다.

유니콘의 뿔은 어쩔 수가 없었다. 그것은 강력한 무기였다. 정체를 감추기 위해 뿔에 가죽 주머니를 씌울 수는 없었다.

"성문 개방 일 분 전!"

한 기사가 기마부대를 향해서 크게 외쳤다. 기마병들은 마른침을 삼키며 창을 꽉 쥐었다. 그들은 자신이 미끼라는 것을 알고 있었다. 그들에게 떨어진 명령은 곤의 부대가 최대한 적진 깊숙이 침투할 때까지 몸으로 막아서는 것. 죽음으로 곤의 앞길을 열어주라는 말과도 같았다.

그들은 군인.

어떤 명령이든 반드시 완수해야 한다. 설사 목숨이 대가라고 할지라도.

헬리온 후작은 곤의 옆에 서 있었다. 그는 유니콘을 타고 있는 곤을 올려다보며 말했다.

"항상 어려운 임무만 맡겨서 미안하네."

"아닙니다. 제가 해야 할 일이라는 것을 알고 있습니다."

"그렇게 생각해 주니 고맙네. 꼭 살아서 돌아오게."

"반드시."

"그래, 반드시."

성문 앞에 있던 기사가 다시 외쳤다.

"성문 개방!"

백 명에 달하는 병사들이 있는 힘껏 밧줄을 당겼다.

동시에 두꺼운 철문으로 된 중앙 성문이 양쪽으로 벌어졌다.

"출진!"

일만 필의 기마가 일제히 성문을 향해서 달려갔다. 기마들은 8열로 서서 성문을 두드리고 있는 연합군 병사들을 휩쓸었다. 갑작스럽게 열린 성문을 보며 연합군 병사들의 표정에 당황하는 기색이 역력했다.

샤를론즈조차 예상하지 못했을 것이다. 압도적으로 불리한 상황에서, 그것도 다섯 번째 성문이 뚫린 상태에서 역으로 공격을 가하리라고 누가 생각이나 했을까.

두두두두두두!

"으아아아악!"

성문 근처에 있던 수백 명의 연합군 병사들은 창에 찔려 바닥에 쓰러졌다. 쓰러진 병사들의 등을 말발굽이 마구 짓밟았다.

"도, 도망쳐!"

놀란 연합군 병사들이 등을 돌렸다. 하지만 그들은 도망을 칠 수가 없었다. 뒤쪽에서 밀려오는 아군의 병력 때문에 앞으로 나아갈 수가 없는 것이다. 기마부대는 그들을 마구잡이로 찢고 밟아서 쓰러뜨렸다.

"으아아아악!"

도망칠 곳이 없자 몇몇 병사들은 다리에 매달리고 말았다. 하지만 완전군장을 한 상태에서 다리에 오랫동안 매달려 있을 수는 없었다.

"아, 안 돼! 아아아악! 안 돼!"

다리에 매달린 병사들의 손가락 힘이 조금씩 풀렸다. 누구도 그들을 끌어올릴 생각을 하지 못했다. 끝내 그들의 손가락은 다리 난간에서 떨어지고 말았다. 긴 비명과 함께 그들은 끝이 보이지 않는 골짜기로 사라졌다.

"갑니다."

동맹군 소속 기마부대가 모두 빠져나갔다. 이제는 곤의 부대가 출격할 차례였다.

"살아서 돌아오게."

헬리온 후작은 곤을 향해서 주먹을 내밀었다. 곤은 그의 주먹에 자신의 주먹을 툭 치고는 고삐를 당겼다. 곤이 달리기 시작하자 삼안족과 기사단이 그의 뒤를 좇았다.

두두두두두!

곤의 기마부대도 빠르게 성문을 빠져나갔다. 기마부대가 모두 빠져나가자 헬리온 후작은 외쳤다.

"성문을 닫아라! 모든 병력은 성내로 진입한 적을 몰아낸다!"

*　　*　　*

기마병을 이끌고 있는 부루스 단장은 이것이 자신의 마지막 임무가 될지도 모른다고 생각했다. 보통의 전장에서 일만 필의 기마란 상상을 초월하는 위력을 발휘한다. 그러나 지금은 보통의 전장이 아니었다.

그들의 눈앞에서 족히 오만이 넘는 기마부대가 다가오고 있다.

사만의 제국군과 일만의 성전사들.

개개인이 동맹군의 기마병보다 강하다. 같은 병력으로 붙는다고 하더라도 이길 수 있는 가능성은 삼 할 정도밖에 되지 않았다.

그런데 적의 기마병이 다섯 배나 많았다.

부루스 단장은 힐끗 성벽 위를 바라봤다. 헬리온 후작이 착잡한 눈으로 그를 바라보고 있다.

'친구, 왜 그런 눈으로 바라보나. 그러고 보니 우리가 만난 지 40년 가까이 되어가는구먼. 친구에서 주군으로, 나는 자네를 주군으로 선택한 것을 단 한 번도 후회한 적이 없다네. 자네를 만나서 무척이나 즐거웠다네. 이 나이가 되도록 아직도 나는 꿈을 꾼다네. 자네와 같이 또 다른 모험을 찾아서 떠나는 꿈을. 비록 그 꿈을 이루지 못하겠지만 재밌었네. 친구, 잘 있게나.'

부루스 단장은 말의 배를 강하게 찼다. 그와 십 년 이상 동고동락해 온 전마, 용기가 주인의 의도를 눈치채고 더욱 빠르게 앞으로 튀어나갔다.

그의 검에서 강렬한 오러가 넘실넘실 흘러나왔다.

"섬광의 기사단은 들어라!"

부루스 단장이 외쳤다.

"하압!"

부루스 단장을 따라잡은 섬광의 기사단이 우렁차게 대답했다.

"제국의 무리에게 우리의 힘을 보여줘라! 우리는 대륙 최강의 기사단이다!"

"하아아아압!"

부루스 단장은 적의 기마부대 속으로 뛰어들었다. 그가 한 번 검을 휘두르자 적들의 상체가 반으로 갈라져 바닥에 떨어졌다.

"우리의 힘을 보여줘라!"

섬광의 기사단과 연합군 기마부대가 정면으로 충돌했다.

* * *

곤은 불꽃처럼 타오르고 있는 부루스 단장을 지켜보았다. 서로가 알게 된 지 꽤 오랜 시간이 지났다. 알고는 지냈지만 친구라든지 하는 가까운 사이는 아니었다. 말 그대로 알고 지내는 사이. 그렇다고 서로를 싫어하거나 하지는 않았다.

서로의 능력을 인정하지만 묘하게 어려웠다. 같이 있으면 할 말이 없고 부담스러웠다. 천성적으로 둘의 궁합이 잘 맞지 않아서인 듯했다.

불편하지만 싫지는 않았다.

그런 그가 불꽃이 되었다.

일만 명에 달하던 기마병들이 한 명씩 쓰러졌다. 그들은 악착같이 연합군의 기마병들을 물고 늘어졌다. 팔다리가 잘리면 몸을 날려서 적과 함께 바닥을 굴렀다. 이빨로 적의 목덜미를 물어뜯기도 했다.

그들은 적의 기마부대를 절반 이상 줄여놓았다. 압도적인 불리함 속에서 기적과 같은 일이 벌어진 것이다.

적의 기사단을 혼자서 궤멸시킨 부루스 단장이 곤을 바라봤다. 그는 엄청난 피를 뒤집어쓰고 있었다. 이마에서, 얼굴에서 피가 뚝뚝 흘러내렸다.

적의 피만 있는 것이 아니었다. 그의 한 팔은 잘려 나갔는지 보이지 않았다. 그 상처만 있는 것이 아니었다. 어깻죽지

부터 심장 부근까지 긴 창상이 그어져 있다. 설사 상급 신관이 오더라도 살리지 못할 것이다.

부루스 단장은 곤을 향해서 엄지손가락을 들어 올렸다.

—가라.

고개를 끄덕인 곤이 부루스 단장의 옆을 스치듯이 지나쳤다.

부루스 단장은 맹렬한 속도로 달려가고 있는 곤과 유니콘들을 보았다. 그의 시야가 흐릿해졌다. 점차 세상이 하얗게 변해가더니 이제는 아무것도 보이지 않았다.

그의 뇌리에 고향에서 자신을 기다리고 있을 아내와 아들들이 떠올랐다.

여보, 미안.

샘, 루카스, 엄마를 부탁한다.

부루스 단장의 큰 몸집이 휘청거리더니 바닥에 떨어졌다. 그의 애마, 용기가 혓바닥으로 부루스 단장을 핥았다.

그러나 용기의 주인은 다시 일어나지 않았다.

히이이이이잉!

용기는 앞발을 허공으로 들어 올리며 구슬프게 울었다.

곤의 눈에 샤를론즈가 보였다. 거리가 꽤 떨어져 있지만 그는 대번에 샤를론즈를 알아봤다. 샤를론즈 역시 곤을 정면으로 응시했다.

서로가 서로의 존재를 의식했다.

“와라, 곤! 여기가 너의 무덤이다! 끝장을 내주마!”

샤를론즈가 외쳤다.

동시에 엄청난 병력이 곤의 부대를 가로막았다. 일이만 수준의 병력이 아니었다. 적어도 이십만 이상의 병력이었다. 곤 한 명을 잡기 위해 전군의 1/4이나 되는 어마어마한 병력을 투입한 것이다.

그들은 곤의 기마부대를 수백 겹으로 에워쌌다. 끝이 보이지 않는 포위망이다.

“뚫어야 한다! 유니콘이 멈추면 끝장이야!”

카시어스가 다급하게 외쳤다. 아무리 4천왕이라고 불리던 카시어스와 데몬고르곤이라 하더라도 20만이나 되는 병력을 당해낼 순 없었다. 더군다나 그들은 단순한 중갑보병이 아니었다. 중간 중간에 마법사와 기사들이 끼어 있어 무척이나 위협적이었다.

“발키리들은 전원 술법을 행하라!”

폰 쉐르네일이 발키리들을 향해서 명령을 내렸다.

“워리어들은 적의 머리에 뇌전을 떨어뜨려라!”

카펜트 역시 워리어들에게 소리쳤다.

팔백 명에 달하는 삼안족이 행한 마법이 전방의 포위망을 향해서 작렬했다. 수천 명에 달하는 연합군 병사들이 삼안족의 술법에 맞아 흔적도 없이 사라졌다.

그러나 포위망은 군건했다. 죽은 병사들의 자리는 다른 자들이 금방 채웠다. 몇 번이나 술법을 사용하여 포위망을 뚫으려고 했지만 꿈쩍도 하지 않았다.

삼안족의 얼굴이 하얗게 질렸다. 그들은 대륙에 남은 마지막 삼안족이다. 포위망을 뚫지 못하면 종족은 영원히 멸족하고 만다. 폰 쉐르네일과 카펜트는 동족들을 독려하며 사력을 다해 술법을 쏟아 부었다. 그럼에도 적의 포위망은 좀처럼 뚫릴 기미가 보이지 않았다. 아니, 오히려 조금씩 포위망을 좁혀오고 있었다.

끝내 유니콘의 발이 멈췄다. 엄청난 기동력을 자랑하는 유니콘이지만 멈춰 선 상태로는 보병들의 먹잇감이 될 수밖에 없었다.

연합군은 유니콘 위에 타고 있는 기사와 기마병, 삼안족을 향해서 사정없이 창을 찔러 넣었다. 워낙 실력이 출중한 그들이기에 적의 창을 튕겨냈지만 이내 한두 명씩 창에 찔려 유니콘 아래로 떨어졌다. 적들은 아예 유니콘을 노리기도 했다.

"형님, 서둘러 탈출하지 않으면 전멸입니다!"

어느새 씽은 피투성이가 되어 있었다. 그는 열 개의 손톱으로 다가서는 모든 적을 도륙 냈다. 적들도 기가 질리는지 씽을 피해서 다른 기사들을 노렸다.

쿠쿠쿠쿵!

곤의 앞으로 강대한 화염이 솟구쳤다. 화염은 좌우로 쫙 갈라지며 수백 명을 불태워 죽였다.

카시어스가 곤의 옆으로 다가왔다. 그녀도 낭패한 표정이 역력했다. 사방을 둘러봐도 온통 적뿐이다. 도저히 빠져나갈 구멍이 보이지 않았다.

"어쩔 거야? 무슨 방도를 생각해 내야 해!"

"잠시만 버텨."

"뭐? 여기서 더 이상 어떻게 버텨?"

"잠시만. 시간이 됐어."

"무슨 시간……?"

"그들이 온다."

아무도 곤의 말뜻을 이해하지 못했다.

그때였다.

"와아아아아아!"

거대한 함성이 멀리서 들리며 포위망의 한쪽 면이 빠르게 무너지기 시작했다.

"뭐, 뭐야?"

카시어스는 어리둥절한 표정을 지었다.

"그들이 왔어."

"그들이 누군데?"

"라덴 왕국의 구스타프 대제."

Chapter 10. 고향으로

바실리스크와 샤벨 타이거 부대가 신성왕국의 성전사들을 잔혹할 정도로 유린했다. 성전사들의 버프는 몬스터들에게 통용되지 않았다. 순식간에 수만에 달하는 성전사들이 라덴 왕국군에게 짓밟혀 목숨을 잃고 말았다.

포위망은 풀렸다.

몬스터를 앞세운 라덴 왕군의 집단군은 정말로 강했다. 특히 근접전이 벌어지면 대륙의 기마부대와는 차원이 다른 강력함을 보여주었다.

환수라 불리는 유니콘조차 몬스터들을 보고는 두려움을 느끼는 듯했다.

풀린 포위망 사이로 거대한 히드라가 나타났다. 머리가 세 개 달린 늪 히드라였다. 오거조차 한입에 삼켜 버리는 숲의 제왕 늪 히드라. 머리 세 개가 모두 잘리기 전에는 죽지 않는 불사의 괴물이기도 했다.

늪 히드라의 위에는 라덴 왕국의 구스타프 대제가 타고 있었다. 황금빛으로 빛나는 갑주를 입고 있는 그의 몸에서 강대한 힘이 뻗어 나왔다.

구스타프 대제와 곤의 눈이 마주쳤다. 곤은 구스타프 황제를 향해서 정중하게 군례를 올렸다.

"오랜만이군, 곤."

"오랜만에 뵙습니다, 폐하."

"그대는 참으로 선견지명이 있어. 어찌 이런 일이 발생할 줄 알았단 말인가. 참으로 신통하군."

구스타프 대제는 주위를 돌아보며 말했다. 사방이 연합군으로 가득했지만, 그는 조금도 겁먹은 표정이 아니었다. 자신의 군대가 최강이라고 믿기에 가능한 자신감이었다.

"별말씀을. 이렇게 약조를 지켜주셔서 감사할 따름입니다."

"짐은 신의 아들일세. 한 번 뱉은 말을 주워 담을 수는 없지. 어쨌든 빚은 갚았네."

"진심으로 감사드립니다."

"훗, 곤."

"네, 폐하."

"전쟁이 끝나면 왕국으로 한번 오게나. 자네와는 꼭 술을 한잔하고 싶구만."

"영광입니다."

구스타프 대제는 곤을 보며 빙그레 미소를 지었다. 곤에게 사로잡힌 적이 있으니 원한을 가질 만도 하건만 그는 그러지 않았다. 오히려 곤에게 상당한 호기심을 느끼고 있었다.

구스타프 대제는 연합군에게로 눈을 돌렸다.

"자, 여기까지 왔으니 제국군의 힘을 깎아놓고 가야겠지? 우리만 손해를 볼 순 없지. 전군!"

구스타프 대제가 손을 들었다. 이십만에 달하는 라덴 왕국군이 그의 말에 반응하며 거대한 함성을 내질렀다.

"제국을 짓밟아라!"

잔혹한 명령이 떨어졌다.

몬스터를 앞세운 라덴 왕국의 병사들이 뒤로 물러나는 제국군을 덮쳤다.

전장은 한순간에 대혼란으로 치달았다.

"얼마나 남았나?"

곤이 씽에게 물었다.

"천사백 명 정도 남았습니다."

곤이 알고 지내던 상당수의 젊은 기사와 병사들이 사라졌다. '곤 님, 곤 님' 하면서 그를 우상이라며 수줍어하던 젊은 이들이.

곤은 여기서 멈출 수 없었다. 죽은 사람들을 애도하는 일은 샤를론즈를 쓰러뜨리고 난 후였다.

곤은 샤를론즈를 보았다. 그녀도 곤을 뚫어지게 바라보고 있었다. 라덴 왕국의 갑작스러운 출현으로 심적 타격을 입었을 만도 하건만, 겉으로 보기에 그녀는 아무런 표정의 변화를 느낄 수가 없었다.

눈빛만이, 곤을 바라보는 그녀의 눈빛만이 증오로 지글지글 타오르고 있을 뿐이었다.

아직도 샤를론즈의 주변에는 상당한 숫자의 병력이 남아 있었다. 아니, 기사단인가. 입고 있는 갑옷도, 들고 있는 무기도 모두 일반 병사와는 차원이 달랐다. 그 수는 무려 1만에 가까웠다.

저들이 샤를론즈에게 가는 마지막 관문이다.

곤은 주위를 슬쩍 보았다. 샬롬 요새, 곳곳에서 불길이 치솟고 있었다. 이미 상당수의 연합군이 성으로 진입하여 동맹군과 치열한 사투를 벌이고 있었다. 사기가 떨어진 동맹군이 언제까지 버틸 수 있을지 알 수 없었다.

하나 라덴 왕국이 절묘한 시간에 도착한 것은 신의 한 수였다. 애초에 곤은 구스타프 대제를 사로잡았을 당시 휴전 외에 한 가지의 제안을 비밀리에 했다.

그것은 구스타프 대제의 목숨 값으로 1회에 한하여 자신을 도와줄 것. 구스타프 대제는 가소롭다는 듯이 곤을 바라보았다.

하지만 그는 승낙할 수밖에 없었다. 만약 자신이 거절하면 곤이라는 자는 무슨 짓을 저지를지 본능적으로 알 수 있었기 때문이다.

어쨌든 라덴 왕국 덕분에 전세는 대등하게 유지되었다. 그러나 이것만으로는 부족했다.

시간이 갈수록 압도적인 병력 차를 유지하고 있는 연합군이 유리할 것이기 때문이다.

그전에 샤를론즈를 잡아야 한다.

"전군! 적의 총사령관을 노린다!"

곤의 명령이 떨어졌다.

두두두두두두두두!

곤의 기마부대가 달리기 시작했다. 한번 달리기 시작한 유니콘을 잡을 수 있는 기마는 대륙 내 존재하지 않았다. 특히 가속도가 붙은 유니콘의 속력은 상상을 초월했다.

바람이라고 해도 믿을 정도였다. 많은 연합군 병사들이 유니콘을 잡기 위해 덤벼들었지만 단 한 마리도 잡을 수가 없었다.

"으하하합!"

유니콘을 타고 있는 기사들과 기마병들이 창을 휘둘렀다. 가속도가 붙은 상태에서 휘두르는 창이라 위력이 엄청났다.

갖다 대기만 해도 연합군 병사들의 몸이 그대로 절단되었다.

수천 명의 친위부대가 그들의 앞을 가로막았다. 동시에 삼안족들은 기민하게 반응했다. 그들 역시 연합군에게 백 명에 달하는 종족을 잃었다. 한 명 한 명이 소중한 종족이다. 더 이상 종족을 잃게 되면 회생 불능이 된다. 아무리 성격적으로 순박한 그들이라 하더라도 분노하지 않을 수 없었다.

칠백 명에 달하는 삼안족의 술법이 터지고 그들의 앞을 가로막던 샤를론즈의 친위부대가 불길에 휩쓸려 사라졌다.

퍼퍼퍼퍼펑!

제국의 마법사단이 모습을 드러내 곤의 기마부대를 공격했지만 결과는 마찬가지였다. 카시어스의 대단위 방어마법과 곤의 재앙술, 삼안족의 술법은 겨우 백 명 정도의 마법사단을 전멸시키기에 충분했다.

그들은 빠르게 샤를론즈에게 따라붙었다.

"마스터, 길을 열겠습니다!"

게론이 앞으로 튀어나갔다. 흉포의 기사단은 거대한 창이 되어 샤를론즈의 친위기사단을 뚫고 지나갔다. 삼안족들이 그들을 엄호했다.

"막아라! 목숨을 걸고 각하를 보호하라!"

친위기사들도 발등에 불이 떨어졌다. 설마 상황이 이토록 급반전할 것이라고는 상상도 하지 못했다. 이미 북부 제국군을 잃은 상태이다. 레그넌 공작과 볼튼 사령관도 죽었다. 남은 최고지휘관은 샤를론즈뿐이었다. 그녀만큼은 반드시 보호해야 했다.

그렇지 못하면 제국은 사상 최악의 실패를 하게 된다. 어마어마한 병력과 자금을 쏟아붓고도 아무런 소득이 없다면 제국의 근간이 흔들릴 수도 있었다. 잘못하면 역공을 맞아 제국이 멸망의 길을 걸을 수도 있었다. 과장이 아니었다. 그만큼 지금의 상황은 심각했다.

절대로 샤를론즈 공작만큼은 잃어서는 안 되었다.

그러나 곤의 기마부대 역시 절박하기는 마찬가지였다. 여기서 자신들이 전멸하게 되면 아슬란 왕국은 무주공산이 되고 만다. 콘고 공화국만으로는 제국을 이겨낼 수가 없었다. 그들이 살려주지 않는 한.

목숨을 걸고 샤를론즈의 목을 취해야만 했다. 그래야 자신들이 산다.

양측 모두 막다른 길목에 몰렸다. 상대를 죽이지 않으면 자신이 죽는다. 그들은 악착 같이 상대의 목줄기를 이빨로 뜯어서 잘근잘근 씹었다.

"이것 참, 이런 상황이 올 줄이야."

성기사 아돌이 뒷머리를 긁적거렸다. 신성왕국을 타락시킨 자가 바로 그였다. 그는 오래전부터 신성왕국의 고서에 남아 있는 전설적인 인물이다. 신성왕국의 모든 상급 사제는 아돌의 강림에 열광했다. 신급 인물이 눈앞에 나타났으니 그들의 입장에서는 눈이 뒤집힐 일이었다.

신성왕국의 많은 신자들이 아돌의 한 마디라도 듣기 위해 성도로 모여들었다. 그리고 아돌은 그들을 죄다 타락시켰다.

그가 바라는 세상이 무엇인지 아는 사람은 아무도 없었다. 샤를론즈 역시 마찬가지였다. 그러나 그의 참전 덕분에 제국이 대륙을 향해서 선전포고를 할 수 있었다.

"어쩔 거야, 샤를론즈?"

성기사 아돌이 샤를론즈에게 물었다. 그녀는 아돌을 바라봤다. 무엇을 원하느냐는 눈빛이다.

아돌 역시 담담하게 가라앉은 눈빛으로 샤를론즈를 바라보고 있었다. 역시 만만치 않은 존재였다. 여기서 조금만 더 발전한다면 샤를론즈는 역사에 길이길이 남을 희대의 마녀가 될 것이다. 대륙을 일통한다면 역사상 가장 위대한 여성으로 기록될 테고.

"당신을 만나고 싶어하는 자가 있는 것 같군요."

"나를?"

샤를론즈는 눈이 뒤집혀 엄청난 속도로 달려오고 있는 거구의 사내를 보았다. 상당한 거리가 떨어져 있음에도 어마어마한 투기가 느껴졌다. 그에게서 뻗어 나오는 살기는 상상을 초월했다. 그에게 접근하던 병사들이 영문도 모른 채 피를 토하고 쓰러졌다.

"누구야, 저 멧돼지는?"

"저야 모르죠. 당신에게 꽤나 강한 원한을 품고 있는 것 같군요."

"나는 모르는데?"

"직접 물어보세요. 당신을 아느냐고."

"아이 씨, 귀찮게."

아돌은 고개를 좌우로 흔들며 앞으로 걸어갔다. 한 걸음 옮길 때마다 엄청난 버프가 그의 몸을 휘감았다. 체력이 다섯 배, 속도 여섯 배, 각력 일곱 배, 마나 방출 열두 배, 완력 사십 배, 동체시력 칠십이 배 등등 상식을 초월한 버프가 마구 터졌다.

"조심하세요. 상대는… 정말 강합니다."

샤를론즈가 성기사 아돌의 등을 향해서 말했다.

아돌이 멈칫거렸다. 그는 슬쩍 샤를론즈를 돌아봤다.

"나를 죽일 수 있으면 좋겠군."

그는 비릿하게 입술을 꼬며 다가오고 있는 거구의 사내 데몬고르곤에게 향했다.

최후의 시간이 다가왔다. 샤를론즈의 곁에 있던 자들이 천천히 움직였다. 하나하나 대단하지 않은 자가 없었다. 저들이 뿜어대는 기세는 곤이 받아본 살기 중에서 가장 강했다.

하지만 자신의 동료들도 강했다.

동료들은 한 번도 곤의 믿음을 배신한 적이 없었다.

"내가 저자를 상대하지."

데몬고르곤이 성기사 아돌을 보며 말했다. 그는 곤의 허락이 떨어지기도 전에 유니콘을 몰아 아돌을 향해서 빠르게 나아갔다.

곤은 카시어스에게 데몬고르곤에 대해서 살짝 들은 적이 있었다. 저토록 강대한 데몬고르곤을 무참하게 박살 낸 자가 있다고 하였다.

곤은 매우 놀랐다. 데몬고르곤이 누구인가. 과거 암흑군단의 사천왕이자 무투술만큼은 극의에 달한 초강자가 아닌가.

그를 어린아이 다루듯 무참하게 박살낸 존재가 있다니 놀라울 따름이었다. 데몬고르곤은 그자에게 복수하기 위해서 지금껏 살아왔다고 해도 과언이 아니었다.

그리고 지금 데몬고르곤이 그토록 바라던 최강의 상대를 만났다. 데몬고르곤의 건틀릿에서 강대한 빛이 뿜어져 나왔다.

"아돌!"

데몬고르곤은 크게 숨을 들이켰다. 그의 단전에서 강대한 마력이 성대로 모였다. 그리고는 여유롭게 다가오고 있는 아돌을 향해 입이 벌어졌다.

쿠쿠쿠쿠쿠쿠쿠쿠쿠!

어마어마한 마력이 그의 입에서 한꺼번에 터졌다. 병사들의 육체가 흔적도 없이 사라졌고, 아돌을 호위하던 성전사들 역시 칠공에서 피를 뿌리며 쓰러졌다.

사자후(獅子吼).

곤조차 보지 못한 극강의 경지를 데몬고르곤이 실현한 것이다. 데몬고르곤의 전방에 있던 모든 물체가 깡그리 소멸된 것처럼 보였다.

그러나 아돌은 그 자리에 그대로 서 있었다. 데몬고르곤의 회심의 일격인 사자후가 아돌의 옷자락 하나 건드리지 못한 것이다.

데몬고르곤은 그런 아돌을 보면서 히죽 웃었다. 당연히 그래야지 하는 표정이다. 얼마나 오랜 시간 기다려 왔는가. 겨우 사자후 한 방에 나가떨어지면 오히려 참지 못했을 것이다.

기다려온 만큼 놈은 강해야 했다.

"하압!"

데몬고르곤은 유니콘에서 크게 뛰어올랐다. 그의 건틀릿이 광대한 빛으로 휩싸였다. 아돌 역시 성검(聖劍)에 신성력을 가득 주입하며 맞섰다.

쿠쿠쿠쿵!

건틀릿과 성검이 부딪치며 주변을 빛으로 가득 메웠다.

곤은 한 손을 들어 빛나는 섬광을 가렸다. 사방에서 불꽃이 하늘 높은 줄 모르고 솟구치고 있었다. 일만에 달하는 제국군 최강의 기사들과 곤의 기사단이 정면으로 충돌했다.

"마스터, 먼저 가겠습니다."

지금껏 불평불만 없이 자신에게 주어진 임무를 묵묵히 해오던 퍼쉬, 체일, 불킨이 앞으로 튀어나갔다. 이미 그들의 무력은 식신의 수준을 벗어났다. 악마라고 해도 믿을 정도로 그들의 능력은 일취월장했다.

곤의 막강한 기사단 중에서도 씽, 안드리안, 카시어스, 데몬고르곤을 빼고는 그들을 이길 수 있는 기사가 없었다.

"불킨, 체일, 전력을 다해야 해."

퍼쉬가 자신들을 향해 달려오고 있는 대륙 최강의 기사단 중의 하나인 레인보우를 바라보며 말했다. 한 명 한 명이 상상을 초월할 정도로 강하다. 투신이라 불리는 헬리온 후작을 능가하는 것은 확실했다.

그런 자들이 일곱 명이나 된다. 아무리 불사에 가까운 능력을 얻은 식신들이라고 하더라도 저런 초강자들이 일곱 명이나 되면 벅차다. 아니, 승리할 가능성이 무척이나 낮았다.

그래도 주군을 위해서라면 그들은 무엇이든 한다.

"알고 있어."

불킨과 체일이 고개를 끄덕였다. 그들의 등에서 거대한 날개가 튀어나오고 전신이 각질로 뒤덮였다. 식신들의 각질은 어중간한 마법 갑주보다 월등한 방어력을 가지고 있다.

"간다!"

곧이어 제국의 레인보우 기사단과 식신들의 마력이 전장

한복판에서 부딪쳤다.

"젠장, 최종 보스라 그런지 호위하는 놈들이 만만치 않네."

카시어스가 투덜거렸다. 그도 그럴 것이, 그들의 정면에 배치된 자들의 투기가 어마어마했기 때문이다.

"그런데 니들, 이름이 뭐야? 니들 정도라면 이름 좀 날렸을 것 같은데."

카시어스가 세 남녀에게 물었다.

"호크랜더."

"프라이즈."

"아리아."

다섯 하이랜더 중의 한 명인 호크랜더, 구마룡 중의 한 명인 프라이즈, 다크 나이트 중의 한 명인 아리아.

자신의 이름쯤은 아무렇지도 않다는 듯 대답했다. 자신들의 실력에 자신이 있기 때문이다. 상대방이 자신들의 이름을 안다고 해서 어쩌지 못할 것이란 절대적인 자신감.

그러나 카시어스와 안드리안, 씽은 이름값에 주눅 들 사람들이 아니었다. 오히려 그들의 눈빛이 반짝였다.

그들 역시 강하다. 너무도 강해서 작금에 와서는 아예 적수라고 할 만한 상대조차 없었다. 특히 안드리안은 삼안의 영혼을 흡수한 후 기하급수적으로 강해졌다. 그녀는 카시어스, 씽과 맞붙어도 결코 밀리지 않을 수준에 도달했다.

그런 그들의 눈앞에 전설적인 존재들이 나타났다. 전쟁에서 반드시 이겨야 한다는 생각은 잠시 머릿속에서 지웠다. 그들은 오로지 강한 적과 마주했다는 생각에 흥분을 감추지 못했다. 자신이 죽는다고 하더라도 모든 전력을 쏟아부을 수 있는 상대를 만났다는 것은 엄청난 행운이었다.

"호구랜더라는 놈은 제가 맡지요."

씽이 호크랜더를 향해서 열 개의 손톱을 뽑아 들었다.

"호크랜더야, 이놈아. 그럼 난 프라이즈를 맡지."

카시어스는 빙긋 웃으며 막강한 마력을 모으기 시작했다.

"그럼 난 저년을 상대할게."

안드리안은 대검으로 다크 나이트 아리아를 가리켰다.

호크랜더와 프라이즈, 아리아는 어이가 없는 표정을 지었다. 대부분의 인간은 자신들의 이름만 들어도 도망치기에 바쁘다. 설사 검을 겨눈다고 하더라도 곧장 투지를 잃게 마련이다.

그런데 저놈들은 오히려 극강의 투기를 내뿜고 있다.

"우리가 아주 우습게 보이나 보군."

프라이즈의 거구가 한 발 앞으로 나왔다. 그의 투기를 불러일으키자 순식간에 피부가 비늘로 뒤덮였다. 프라이즈가 마룡이라 불리는 이유 중의 하나가 바로 저 방어술 때문이었다. 전설상으로는 그가 진짜 마룡으로 묘사되기도 하였다.

콰콰콰콰쾅!

투기가 빗발치듯 쏟아졌다. 하늘에서는 거대한 유성과 폭풍이 몰아쳤고, 폭발한 화염은 반경 수백 미터 안에 있는 모든 생명체를 한꺼번에 집어삼켰다.

인간의 한계를 넘어선 괴물들의 전투가 시작된 것이다.

콰콰콰콰콰쾅!

사방에서 불길이 치솟고 인간들의 악에 받친 비명과 살기 위해서 발버둥을 치는 비명이 뒤섞였다.

인간 세상에서 가장 처참한 지옥도를 형성하고 있는 이곳에서 곤과 샤를론즈는 마주보고 있었다. 그들에게 남은 감정은 증오 외에는 아무것도 없었다. 둘 중에 한 명이 죽지 않고서는 발을 뻗고 잠을 잘 수 없었다.

곤과 볼튼의 감정은 미묘했다. 서로를 증오하면서도 인정했다. 친구이던 감정도 어렴풋이 남아 있었고 상대방의 능력을 존중했다. 훗날 볼튼은 너무도 뛰어난 곤에게 심한 질투를 느꼈지만, 그들에게 남은 감정은 극단적인 것이 아니었다.

하나 곤과 샤를론즈는 달랐다. 보는 즉시 흥분하고 갈기갈기 찢어 죽이고 싶은 감정밖에 남아 있지 않았다.

화르르르르!

불길이 점점 번져 연합군 막사를 삼키기 시작했다. 불길은 골짜기 곳곳으로 퍼져 나갔다. 바람이 강하게 불었다. 비가 내릴 조짐은 보이지 않았다. 잘못하면 수십만이 골짜기 안에서 목숨을 잃을 위험이 높았다.

하지만 샤를론즈는 부대를 후퇴시킬 생각이 조금도 없었다.

이곳에 있는 모든 동맹국 병사들의 목숨을 모두 취할 때까지는.

그러면 세상에 대한 그녀의 복수는 완성된다.

그리고 그녀를 가로막는 최강의 적수가 눈앞에 있다.

“곤, 보고 싶었다.”

“흥! 나도.”

“너를 찢어 죽이고 싶어서 매일 밤 나는 꿈을 꿨지.”

“아, 나도 널 죽이고 싶은 것은 마찬가지지만 그런 사디스트 적은 면은 없어.”

곤은 샤를론즈를 보며 비릿하게 웃었다.

샤를론즈도 더 이상 곤과 대화할 필요를 느끼지 못하는 모양이었다. 그녀는 완드 두 개를 꺼내 양손에 쥐었다. 완드 최상위에는 두 개의 보석이 허공에 둥둥 떠 있었다.

하나는 보기만 해도 차가운 기운이 느껴지는 빙옥이었고, 다른 하나는 태양처럼 붉은 기운을 내뿜고 있는 염옥이었다.

마법사들은 한 번에 두 개의 완드나 스태프를 사용하지 못한다. 상급 아이템으로 갈수록 그런 경향이 강했다. 두 개의 아이템을 동시에 사용하면 제대로 된 마법을 사용할 수 없기 때문이다. 두 개의 아이템을 동시에 사용하려면 최소한 16배 이상의 술식 해석 능력과 암산이 필요했다. 그렇기 때문에 두 개의 아이템을 사용하는 마법사는 드물뿐더러 두 개의 상급 아이템을 동시에 사용하는 마법사는 아직까지 존재하지 않았다.

그런데 샤를론즈가 말도 안 되게 두 개의 완드를 들었다. 그녀가 들고 있는 것은 최상급 아이템을 넘어선, 인간의 연금술로는 만들 수 없다는 전설급의 아이템이었다. 그것을 사용하기 위해서는 상식을 초월하는 마나를 가지고 있어야 한다.

"죽어라, 곤!"

완드에서 뿜어져 나오는 거대한 두 개의 힘이 곤의 머리 위로 떨어졌다. 수많은 병사가 그것을 지켜보고 있다. 두 개의 거대한 힘은 마치 하늘에서 태양이 떨어지는 것과 같은 착각을 일으켰다.

하늘이 하얗게 변했다.

지상의 반이 지글지글 타올랐고, 다른 반은 북해를 감싸고 있는 극한의 대지처럼 꽁꽁 얼어붙었다. 순식간에 수천 명이 넘는 병사가 수증기처럼 증발하고 또는 그대로 얼어붙었다.

가공할 위력!

그렇지만 곤은 조금도 동요하지 않았다. 그는 품에서 부적 한 장을 꺼냈다. 아끼고 아낀 재앙술 8식의 술법이 적힌 부적이다. 그는 부적을 허공에 던지며 외쳤다.

"잡아먹어!"

순간 세상의 모든 것을 증발시킬 듯이 내리치던 태양의 빛 한가운데 공간이 반으로 갈라졌다. 그 사이로 눈을 꿰맨 정체 불명의 거인이 나타났다. 거인은 샤를론즈의 마법에 전혀 영향을 받지 않는 모양이었다. 거인의 입이 크게 벌어졌다.

동시에,

후아아아아악!

그녀의 모든 마법이 거인의 입속으로 빨려들어 가는 것이 아닌가!

눈 깜짝할 사이에 샤를론즈의 마법이 사라졌다. 상상을 초월하는 위력의 마법이었다. 마법이 상대에게 아무런 피해를 입히지 못했다는 것은 심적으로 타격을 입을 만한 일이다. 그러나 샤를론즈의 표정에서는 전혀 그런 기색이 보이지 않았다.

오히려 이 정도도 해주지 않으면 재미없다는 표정을 짓고 있었다.

"보여주지, 곤! 너는 결코 여기서 살아나갈 수 없다는 것을! 드래곤의 전유물이라고 여겨지는 9서클의 마법이다! 과연 인간인 네가 이것을 막아낼 수 있을까?"

샤를론즈가 광소를 터뜨리며 주문을 외웠다. 그녀의 주문과 함께 골짜기를 비롯한 샬롬 요새까지 마구 뒤흔들렸다. 자연의 힘을 거스르는 무지막지한 힘.

곤의 양 손바닥에 식은땀이 차올랐다. 샤를론즈가 이토록 강해졌으리라고는 생각도 못했다. 이미 그녀는 인간의 능력을 훌쩍 뛰어넘어 마신에 가까운 존재가 되어 있었다.

그래도 나는 지지 않는다.

"재앙술 9식."

곤은 조용히 읊조렸다. 이제껏 단 한 번도 행한 적이 없는 최후의 재앙술이, 그의 사부조차 도달하지 못한 최고의 재앙술이 펼쳐지기 시작했다.

*　　*　　*

헬리온 후작은 거친 숨을 몰아쉬며 검에 묻은 피를 털어냈다. 역시 이번에도 곤 덕분에 살았다. 그가 아니었다면 샬롬 요새에 있던 수많은 사람이 연합군에 의해 몰살당했을 것이다.

누구도 예상치 못한, 느닷없이 출현한 라덴 왕국의 대병력이 연합군을 쑥대밭으로 만들었다. 그들이 왜 나타났는지는 아무도 알지 못한다.

하지만 헬리온 후작은 어렴풋이 짐작할 수가 있었다. 곤과 구스타프 대체가 만나서 대화를 나누는 것을 본 것이다. 둘만이 아는 모종의 거래가 있었음을 짐작케 했다.

헬리온 후작은 곤을 친동생처럼 아꼈다. 비록 성품이 차갑고 냉정하지만 그의 능력은 하늘에 닿아 있었다. 만약 그가 권력에 대한 욕구만 있었다면 자신보다 훨씬 더 유능한 귀족이 될 수 있었을 터이다. 어쩌면 왕이 될 수도 있을 것이다.

그러나 지금은 무섭기까지 했다. 그의 머릿속에서는 이미 전쟁의 결론이 나 있는 듯했다. 그의 손바닥에서 놀고 있다는 느낌을 지울 수가 없었다.

"무섭네, 무서워."

동맹군이 전세를 뒤집어 연합군을 요새 밖으로 밀어내고 있지만 카론 황태자는 웃지 못했다. 곤을 보고 있는 그의 눈빛에서 두려움이 슬금슬금 피어오르고 있었다. 그런 카론 황태자를 보며 헬리온 후작은 아무런 말도 하지 못했다. 자신도 그와 비슷한 감정을 느끼고 있었으니까.

"곤이 왕이 되겠다고 선포한다면 내가 막을 수 있을 거라고 생각하나?"

해서는 안 되는 말을 카론 황태자는 내뱉고 말았다. 다른 가신들이 그의 말을 들었다면 기겁했을 것이다. 그리고 곤에 대한 경계를 높이거나 암살을 시도할지도 모를 일이었다.

"곤이 왕이 되고자 한다면……."

"한다면?"

"막을 수 있는 자는 없습니다."

"……."

"하오나 그는 왕이 되지 않을 것입니다."

"왜지?"

"그는 곧 떠날 사람이기 때문입니다."

"무슨 소린지 모르겠네."

"말 그대로입니다. 그는 떠날 사람이기 때문에 이곳에 정을 주지 않으려 합니다."

헬리온 후작은 거대한 전투가 벌어지고 있는 곳으로 고개를 돌렸다.

놀랍게도 그곳에는 청록색 드래곤이 모습을 드러낸 채 하늘을 향해서 광포한 피어를 내뱉고 있었다.

* * *

재앙술 9식 합신광룡(合身狂龍).

그것은 세상을 창조한 신의 의지를 거스르는 일이다. 이미 수천 년 전에 죽어서 신계로 떠난 드래곤을 강제로 소환하여 시전자의 육체와 일시적으로 한 몸이 되게 하는 상상 초월의 술법이었다.

길이만 백 미터가 넘는 거대한 크기의 청룡.

합신에 성공한 곤이 천천히 눈을 떴다. 청룡의 눈으로 본 세상은 무척이나 작았다. 수십만에 달하는 병사들이 개미처럼 발밑에 바글바글 모여 있었다.

그는 샤를론즈를 바라봤다. 가면으로 가린 그녀의 얼굴이지만, 눈빛만큼은 가릴 수가 없었다. 눈빛이 마구 뒤흔들렸다. 믿을 수 없다는 듯이.

샤를론즈는 자신이 할 수 있는 모든 마법을 쏟아부었다. 하늘이 번쩍이며 수백 발의 뇌전이 청룡의 머리 위로 떨어졌다.

―베리어.

곤의 주문과 함께 청룡의 머리 위로 작은 침이 하나 생겨났다. 수백 발의 뇌전이 작은 침으로 몰려들었다. 작은 침은 뇌전을 흡수하여 사방으로 뱉어냈다.

꽈지지지직!

샤를론즈와 곤에게서 멀리 떨어져 있는 병사들에게 날벼락이 떨어졌다. 단 한 번의 공격에 수천 명이나 되는 병사들이 새카맣게 타 죽었다.

"이건 말도 안 돼! 죽어! 죽어! 헬 파이어!"

대인 최강의 공격마법이라는 헬 파이어 열 발이 허공에 생겨나더니 청룡에게 날아갔다. 청룡은 앞발을 슬쩍 휘둘렀다. 그것만으로 헬 파이어는 공중에서 위력을 잃고 사라졌다.

청룡의 입에 강대한 마력이 뭉쳐졌다. 그것이 무엇을 뜻하는지 모를 사람은 없었다. 마지막으로 드래곤이 모습을 나타낸 것이 오백여 년 전이다. 그렇다고 하더라도 드래곤이 왜 무서운지 잊어버릴 사람은 없었다.

도시도 일거에 쓸어버릴 만큼 강대한 신의 형벌.

―브레스(Breath).

그것이 샤를론즈를 향해서 발사되었다. 상상을 초월하는 거대한 힘이 골짜기를 강타했다. 그 힘은 하늘을 찢고 땅을 울게 만들었다.

대자연은 그 힘 앞에 무릎을 꿇고 바들바들 떨었다.

쿠쿠쿠쿠쿵!

브레스에 직격당한 지반이 대폭발을 일으켰다. 버섯 모양의 구름이 하늘 끝까지 솟구쳐 올랐다. 불길에 휩싸여 있던 골짜기가 무너졌고 지반은 쩍쩍 갈라졌다. 그 사이로 수많은 병사들이 떨어졌다. 아가리를 벌린 지반이 엄청난 수의 사람을 먹어치웠다.

"으아아아악! 사, 사람 살려!"

"후퇴! 후퇴하라!"

연합군은 더 이상 싸울 이유를 찾지 못했다. 샬롬 요새의 함락은 이미 물 건너갔다. 안쪽에서 연합군이 쫓겨나오고 있었다. 동맹군이 맹렬한 속도로 패배한 연합군의 뒤를 후려쳤다.

이대로 간다면 전멸이다.

벌써 반수가 넘는 엄청난 병력을 잃었다. 그것은 신성왕국의 성전사들 역시 마찬가지였다.

대륙을 자신들의 발아래 두기 위해 올린 위대한 깃발을 이미 찢겨져 만신창이가 되었다. 생존한 성전사들은 겨우 오만에 지나지 않았다. 거의 모든 전력을 잃어버린 신성왕국은 다른 왕국의 먹잇감으로 전락하고 말 것이다. 특히 잔혹하기로 유명한 라덴 왕국에게.

브레스의 충격이 가시자 샤를론즈의 모습이 보였다. 그녀의 상태는 몹시 좋지 않았다. 아무리 9서클의 방어를 사용했다고 하더라도 브레스를 막을 수는 없었다.

샤를론즈의 한쪽 팔이 자취를 감췄다. 그녀의 발밑에는 엄청난 피가 웅덩이를 만들고 있었다.

샤를론즈가 휘청거렸다. 그녀는 청룡을 보며 비릿하게 웃었다.

"네가 이긴 것 같지?"

—…….

곤은 그녀가 무슨 말을 하는지 알 수 없어 대답하지 않았다.

"이렇게 끝난 것 같지? 큭큭큭, 아니야. 아직 안 끝났어. 너는 절대로 네가 바라는 것을 이루지 못할 거야."

그제야 곤은 그녀가 무슨 말을 하는지 알 수 있었다.

—네년이 걱정할 문제가 아니야.

곤의 말에 샤를론즈의 눈매가 실룩거렸다.

"혹시… 알고 있는 것은 아니겠지?"

—내가 왜 부서진 달의 세계에 갔다 왔다고 생각해?

"설마, 설마……?"

—더 이상 섞을 말은 없다고 생각하는데. 그만 가라, 마녀.

청룡의 머리 위에서 강대한 섬광이 번쩍였다. 오직 드래곤만이 사용할 수 있는 '헬 레이저'라는 극한의 공격마법이었다. 위력은 헬 파이어의 열여섯 배에 달한다. 인간의 힘으로는 무슨 수를 써도 막을 수 없는 절대 공격마법이기도 했다.

"으아아아아악! 곤! 절대로 용서하지 않을 테다! 절대로!"

샤를론즈는 그 말을 끝으로 섬광과 함께 사라졌다. 그녀가 죽자 거짓말처럼 전장은 침묵 속으로 빠져들었다.

"도, 도망가야 돼! 여기 있다간 다 죽어!"

기사들마저 검을 버리고 도망치기 시작했다.

지휘관이 전장을 이탈하니 병사들이 무슨 의리로 그곳에 남아 있겠는가. 전열은 순식간에 무너졌다. 생존한 병사들은 살기 위해 바위산을 넘었다.

손톱이 빠져도 아픈 줄도 몰랐다. 낙석에 맞아서 천 길 낭떠러지로 떨어지는 일이 속출했다. 그러나 그들에게 도움을 줄 수 있는 자는 존재하지 않았다. 자신의 생명을 구하기도 바빴다.

그 말인즉슨 제국군과 신성왕국군이 패배하고 동맹군이 승리했다는 뜻이다.

"와아아아아아아!"

동맹군의 함성이 샬롬 요새와 골짜기를 가득 메웠다.

"이겼다! 이겼어! 믿을 수 없는 승리야!"

"우리가 이겼어!"

샬롬 요새에 남아 있던 지휘관들이 서로를 부둥켜안고 감격의 눈물을 흘렸다. 엄청난 희생을 치렀지만 그보다 값진 승리를 손에 넣었다.

그 무서운 제국은 더 이상 전쟁을 할 능력을 잃었다. 백만에 가까운 희생자를 냈다. 어쩌면 황제는 탄핵을 당할지도 모른다.

또한 제국은 전 대륙의 국가에게 엄청난 배상금을 줘야 할 것이다. 그것도 아니면 제국은 여러 왕국으로 쪼개질지도 몰랐다.

무엇이 됐든 위협은 사라졌다.

그들은 기쁠 수밖에 없었다.

"헉헉헉헉!"

안드리안과 씽, 카시어스는 심하게 지쳤는지 바닥에 털썩 주저앉았다. 그들 역시 사력을 다해서 전설적인 마인들과 맞서 싸웠다.

그들이 승리할 수 있던 것은 한 끗 차이였다. 바로 조직력. 안드리안과 씽, 카시어스는 오랜 시간 손발을 맞춰왔기에 서로를 도와가면서 싸울 수 있었다.

하지만 호크랜더나 프라이즈, 아리아는 전혀 그러지 못했다. 서로가 돕는다는 사실조차 이해하지 못하는 듯했다.

천상천하 유아독존으로 살아온 존재들. 누군가의 도움을

받는다는 것은 있을 수 없는 일이었다. 그들은 끝내 서로를 돕지 않고 한 명씩 안드리안과, 씽, 카시어스에게 쓰러졌다.

완벽한 승리처럼 보이지만 곤은 아직 청룡과의 합신을 풀지 않았다. 아직도 끈적끈적한 불길함이 그의 전신을 휘감고 있었다.

온다.

분명히 온다.

두근두근.

곤의 심장이 심하게 뛰었다. 만반의 준비를 했다고 하지만 아직 모르는 일이 너무나 많았다.

끼이이이익!

하늘에서 광대한 기운이 곤을 향해서 내려오기 시작했다. 곤은 고개를 들었다.

역시 왔다.

곤과 합신을 한 청룡보다 족히 두 배는 거대한 골룡이 날개를 힘차게 펄럭이며 지상을 향해서 낙하하고 있었다.

—쏴!

곤의 명령과 함께 청룡의 입에서 브레스가 터졌다. 청룡의 브레스는 골룡을 향해서 일직선으로 뻗어 나갔다. 골룡 역시 브레스를 내뿜었다. 두 개의 강대한 힘이 충돌하며 거대한 불의 폭풍을 만들어냈다. 도망을 치던 수많은 연합군 병사들이 불의 폭풍에 휘말려 목숨을 잃었다.

—청룡, 부탁해.

곤의 육체가 청룡에게서 분리되었다. 청룡은 날개를 펄럭이며 골룡을 향해서 날아갔다. 거대한 두 마리의 용이 하늘에서 뒤엉켰다. 골룡이 압도적으로 크지만 청룡도 쉽사리 밀리지 않았다.

곤은 골룡에서 뛰어내린 사내를 보았다. 후드를 깊게 눌러쓰고 있어서 얼굴은 보이지 않았다. 그러나 그가 누군지 곤은 일찍부터 알고 있었다.

"…리치 킹."

"크크크, 맞아, 나야."

리치 킹이 대답했다.

"저 골룡은… 광룡 퀴클리크인가?"

"정답이야. 정확히 알고 있군."

광룡 퀴클리크는 4,500년 전 대륙에 출몰하여 인류를 멸망위기까지 몰아넣은 전설적인 드래곤이다. 그런 드래곤이 언데드가 되어서 이곳에 나타날 줄은 곤도 예상하지 못했다.

"자, 그럼 수천 년간 기다려 온 마지막 의식을 치러야지? 너무 긴 시간이었어."

리치 킹은 후드를 벗었다. 해골로만 이뤄진 그의 안면이 드러났다. 그의 눈빛은 흉악한 녹색으로 빛나고 있었다. 그는 주문을 외웠다. 그러자 죽은 수많은 시체들이 되살아나기 시작했다. 살아난 시체들은 환호성을 지르는 동맹군을 공격했다.

곤은 눈살을 찌푸렸다.

“저들은 내버려 두지그래. 우리만의 문제 같은데.”

“아, 저들이 끼어들면 귀찮아지잖아. 그리고 저들은 네 편이기도 하고.”

리치 킹은 웃는 것 같았다. 하지만 해골로 된 모습이라 표정은 전혀 나타나지 않았다. 그가 손을 들었다.

그러자 상당한 수의 사람들이 모습을 드러냈다. 모두가 낯이 익었다. 그중에는 사라진 에리카도 포함되어 있었다. 특이한 것은 그들 모두 기이한 돌을 쥐고 있다는 것이다. 돌의 모양은 흉측했다. 사람의 얼굴과 같은 모습에 눈과 귀가 꿰매져 있었다.

“너무 오랜 시간 이곳에 머물렀어. 혜인에게 돌아가는 것은 나야.”

리치 킹이 말했다.

“웃기는군. 너는 과거의 망령. 혜인에게 돌아가는 것은 나야.”

곤이 입술을 뒤틀며 말했다. 그는 처음 폰 쉐르네일에게 전생에 대해서 들었을 때 믿을 수가 없었다. 이 세계에서 자신만이 매우 특별한 존재라고, 아니, 영원한 저주를 받은 존재라고나 할까.

그가 수천 년 전부터 이곳에서 존재했다는 사실이 믿기지가 않았다.

저주의 첫 발자국은 바로 헤이나로부터 시작한다. 설마 그녀의 저주가 이런 것인 줄은 상상도 하지 못했다. 그것은 아마도 리치 킹 역시 마찬가지일 것이다.

"자, 그럼 의식을 시작해 볼까?"

리치 킹이 말했다. 그가 양팔을 벌리며 주문을 외우자 수많은 사람들이 들고 있는 흉악한 돌의 눈과 입이 번쩍 떠졌다. 돌의 입이 벌어지며 알 수 없는 주문을 외웠다. 그러자 돌을 든 사람들이 한 명씩 바닥에 쓰러졌다.

동시에 리치 킹의 모습이 형체를 갖추기 시작했다. 갈비뼈 안에서 심장과 온갖 장기들이 생겨났다. 새롭게 생겨난 심장이 조금씩 뛰기 시작했다. 장기가 생겨나자 근육과 심줄이 붙었다. 점점 한 명의 인간으로 새롭게 태어나는 것이다.

놀랍게도 형체를 갖춘 리치 킹의 모습은 곤과 똑같은 형태를 하고 있었다.

"저, 저게 뭐야?"

리치 킹과 곤을 지켜보고 있던 카시어스는 기겁했다. 둘은 쌍둥이처럼 똑같았다. 그제야 카시어스는 왜 곤에게서 리치 킹의 향기가 났는지 깨달았다.

무슨 이유인지는 모르지만 둘은 같은 인물인 듯했다.

어떻게 그런 일이 있을 수 있는 거지?

"저들은 뭐지?"

곤이 리치 킹에게 물었다. 리치 킹이 윤회하면서 이 세계에서 떠돌고 있다는 것은 알고 있었다. 그가 자신이라는 것은 아직도 믿기 힘들지만 엄연한 사실이었다.

"저들은 나야."

곤이 미간을 찡그렸다. 아무리 영특한 곤이라도 알아들을 수가 없었다.

"헤이나의 저주로부터 벗어나기 위한 나의 분신들이야."

리치 킹은 리치가 되기 전엔 곤과 같은 인간의 모습을 하고 있었다. 당시 그는 끝내 혜인에게 돌아가지 못하고 죽었다. 하지만 다시 눈을 뜨니 동굴 안이었다. 그때부터 그의 인생은 좌절과 고난의 연속이었다. 저주에서 벗어나기 위해 세상의 모든 마법과 연금술을 섭렵하기도 했다.

그러나 그는 끝내 혜안에게 돌아기지 못했다.

그녀에게 돌아가기 위해서는 헤이나의 저주를 풀어야만 했다.

그러던 중 그는 혜인에게 돌아갈 방법을 알아냈다. 바로 광룡 쿼클리크를 죽이고 지식을 흡수한 덕분이었다.

그는 자신의 육체를 각 부위별로 인간의 육신에 넣어서 환생시켰다.

인간의 육체와 뒤섞이며 그의 육체에서는 서서히 저주가 옅어졌다. 그들을 감시하기 위해서 만들어낸 것이 바로 멜레의 돌이었다. 돌은 그들을 보호하고 강인한 힘을 주었다. 그리고 그의 눈이 되어주기도 했다. 또한 암암리에 리치 킹의 영향을 받은 사람들은 자신도 모르게 곤에게 호감을 느꼈고, 그에게 큰 도움을 주었다.

하지만 심장, 신장, 간, 콩팥, 심줄 하나까지 모두 분리시켰기에 정작 본인은 살아날 수가 없었다. 하여 선택한 것이 죽지 않는 불사의 괴물 리치가 되는 것이었다.

"네가 마지막이야."

이미 형체를 완벽하게 갖춘 리치 킹이 곤을 보며 빙그레 웃었다.

똑같은 얼굴, 똑같은 표정, 얼굴의 점 하나까지 완벽하게 일치하는 동일인물이 눈앞에서 웃고 있는 모습은 무척이나 섬뜩했다.

"아니, 혜인에게 돌아가는 것은 내 의지야."

"그래, 맞아. 너는 나의 의지. 너를 흡수함으로써 나는 완전무결해진다. 크하하하하하!

리치 킹의 광소가 터졌다. 쩌렁쩌렁한 웃음이 사방으로 흩어졌다.

곤은 그런 리치 킹을 물끄러미 바라봤다. 얼굴은 똑같지만 성격은 완전히 달랐다. 상대는 이미 수천 년을 살아온 괴물이다. 본래의 자신이라고는 믿기지가 않았다.

"오라! 나의 분신! 나의 미래의 의지여!"

리치 킹이 마력을 발산시키기 시작했다. 지진이 난 것처럼 지반이 들썩거렸다. 강대한 힘은 지상을 마구 뒤흔들었다.

쿠쿠쿠쿵!

그 힘을 견디지 못한 골짜기가 무너졌고, 샬롬 궁전 역시 리치 킹의 힘을 버티지 못했다. 무너진 돌에 깔려서 죽은 사람들이 부지기수로 발생했다.

쿠쿠쿠쿠쿵!

놀랍게도 신이 만들었다는 다섯 개의 다리 중 두 개가 쩍쩍 갈라지더니 무너지고 말았다.

다리가 무너지는 것을 본 동맹국의 생존자들은 기겁하고 말았다. 만약 모든 다리가 무너지면 그들은 완전히 고립되고 만다. 병사들은 살기 위해서 남은 다리를 향해서 달리기 시작했다. 수천 명이 다리에 매달렸다. 그러나 그 다리 역시 무너지고 말았다.

남은 동맹국 병사들은 얼음처럼 굳었다. 다리를 건널 수도, 그렇다고 가만히 있을 수도 없다.

곤 역시 사력을 다해서 버텼다. 리치 킹의 힘이 너무나 엄청났다. 자신과는 비교도 안 되었다. 이토록 강한 괴물이 있다는 것을 상상하기 어려웠다. 그리고 그 괴물은 자신의 또 다른 모습이기도 했다.

"재앙술 9식 파멸환!"

곤은 전력을 다해 재앙술을 펼쳤다.

리치 킹의 발밑에서 거대한 어둠이 생겨났다. 그것은 지옥문과 같은 것이 아니었다. 오로지 죽음만이 존재하는 어둠의 세계. 어떤 생명체도 살아날 수 없었다. 파멸환은 리치 킹을 한 번에 집어삼켰다.

하지만,

쿠쿠쿠쿵!

사라졌던 파멸환이 다시 나타나 거대한 폭발을 일으켰다. 그 속을 뚫고 리치 킹이 여유롭게 떠올랐다.

허공으로 떠오른 리치 킹은 카시어스와 이제 막 성기사 아돌의 목을 분지른 데몬고르곤을 바라보았다.

"오랜만이군, 나의 친구들이여."

"……."

카시어스와 데몬고르곤은 아무 말도 하지 않았다. 그에게 복속되어 있던 언령이 풀렸다. 그들은 자유였다. 하지만 오랜 시간 함께해 온 리치 킹의 말을 거스르기는 매우 껄끄러웠다.

"훗, 뭐야. 내 미래의 의지에 반하기라도 한 거야?"

리치 킹은 입술을 비틀었다. 그의 눈빛에서 진득한 살기가 흘러나왔다.

카시어스와 데몬고르곤은 리치 킹과 곤을 번갈아 바라봤다. 입고 있는 갑주는 다르지만 외모는 완전히 똑같았다. 하지만 성격은 이상할 정도로 달랐다.

아마도 리치 킹이 맨 처음 이 세계에 떨어졌을 때는 곤과 같은 성격이었으리라 조심스럽게 짐작해 본다. 그러나 지금의 리치 킹은 편협하고 자신만 아는 인물이었다. 그는 너무 오래 살아왔다. 너무도 긴 세월을 고독하게 지내왔다.

그것이 그의 성격을 바꿔놓는 계기가 됐을 것이다.

"뭐, 어쩔 수 없지. 옛정을 생각해서 살려주지. 물러나 있어."

리치 킹이 한 걸음 앞으로 내디뎠다. 그는 거칠 것이 없었다. 이곳에 있는 누구도 자신을 이길 수 있는 사람이 없다는 것을 본인이 가장 잘 알고 있었다. 그는 신적 존재. 아니, 신보다 강하다고 자부했다.

이제 형체화가 되어 있는 자신의 의지를 흡수하고 저주에서 완전히 벗어나 완전무결한 존재가 될 터였다.

그리고 혜인에게 돌아간다. 오랜 시간 홀로 버텨올 수 있던 것도 집으로 돌아가겠다는, 혜인에게 돌아가겠다는 악착같은 의지 때문이었다.

그런데 혜인의 얼굴은 어떻게 생겼지? 언젠가부터 혜인의 얼굴이 떠오르지 않았다. 예쁘게 생겼는지, 못생겼는지, 키는 큰지, 작은지, 무슨 옷을 즐겨 입었는지 아무것도 기억나지 않았다.

그저 혜인에게 돌아가야겠다는 맹목적인 생각뿐이었다.

"너를 흡수하면 그녀도 떠오를 거야!"

리치 킹의 마법이 발현되었다. 허공에서 생겨난 '헬 레이

저' 급의 마법이 수십 발이나 지상으로 쏟아졌다.

콰콰콰콰쾅!

빗줄기처럼 쏟아지는 '헬 레이저' 급 마법의 폭격을 뚫고 씽과 안드리안이 튀어나갔다. 가히 전광석화. 눈에 보이지도 않을 만큼 빨랐다.

잡았다.

씽은 그렇게 생각했다. 그의 날카로운 손톱이 리치 킹의 목언저리에 닿았기 때문이다. 하지만 그의 강도 높은 손톱도 리치 킹의 가드를 뚫지 못했다. 열 개의 손톱이 모조리 부러졌다. 리치 킹은 씽의 머리채를 잡고 바닥에 내팽개쳤다. 그리고는 한 발로 씽을 차서 멀리 날려버렸다. 데몬고르곤과 맞상대할 정도로 맷집이 좋은 씽이지만 자리에서 일어나지 못했다.

"이 자식!"

안드리안은 대검을 휘둘렀다.

놀랍게도 리치 킹은 그녀의 대검을 한 손으로 붙잡았다. 아니, 정확히는 두 손가락으로 붙잡았다. 살짝 힘을 주자 재생이 가능한 대검이 반쪽으로 뚝 부러졌다. 놀란 안드리안이 뒤로 물러나려 했지만 한발 늦었다. 리치 킹의 마력을 담은 주먹이 그녀의 복부를 강하게 가격했다.

착용한 전설급 갑주가 산산이 깨져 부서졌다. 안드리안은 바닥에 쓰러졌다. 그녀는 일어나려고 애를 썼지만 다시 주저

앉고 말았다. 입에서 죽은피가 와르르 쏟아져 바닥을 적셨다.

곤은 모든 마력을 손도끼에 주입했다. 재앙술이 통하지 않는다면 육탄전뿐이었다.

그때 데몬고르곤과 카시어스가 그의 어깨에 손을 얹었다. 곤은 그들을 바라봤다. 데몬고르곤이 고개를 저었다.

"잠시 기다려. 우리가 시간을 벌지."

"너희는 리치 킹의 수하가 아니었나?"

"예전에는 그랬지. 그런데 지금은… 미친 것 같군. 차라리 고이 보내주는 것이… 도리인 듯해."

"그러게. 아쉽지만 리치 킹은 미쳤어."

곤은 대답하지 않았다.

데몬고르곤과 카시어스는 곤의 대답을 기다리지 않았다. 그들은 전력을 다해서 리치 킹에게 덤벼들었다.

"우하하하하! 미친 벌레들! 겨우 너희들 따위가 나에게 덤비느냐! 차라리 도망을 가지 그러나, 옛 나의 친구들이여!"

리치 킹의 마력은 데몬고르곤과 카시어스를 합친 것보다 월등하게 강했다. 카시어스의 초고위급 마법은 무용지물이 됐으며 데몬고르곤의 무투술도 전혀 통하지 않았다.

리치 킹의 완력에 데몬고르곤은 피를 토하며 나가떨어졌다. 카시어스 역시 리치 킹의 포격 마법을 맞고 쓰러지고 말았다.

두 다리로 서 있는 사람은 곤뿐이었다.

"하압!"

곤은 리치 킹을 향해서 달렸다. 리치 킹 역시 광포하게 웃으며 곤에게 달려왔다. 둘 사이의 거리가 빠르게 좁아졌다. 둘의 같으면서도 미묘하게 다른 마력이 충돌하며 하나의 거대한 에너지를 만들어냈다.

화아악!

곤의 시야에서 모든 것이 사라졌다. 그의 시야에 비친 것은 오로지 자신과 똑같은 모습을 한 리치 킹뿐이었다.

"이곳은 나의 공간이다! 누구도 이곳에서 빠져나가지 못한다. 너의 인생은 비록 아쉽겠지만 어쩔 수가 없다. 너의 기억은 본래 나의 기억. 본체에 흡수되는 것이 마땅하다!"

리치 킹은 손가락으로 곤의 머리를 찍었다. 그의 손가락이 두개골을 뚫고 뇌를 찔렀다.

"크아아악!"

곤의 입에서 비명이 터졌다. 그는 자신의 모든 생각과 의지가 리치 킹에게 흡수되는 것을 느꼈다. 이대로 가면 자신은 소멸하고 만다. 그래서는 안 된다. 혜인을 만나고 싶은 것은 자신이다. 괴물이 되어버린, 인간의 감정조차 잊어버린 리치 킹 따위가 아니었다.

곤도 팔을 움직였다. 그의 손가락이 리치 킹의 두개골을 뚫고 뇌를 찔렀다. 서로의 의식이, 이제껏 겪은 모든 상황이 흘러들어 갔다.

의식이 공유된다. 동시에 리치 킹이 만들어놓은 절대 구역은 자신의 주인이 누구인지 확신하지 못하게 되었다. 똑같은 주인이 둘인 것이다.

"이 자식이! 분신이면 분신답게 빨리 흡수되란 말이다!"

"닥쳐! 난 분신 따위가 아니야! 나는 곤이다! 곤이라고!"

"곤은 나의 이름이다!"

둘은 한 치도 물러서지 않았다. 이대로 시간이 지나면 둘 모두 소멸하고 만다. 그렇다고 네가 혜인에게 돌아가라며 양보할 수는 없었다.

그때였다.

두근두근.

리치 킹의 심장이 기이하게 뛰기 시작했다. 그리고 심장에서 알 수 없는 의식이 흘러나와 곤에게 전달되었다.

—미안해요.

익숙한 목소리.

"에리카?"

—네, 저예요. 정말로 미안해요. 제가 리치 킹의 일부분이었다니. 제가 당신에게서 떠난 이유는… 당신을 리치 킹에게 노출시키고 싶지 않았기 때문이에요. 그는 분신들을 이용해서 당신의 일거수일투족을 감시하고 있었으니까요.

"그랬군."

곤은 어금니를 물었다. 에리카가 갑자기 떠난 이유를 이제야 알게 된 것이다. 종종 그녀를 그리워한 적이 있었다. 사랑과 같은 감정은 아니었다. 잃어버린 여동생을 찾고 싶어하는 감정이랄까.

하지만 그녀는 모종의 일이 있어서 떠났다고 생각했다. 언젠가 돌아올 것이라 믿어 의심치 않았다. 그런데 그녀가 리치 킹의 심장이었다니.

—곤, 가세요. 당신의 그녀에게로.

"무슨 소리야?"

에리카는 대답하지 않았다.

그 순간,

"크허허헉!"

리치 킹의 입에서 비명이 터졌다. 현재의 그는 언데드가 아니었다. 불사의 술법으로 살아 있는 몸으로 변했다. 수천 년에 걸쳐 만들어진 절대적인 술법. 하지만 그와 동시에 리치 킹은 오랜 시간 잊고 있던 고통도 되찾았다. 그는 자신도 모르게 비명을 지르고 말았다.

심장이 강하게 옥죄여 왔다.

최후의 기회였다.

곤은 젖 먹던 힘까지 다해 양손을 리치 킹의 뇌에 찔러 넣었다.

그와 동시에 거대한 섬광이 폭발하며 절대 구역의 농도 높은 마나가 곤과 리치 킹을 덮쳤다.

*　*　*

안드리안과 씽, 카시어스와 데몬고르곤은 자리에서 일어나 절대 구역을 지켜보고 있었다. 자신들은 범접하지 못하는 절대 지역이다. 오로지 시전한 자만이 저것을 해제시킬 수 있었다.

누가 봐도 곤이 불리했다. 제아무리 곤이라고 하더라도 절대 구역을 깨뜨릴 수는 없을 듯했다.

쿠쿠쿠쿠쿠쿠!

구 모양을 하고 있던 절대 구역이 좌우로 갈라지기 시작했다. 갈라진 틈새로 엄청난 빛이 뿜어져 나왔다.

"준비해!"

카시어스가 소리쳤다. 그녀는 유성우를 떨어뜨리기 위해 주문을 외웠다. 유성우는 한 지역을 초토화시킬 수 있는 막대한 파괴력을 자랑하지만, 리치 킹에게 통할지는 미지수였다. 통하지 않을 가능성이 높았다.

나름 강자라 자부하는 씽과 안드리안, 데몬고르곤이 합세한다고 해도 마찬가지다.

그래도 무릎을 꿇을 수는 없었다. 그저 곤이 살아 있기만을 바랄 뿐이다.

만약 곤이 살아 있다면 씽과 안드리안이 그를 대피시키고 카시어스와 데몬고르곤이 리치 킹을 잡고 시간을 끌 셈이다.

그게 가능하다면.

쿠쿠쿠쿠쿠!

절대 구역에서 엄청난 빛이 뿜어져 나오더니 순식간에 사라졌다.

꿀꺽.

곤의 동료들은 마른침을 삼키며 절대 구역이 사라진 곳을 바라봤다.

그곳에 한 사내가 서 있다.

"곤?"

분명 입고 있는 갑주는 곤의 것이었다. 하지만 분위기가 달랐다. 굳이 비교하자면 리치 킹의 분위기와 가까워져 있었다. 하여 곤의 동료들은 함부로 그에게 다가갈 수 없었다.

곤은 고개를 돌려 동료들을 바라봤다. 곤의 눈빛은 예전과 조금 달라져 있었다. 오히려 혼탁해졌다. 그렇다고 섬뜩하거나 광기가 서린 눈빛은 아니었다.

곤은 동료들을 보며 빙긋 웃었다.

"이제 집에 돌아갈 수 있게 되었어."

* * *

수많은 목숨을 앗아간 대륙 전쟁은 끝났다. 아슬란 왕국은 이번 전쟁으로 인해 입지가 엄청나게 높아졌다. 거의 제국과 비견될 정도였다. 콘고 공화국도 마찬가지였다. 그들의 힘을 등에 업은 아이크 왕국과 해상왕국, 3공국 연합체는 재건을 서둘렀다.

반면 제국은 몰락의 길을 걸었다. 피해를 당한 왕국들의 견제로 인해서 제국은 다섯 개의 소왕국으로 쪼개지고 말았다.

황제는 왕으로 강등되었고, 소수의 군사를 제외하고는 일체 군대를 양성하지 못했다. 전쟁 배상금 또한 엄청나서 제국에서 일순간에 최빈국으로 전락하고 말았다.

신성왕국 또한 마찬가지였다. 타락한 신관들은 모조리 축출되었고 신성왕국이란 명칭도 박탈당했다. 신성왕국, 아니, 신성공국은 반으로 쪼개져 라덴 왕국과 아슬란 왕국의 지배를 받아야만 했다.

다시금 대륙에 평화가 찾아왔다.

곤은 신상을 정리하는 데 한 달이란 시간이 걸렸다. 생각보다 훨씬 오래 걸린 셈이다. 헤즐러 자작은 곤이 떠난다고 하자 매일 밤 찾아와서 울었다. 가지 않으면 안 되냐고, 자신과 같이 살자고. 곤은 소년을 설득하는 데 진땀을 빼야 했다.

헬리온 후작 역시 아예 자신의 업무를 내팽개치고 헤즐러 자작의 영지에 눌러앉았다. 그 역시 입만 열면 '나와 같이 왕국을 키워보세. 자네의 수하가 되라고 하면 충분히 그럴 수 있네. 그러니까 우리와 같이 지내세' 라고 했다.

하지만 들어줄 수 없는 말이었다.

이곳을 떠나는 것은 아쉽지만, 그는 이곳에서 자신이 떠나야 한다는 것을 잘 알고 있었다.

자신은 이 세계에 어울리지 않았다. 무척이나 이질적인 존재였다. 자신이 이곳에 눌러앉는다면 언젠가는 반드시 일이 터지고 만다.

절대적인 강함은 그의 반대편에 선 사람들에게 무척이나 위험하니까.

어렵게 찾은 평화를 깰 수는 없었다. 그것은 코일코도 바라는 것이 아니었다.

리치 킹의 포탈 앞에 수많은 사람들이 모였다. 모두 곤을 배웅하기 위해서 나온 사람들이었다.

곤은 포탈 앞에 섰다. 그의 뒤를 씽과 안드리안, 카시어스와 데몬고르곤이 따랐다. 그들을 보며 곤은 길게 한숨을 내쉬었다. 곤은 자신만 이곳을 떠나겠다고 말했다. 하지만 그들은 들은 척도 하지 않았다.

"우와, 다른 세계라니, 완전 스릴 넘치겠는데? 난 갈래."

카시어스는 친구들을 설득했다. 씽은 처음부터 곤과 함께 갈 생각이었기에 별다른 반응을 보이지 않았다. 하지만 안드리안과 데몬고르곤까지 같이 간다고 나선 것은 의외였다.

"재밌겠는걸."

데몬고르곤이 한 마디 툭 던졌다.

머리가 아파오는 곤이었다. 그는 혼자 가겠다면서 버텼지만 동료들은 더욱 끈질겼다. 혼자 가게 되면 지옥까지 쫓아가겠다고 카시어스가 엄포를 놓았다.

곤은 백기를 들 수밖에 없었다.

"흑흑흑."

억지로 울음을 참고 있던 헤즐러가 결국 눈물을 터뜨렸다. 그가 울자 곤에게 오랜 시간 가르침을 받아온 기사들도 눈물을 흘렸다.

"이리 와."

곤은 헤즐러를 불렀다. 헤즐러가 곤에게 다가오자 곤은 소년을 따뜻하게 안아주었다.

"너는 좋은 군주가 될 거야."

"사부님, 흑흑흑, 모두 사부님 덕분입니다."

"강하게 살아라."

"흑흑흑, 네."

헤즐러가 물러났다.

곤은 모인 일행 한명 한명의 이름을 부르며 작별을 고했다.

곤이 주문을 외웠다. 리치 킹의 지식을 흡수한 덕분에 그는 고향으로 돌아갈 수 있는 방법을 알았다. 설마 재앙술 0식이 차원 이동이 가능한 술법일 줄이야. 또한 삼안족의 포탈이 반드시 있어야 했다. 리치 킹이 자신의 던전에 포탈을 숨긴 이유이기도 했다.

"안녕히."

곤은 오랜 시간 함께해 온 동료들에게 손을 흔들었다.

"잘 있게, 구국의 영웅이여."

헬리온 후작도 눈시울을 붉히며 곤을 향해서 고개를 숙였다. 그곳에 있던 모두가 경외하는 마음으로 곤에게 고개를 숙였다.

순간,

팍 하는 소리와 함께 포탈 위에 있던 곤, 안드리안, 씽, 카시어스, 데몬고르곤이 사라졌다.

조금 전까지도 존재하던 그들의 모습이 영원히.

헤즐러 자작과 헬리온 후작 등 모든 사람들은 우두커니 서서 언제까지고 포탈을 지켜보고만 있었다.

에필로그

곤은 천천히 눈을 떴다. 상당히 많은 사람들이 그의 주변을 지나치고 있었다. 한복을 입은 사람도, 치파오를 입은 사람도 있었다.

"만주구나."

그제야 곤은 자신이 돌아왔다는 것을 느꼈다. 비록 조선과는 상당한 거리가 떨어져 있지만 그렇게 멀게 느껴지지는 않았다.

곧 그녀를 만날 수 있을 것이다.

"여기가 네 고향이야?"

카시어스가 곤에게 물었다.

"아니."

"그럼 여긴 어딘데?"

"만주."

"만두?"

"만주."

카시어스의 어이없는 말에 곤은 살짝 이마를 찡그렸다.

"왕국이야?"

"뭐, 비슷하지. 하여간 여긴 내 고향은 아니야."

"그럼 고향으로 가야지."

"그래, 가자고."

곤과 동료들은 걸음을 옮겼다. 차가운 바람이 불었다.

부서진 달의 세계와 달리 이곳은 겨울이었다.

그러고 보니 곤은 그곳에서 한 번도 겨울을 지낸 적이 없었다.

오랜만에 맞는 겨울의 바람이 반갑기까지 했다.

이미 신에 경지에 다다른 곤을 날씨 따위로는 위협할 수가 없었다.

사람들은 힐끗힐끗 곤과 동료들을 바라봤다. 그도 그럴 것이, 그들은 소매가 없는 여름옷을 입고 있었다. 영하 10도가 쉽게 넘어가는 이곳에서 저런 옷을 입고 다니면 금방 동상에 걸려 얼어 죽을 수도 있다.

그럼에도 곤과 동료들은 전혀 추운 기색이 없었다.

그들이 몇 걸음 옮기지 않았을 때였다.

달려오던 어린 거지가 곤에게 부딪쳤다. 넘어진 어린 거지의 품에서 감자 몇 알이 떨어졌다. 어린 거지는 급히 감자를 품속에 넣었다.

"죄송해요. 정말 죄송합니다."

어린 거지는 곤에게 연신 고개를 숙였다.

조선인?

어린 거지가 다시 뛰어가려는 찰나였다.

일본군 헌병이 달려와 어린 거지의 배를 강하게 올려 찼다.

배를 맞은 어린 거지는 몇 미터나 굴러 떨어졌다. 거지는 배를 잡고 데굴데굴 굴렀다.

내장이 파열된 모양인지 많은 양의 각혈을 했다. 그럼에도 소년은 팔을 뻗어 감자를 품었다. 절대로 그것만은 놓치지 않겠다는 듯이.

"큭큭큭, 이 꼬맹이 보세."

일본군 헌병이 조선인 꼬마의 턱을 구둣발로 올려 찼다. 하얀 이빨이 모조리 부러지며 소년은 뒷머리부터 바닥에 떨어졌다.

소년은 바들바들 떨며 경련을 일으켰다. 주변에 있던 사람들은 누구도 소년을 돕지 못했다. 그저 두려운 눈으로 일본군 헌병들을 바라볼 뿐이었다.

곤은 눈살을 찌푸리며 그들에게 다가갔다.

곤이 다가가자 일본군 헌병이 멈칫했다. 이상한 기운을 느낀 모양이다.

"넌 뭐야?"

일본군 헌병이 곤에게 다가와 어깨를 강하게 밀쳤다.

그 순간,

퍼퍼퍼펑!

놀랍게도 일본군 헌병의 상체가 폭발했다. 그의 찢어진 육신이 사방으로 흩어졌다.

킥킥대면서 담배를 물고 있던 다른 헌병들이 놀라서 얼음처럼 굳어버렸다.

곤은 쓰러져 있는 소년에게 다가가 부적 한 장을 붙여주었다. 부적은 저절로 재가 되어 사라졌다.

소년의 눈빛이 차차 정상으로 돌아왔다. 경련도 멈췄다. 소년은 벌떡 일어나더니 믿을 수 없다는 눈빛으로 곤을 바라봤다.

"조선 사람이지?"

"네? 네."

소년은 조심스럽게 곤의 눈치를 살폈다.

"고향이 어디지?"

"겨, 경성이요."

"부모님은?"

"돌아가셨어요."

"왜?"

"저자들한테……."

소년은 일본군 헌병대를 두려운 눈빛으로 슬쩍 보았다.

"그렇구나. 알았다."

고개를 끄덕인 곤은 소년에게서 등을 돌렸다. 곤은 남은 일본군 헌병들에게 다가갔다. 헌병대가 급히 권총을 꺼내 곤에게 겨누었다.

"칙쇼! 한 발만 더 다가오면 쏘겠다!"

곤은 멈추지 않았다.

일본군 헌병대는 망설임 없이 권총의 방아쇠를 당겼다.

탕! 탕! 탕!

총알은 허공에서 멈췄다.

주위에서 겁을 먹고 있던 사람들이 그 광경을 보고 입을 다물지 못했다.

곤은 손바닥을 저었다. 허공에서 멈춘 총알이 점점 반대로 움직였다.

곤이 손바닥을 내리자 총알은 일본군 헌병대원들을 향해서 날아갔다.

퍽! 퍽!

그들의 이마에 동전만 한 구멍이 생겼고 뒤통수에는 그것보다 훨씬 큰 구멍이 생겼다.

일본군 헌병대원들은 즉사하고 말았다. 한 명은 놀라서 줄행랑을 쳤다.

"으아아아악!"

그제야 상황을 파악한 수많은 사람들이 썰물처럼 거리에서 흩어졌다.

남은 사람은 곤과 동료들, 어정쩡한 자세로 서 있는 소년뿐이었다.

"얘야, 만주 헌병대가 어디에 있지?"

"허, 헌병대요?"

어린 거지는 깜짝 놀라 곤에게 되물었다.

"그래."

어린 거지는 자신이 알고 있는 헌병대의 위치를 가르쳐 주었다.

곤은 고개를 끄덕인 후 소년에게 고맙다는 말하고 걸음을 옮겼다.

소년은 귀신에 홀린 듯한 눈빛으로 멀어져 가고 있는 곤의 뒷모습을 한참이나 쳐다보았다.

"아차, 이럴 때가 아니지. 동생이 배고플 텐데."

소년은 감자 몇 알을 가지고 곤이 간 곳과는 반대 방향으로 뛰기 시작했다.

곤과 동료들은 헌병대 본부로 다가갔다.

헌병대 본부에는 벌써 수십 명이 넘는 헌병대원이 총을 들고 나와 있었다. 아마도 도망친 헌병대원이 이미 보고를 한 모양이었다.

"저 자식이야!"

도망친 헌병이 곤을 가리키며 바락바락 소리를 질렀다.

곤은 눈앞에 있는 수십 명이 넘는 일본군 헌병대원을 보며 빙그레 웃었다.

"잘됐네. 고향으로 돌아가기 전에 조선인의 한을 보여주지."

"우와, 도착하자마자 전투라니, 이거 신나는데? 우리도 껴도 돼?"

카시어스가 들뜬 목소리로 물었다.

"마음대로."

"아싸!"

카시어스의 손에서 거대한 불의 구가 생겨났다.

그녀의 손에서 갑자기 생겨난 불을 보며 일본군 헌병대는 기겁했다.

어떤 이는 카시어스를 향해 '아라사 마녀'라고 외치기도 했다.

곤 역시 재앙술을 일으켰다.

그의 양 손바닥에는 화염과 작은 소용돌이가 세차게 휘몰아치고 있었다.

"고향으로 가기 전에 너희들에게 주는 작은 선물이다, 이

개자식들아."

곤과 카시어스, 데몬고르곤, 씽과 안드리안이 동시에 몸을 날렸다.

일본 제국의 재앙이 시작되는 첫발이었다.

『마도신화전기』 완결

유행이 아닌 자유추구 -
WWW.chungeoram.com